데미안

데미안

Demian

헤르만 헤세 장편소설 김인순 옮김

DEMIAN
by HERMANN HESSE (1919)

이 책은 실로 꿰매어 제본하는 정통적인 사철 방식으로 만들어졌습니다.
사철 방식으로 제본된 책은 오랫동안 보관해도 손상되지 않습니다.

나는 오직 내 마음속에서 절로
우러나오는 삶을 살려 했을 뿐이다.
그것이 왜 그리 어려웠을까?

내 이야기를 하려면 멀리 앞으로 거슬러 가야 한다. 가능하다면 훨씬 더 멀리, 내 유년 시절의 시발점까지, 유년을 넘어 내 출생의 머나먼 근원까지 거슬러 가야 할 것이다.

작가들은 소설을 쓰면서, 마치 자신들이 하느님인 양, 한 인간의 인생사를 완전히 꿰뚫어 보고 파악할 수 있는 양 군다. 마치 하느님이 스스로에게 이야기하듯 조금도 숨김없이 모든 중요한 것을 묘사할 수 있는 양 군다. 나는 그렇게 하지 못한다. 사실은 작가들도 그렇게 하지 못한다. 그러나 내게는 내 이야기가 작가들이 자신의 이야기를 중요하게 여기는 것 이상으로 중요하다. 바로 나 자신의 이야기, 한 인간의 이야기이기 때문이다. 허구의 인간, 가능한 인간, 이상적인 인간 또는 어떤 식으로든 존재하지 않는 인간의 이야기가 아니라 실제로 살아 있는 유일무이한 인간의 이야기이기 때문이다. 실제로 살아 있는 인간이란 무엇일까, 그 어느 때보다도 오늘날에는 이 물음에 대한 답변을 알기가 어렵다. 인간은 제각기 누구나 자연의 소중하고 유일무이한 시도인데도, 그런 인간들을 총으로 대량 학살하는 일이 벌어지고 있다. 우리가 더는 유일무이한 인간으로 존재하지 않는다면,

실제로 우리 모두를 제각기 단 한 방의 총알로 완전히 세상에서 없애 버릴 수 있다면, 이야기를 한다는 게 무슨 의미가 있겠는가. 그러나 모든 인간은 저마다 자기 자신일 뿐만 아니라, 세상의 현상들이 오로지 단 한 번 이렇게 교차하는 지점, 무슨 일이 있어도 중요하고 주목할 만한 유일무이하고 아주 특별한 지점이다. 그런 까닭에 제각기 모든 인간의 이야기는 중요하고 영원하고 숭고하며, 그런 까닭에 제각기 인간은 누구나 어떤 식으로든 살아서 자연의 의지를 실현하는 한 경이롭고 주목받아 마땅하다. 제각기 모든 인간에게서 정신이 형태를 갖추고, 제각기 모든 인간에게서 피조물이 고통을 겪고, 제각기 모든 인간에게서 구세주가 십자가에 못 박힌다.

인간이 무엇인지 아는 사람이 오늘날에는 별로 없다. 많은 이들이 이 사실을 느끼고 그래서 그들은 더 쉽게 죽음을 맞이한다. 나도 이 이야기를 끝마치면 더 쉽게 죽음을 맞이할 것이다.

나 스스로 많은 것을 안다고 자처해서는 안 된다. 나는 뭔가를 찾는 사람이었고 지금도 여전히 찾고 있다. 그러나 이제는 별이나 책에서 찾는 것이 아니라 내 안의 피가 속삭이는 가르침에 귀를 기울이기 시작했다. 나의 이야기는 편안하지 않으며, 지어낸 이야기들처럼 감미롭거나 조화롭지도 않다. 더 이상 스스로를 속이려 하지 않는 사람들의 삶이 흔히 그렇듯이, 내 이야기에는 무의미와 혼돈, 광기와 꿈의 맛이 배어 있다.

모든 인간의 삶은 저마다 자기 자신에게로 이르는 길이고, 그 길을 가려는 시도이며, 하나의 좁은 길에 대한 암시이다. 일찍이 그 누구도 완벽하게 자기 자신이 되지는 못했다. 그런데도 누구나 자기 자신이 되려고 노력한다. 어떤 사람은 둔하게, 어떤 사람은 좀 더 가뿐하게, 누구나 능력껏 노력한다. 누구나 출생의 잔재, 태고의 점액과 알껍데기를 죽을 때까지 품고 다닌다. 어떤 이들은 결코 인간이 되지 못하고 개구리나 도마뱀이나 개미로 머무른다. 어떤 이들은 상체는 인간인데 하체는 물고기다. 그러나 모두들 인간이 되라고 자연이 내던진 존재다. 우리는 모두 근원을, 어머니들을 공유한다. 우리는 모두 동일한 깊은 계곡에서 유래한다. 그러나 제각기 깊은 심연에서 내던져진 시도로써 자신만의 목적을 향해 나아간다. 우리는 서로를 이해할 수는 있다. 그러나 저마다 오직 자기 자신만을 해석할 수 있을 뿐이다.

제1장
두 세계

내가 열 살 무렵 겪었던 일에서부터 내 이야기를 시작하려 한다. 그 당시 나는 우리가 살던 작은 도시의 라틴어 학교에 다니고 있었다.

그 시절의 많은 것들이 내게 향기로운 내음을 풍겨 아픔과 아련한 전율로 내 마음을 울린다. 어두운 골목길들과 밝은 집들과 탑들, 시간을 알리는 종소리와 사람들의 얼굴들, 따사한 아늑함과 포근함이 넘치는 방들, 유령에 대한 깊은 두려움과 비밀이 넘치는 방들. 따사한 옹색함, 토끼와 하녀들, 민간 약초, 말린 과일의 냄새가 코끝을 스친다. 그곳에 두 세계가 뒤섞여 있었다. 상반된 두 극단으로부터 낮과 밤이 나왔다.

한 세계는 아버지의 집이었다. 더욱이 그 세계는 훨씬 더 좁아서 원래 우리 부모님만 계셨다. 나는 그 세계의 대부분을 잘 알고 있었다. 그 세계는 어머니와 아버지라고 불렸고, 사랑과 근엄함, 모범과 학교라고 불렸다. 은은한 광채, 맑음과 청결이 그 세계에 속했으며, 다정하고 상냥한 대화, 깨끗이 씻은 손, 깔끔한 옷, 예의범절이 그 세계의 것이었다. 그곳에서는 아침에 찬송가를 불렀으며, 또 그곳에서는 크리스마스를 지냈다. 그 세계에는 미래로 통하는 반듯한 노선들과 길들이 있었다. 의무와 책임, 양심의 가책과 참회, 용서와 바른 결심, 사랑과 존경, 성경 말씀과 지혜가 있었다. 맑고 깨끗하고 아름답고 질서 있는 삶을 살려면 그 세계에 머물러야 했다.

그런데 또 다른 세계가 바로 우리 집 한가운데서 시작되었다. 그 세계는 완전히 달랐다. 다른 냄새를 풍기고 다른 말을 하고 다른 것을 약속하고 요구했다. 그 두 번째 세계에는 하녀들과 젊은 기술공들, 유령 이야기와 남우세스러운 풍문들이 있었다. 그곳에서는 으스스하고 섬뜩한 호기심을 일깨우는 수수께끼 같은 것들, 도살장과 감옥, 술주정뱅이와 앙칼진 여자들, 새끼를 낳는 암소와 쓰러진 말들, 절도와 살인과 자살에 대한 이야기들이 다채롭게 넘쳐났다. 이처럼 아름다우면서도 끔찍하고 조야하고 잔인한 일들이 사방에서 벌어졌다. 바로 옆 골목에서, 바로 옆집에서. 경찰들과 부랑자들이 주변을 배회했고, 술에 취한 사내들이 마누라를 두들겨 팼고, 저녁이면 젊은 아가씨들이 공장에서 무리 지어 쏟아져 나왔고, 노파들은 마법을 걸어 사람을 병들게 할 수 있었고, 강도들은 숲에서 판을 쳤고, 방화범들은 경찰관들에게 붙잡혔다. 곳곳에서 이 두 번째 격렬한 세계가 분출해 향긋한 냄새를 풍겼다. 어머니와 아버지가 계신 우리 집의 방들만 빼고 곳곳에서. 그것은 참 근사했다. 여기 우리 집에 평화와 질서와 안식, 의무와 양심, 용서와 사랑이 있다는 사실이 멋졌고, 또 다른 모든 것들, 모든 시끄럽고 요란하고 음울하고 폭력적인 것들도 있다는 사실이 멋졌다. 거기에서 한 걸음만 폴짝 뛰면 어머니에게로 도망칠 수 있었다.

무엇보다도 기이한 사실은 그 두 세계가 서로 맞닿아 있다는 것이었다. 두 세계가 서로 얼마나 가까이 있었던가! 예를 들어 우리 집 하녀 리나가 저녁 기도 시간에 거실 문가에 앉아서 매끄럽게 편 앞치마 위에 깨끗이 씻은 손을 올려놓고 낭랑한 목소리로 우리와 함께 노래를 부를 때면 완전히 아버지와 어머니의 세계, 우리의 세계, 밝음과 올바름의 세계에 속했다. 그러고 나서 곧바로 부엌이나 땔감 창고에서 머리 없는 난쟁이 이야기를 내게 들려주거나 비좁은 푸줏간에서 이웃집 여자들과 말다툼을 벌일 때면, 생판 다른 사람이 되었고 다른 세계에 속했으며 비밀에 둘러싸여 있었다. 모든 것이 그랬고, 무엇보다도 나 자신이 그랬다. 물론 나는 밝고 올바른 세계에 속했으며 우리 부모님의 자식이었지만, 내 눈과 귀가 향하는 곳곳에 그 다른 것이 있었다. 그 다른 것이 종종 낯설고 으스스했으며 거기에서는 번번이 양심의 가책과 두려움에 시달렸는데도, 나는 그 속에서도 살았다. 심지어는 그 금지된 세계에 사는 것이 더없이 좋을 때도 있었다. 그러면 종종 밝은 세계로의 귀환이 — 어쩔 수 없이 귀환해야 했고 또 귀환하면 좋기도 했지만 — 덜 아름다운 곳, 더 지루하고 더 황량한 곳으로의 귀환처럼 느껴졌다. 이따금 나는 내 삶의 목표가 아버지와 어머니처럼 되는 것, 그렇게 밝고 순수해지는 것, 그렇게 침착하고 질서 정연해지는 것에 있다는 사실을 잘 알고 있었다. 하지만 거기에 이르는 길은 멀었다. 거기에 이르려면 학교를 졸업하고 대학 공부를 마치고 이런저런 시도를 해보고 많은 시험을 치러야 했다. 그리고 그 길은 줄곧 더 어두운 다른 세계를 스쳐 지나가거나 아니면 한가운데를 관통했다. 그 세계에 머물러 깊이 빠져드는 것이 절대 있을 수 없는 일은 아니었다. 실제로 그렇게 되어서 탕아가 된 아들들에 대한 이야기들이 있었다. 나는 그런 이야기들을 열심히 탐독했다. 그런 이야기들에서 아버지와 선한 것으로의 귀환은 언제나 구원이고 훌륭한 일이었다. 나는 전적으로 그것만이 올바르고 선하고 바람직한 일이라고 느꼈다. 그런데도 악당들과 탕아들 사이에서 벌어지는 대목에 훨씬 더 마음이 이끌렸다. 솔직히 말해도 된다면, 탕아가 참회해서 다시 받아들여지는 것이 때로는 그야말로 유감이었다. 하지만 그런 것을 입 밖에 내어 말해서는 안 되었고 또 생각해서도 안 되었다. 그런 것은 예감이나 가능성으로써 어떤 식으로든지 감정의 맨 밑바닥에 존재했을 뿐이다. 악마를 머릿속에 떠올리려 하면, 악마가 변장을 했든 변장을 하지 않았든 저 아래 길거리나 장터나 선술집에 있는 모습이 아주 잘 상상이 되었다. 하지만 우리 집에 있는 악마의 모습은 결코 상상이 되지 않았다.

내 누이들도 마찬가지로 밝은 세계에 속했다. 누이들이 아버지와 어머니에게 천성적으로 더 가까운 듯한 생각이 자주 들었다. 누이들은 나보다 더 착하고 더 얌전했으며 잘못을 저지르는 일도 더 적었다. 누이들도 결점이 있고 버릇없을 때도 있었지만 그리 심각할 정도는 아니라고 생각했다. 어두운 세계에 훨씬 더 가까이 있었고 악과 접촉하며 종종 괴로워하고 고통스러워했던 나만큼 심각하지는 않았다. 나는 누이들을 부모님처럼 소중히 여기고 존중해야 했다. 누이들과 다투고 나서 나중에 양심에 비추어 보면 언제나 나만 나쁜 사람이고 용서를 빌어야 하는 원흉이었다. 누이들 안에 있는 부모님, 명령을 내리는 선한 존재를 모욕했기 때문이다. 내가 누이들보다는 오히려 거리의 방종한 불량소년들과 공유할 수 있는 비밀들이 있었다. 세상이 밝고 양심에 거리낌 없는 평온한 날에는, 누이들과 함께 놀고 누이들과 더불어 착실하고 얌전하게 지내며 성실하고 기특한 내 모습을 보는 것이 종종 무척 즐거웠다. 천사라면 당연히 그래야 했다! 그것은 우리가 알고 있는 최고의 것이었다. 크리스마스와 행복처럼 경쾌한 선율과 향내에 에워싸인 천사가 되는 것은 달콤하고 멋진 일이라 생각했다. 아, 그런 시간과 그런 날들은 얼마나 드물게 찾아왔던가! 나는 나에게 허용된 천진난만한 놀이를 즐겁게 하다가도 종종 누이들이 감당할 수 없는 열정과 과격한 언행에 휘말렸고 놀이는 다툼과 불행으로 끝나곤 했다. 그러다 분통이 치밀면, 나는 끔찍하게 굴면서 아무 말이나 내뱉고 아무렇게나 행동했다. 그렇게 말하고 행동하는 동안, 그게 얼마나 못된 짓인지 나 스스로 가슴 깊이 통렬하게 느꼈다. 그런 일이 있고 난 후에는 후회와 자책의 고약하고 암울한 시간들이 찾아오고 용서를 구하는 괴로운 순간들이 찾아왔다. 그러다 다시 광명의 빛이 비치고 갈등 없는 고요하고 고마운 행복이 몇 시간 또는 몇 순간 지속되었다.

나는 라틴어 학교에 다녔다. 시장과 삼림 감독관의 아들들이 같은 반이어서 우리는 이따금 함께 어울려 놀았다. 그 아이들은 거친 녀석들이었지만 선하고 허용된 세계에 속했다. 그런데도 나는 이웃집 아이들, 우리가 평소에 무시하는 일반 공립 학교 학생들과 가까이 지냈다. 그 학생들 중의 한 명에 대한 말로 내 이야기를 시작하려 한다.

내 나이 열 살 무렵이었다. 학교 수업이 없는 어느 날 오후, 나는 이웃에 사는 두 아이와 함께 이리저리 어슬렁거렸다. 그때 우리보다 더 큰 녀석이 우리와 합세했다. 나이는 열세 살가량이었으며 힘이 세고 거친 녀석이었는데, 재단사의 아들로 일반 공립 학교에 다녔다. 녀석의 아버지는 술주정뱅이였고 가족 모두 평판이 좋지 못했다. 나도 그 프란츠 크로머를 익히 알고 있었다. 그 녀석이 내심 두려웠던 터라서 우리 사이에 끼어든 게 마음에 들지 않았다. 프란츠 크로머는 다 큰 어른인 양 굴었으며 젊은 공장 직공들의 걸음걸이와 말투를 흉내 냈다. 그가 앞장섰고, 우리는 그를 따라 다리 옆의 강가로 내려가 첫 번째 아치형의 교각 아래 몸을 숨겼다. 둥글게 휘어지는 교각과 느리게 흐르는 강물 사이의 좁은 강변은 온통 쓰레기 천지였다. 유리 조각, 잡동사니, 헝클어진 녹슨 철사 뭉치, 그 밖의 쓰레기가 널려 있었다. 때로는 쓸 만한 물건들도 눈에 띄었다. 우리는 프란츠 크로머의 인솔 아래 그 부근을 샅샅이 뒤져서 찾아낸 물건들을 그에게 보여 줘야 했다. 그러면 그는 그것을 슬쩍 호주머니에 집어넣거나 아니면 훌쩍 물속에 내던졌다. 그는 납이나 놋쇠, 주석으로 된 물건들이 있는지 잘 살펴보라고 일렀으며, 그런 물건들은 모조리 호주머니에 집어넣었다. 뿔로 만든 낡은 빗도 챙겼다. 나는 그와 함께 있는 게 무척 가슴 조마조마했다. 우리 아버지가 그와 어울리는 걸 알게 되면 만나지 못하게 하실 게 뻔했기 때문만은 아니었다. 프란츠 자체가 두렵기 때문이기도 했다. 프란츠가 나를 끼워 주고 다른 아이들과 똑같이 대해 주어서 나는 기뻤다. 그는 명령했고 우리는 복종했다. 나는 그날 처음으로 그와 어울렸는데도 마치 오래전부터 그래 온 양 익숙하게 느꼈다.

이윽고 우리는 땅바닥에 앉았다. 프란츠가 강물을 향해 침을 뱉었는데 그러는 모습이 꼭 어른 같았다. 그는 치아 사이로 침을 내뱉어서 원하는 곳에 명중시켰다. 대화가 시작되었다. 소년들은 학교에서 벌인 온갖 영웅적인 행위와 짓궂은 장난을 떠벌리며 으스댔다. 나는 침묵을 지키면서도, 다름 아닌 내 침묵이 크로머의 주의를 끌어 분노를 사지 않을까 두려웠다. 두 친구들은 처음부터 아예 내게 등을 돌리고 크로머에게 찰싹 붙어 있었다. 나는 그들 사이에서 이방인이었으며, 내 옷차림과 태도가 그들의 신경에 거슬리는 걸 느꼈다. 좋은 집안 출신으로 라틴어 학교에 다니는 나를 프란츠가 좋아할 리 없었다. 나머지 두 아이는 여차하면 나를 모르는 척 내팽개칠 게 빤했다.

마침내 나도 두려움을 이기지 못하고 이야기를 늘어놓기 시작했다. 근사하게 도둑질한 이야기를 꾸며 내어, 내가 그 도둑질의 주인공인 양 굴었다. 컴컴한 밤에 길모퉁이 방앗간 옆의 과수원에서 친구와 함께 사과를 한 자루 그득 훔쳤다고 떠벌렸다. 그것도 보통 사과가 아니라 제일 좋은 품종인 레네트와 골트파르메네만 골라 훔쳤다고 말했다. 나는 순간의 위험을 모면하기 위해 그 이야기 속으로 도망쳤다. 꾸며 낸 이야기를 들려주는 것은 내게 익숙한 일이었다. 이야기가 금방 끝나서 혹시 더 고약한 일에 휘말리지 않으려고, 나는 온갖 머리를 짜내었다. 우리 중의 한 명은 계속 망을 보는 동안 나머지 한 명은 나무에 올라가서 사과를 아래로 던졌어, 나는 이야기했다. 사과 자루가 어찌나 무거웠는지 우리는 결국 자루를 다시 열고 사과를 반이나 도로 꺼내야 했어. 하지만 30분 후에 다시 돌아가서 나머지 반도 가져왔지.

나는 이야기를 끝내고 이 정도면 좀 갈채를 받지 않을까 기대했다. 끝 부분에 이르러서는 열을 내다 보니 나 스스로 이야기를 꾸며 내는 데 도취되었다. 두 어린 녀석은 어떻게 될까 기다리며 침묵을 지켰지만, 프란츠 크로머는 가늘게 뜬 눈으로 날카롭게 나를 바라보며 위협적인 목소리로 물었다. 「그게 사실이야?」

「물론이지.」 나는 대답했다.

「그러니까 진짜로 그랬단 말이지?」

「그래, 진짜로 그랬다니까.」 나는 속으로는 너무 무서워서 숨이 막힐 것 같았는데도 고집스럽게 단언했다.

「맹세할 수 있어?」

나는 소스라치게 놀랐지만 얼른 맹세할 수 있다고 답했다.

「그럼, 하느님과 행복을 걸고 맹세한다고 말해!」

나는 말했다. 「하느님과 행복을 걸고 맹세해.」

「그래, 좋아.」 프란츠는 이렇게 말하고는 고개를 돌렸다.

나는 그것으로 일이 해결되었다고 생각했고, 그가 곧 몸을 일으켜 집을 향해 걸음을 옮기기 시작했을 때 기뻤다. 우리가 다리 위에 올라왔을 때, 나는 이제 집에 가야겠다고 쭈뼛거리며 말했다.

「그렇게 서두를 필요 없어.」 프란츠는 웃었다. 「우린 어차피 같은 방향이라고.」

그는 어슬렁어슬렁 걸었고, 나는 감히 그에게서 벗어날 엄두가 나지 않았다. 그는 정말로 우리 집을 향해 걸음을 옮겼다. 우리 집에 이르러 현관문과 묵직한 놋쇠 문손잡이, 창문을 비치는 햇빛과 어머니 방의 커튼이 보이자, 나는 안도의 숨을 깊이 내쉬었다. 아, 집에 돌아왔구나! 아, 집으로, 밝은 곳으로, 평화로 돌아오니 얼마나 좋은가, 얼마나 행복한가!

내가 재빨리 문을 열고 미끄러지듯 집 안으로 들어가 다시 문을 닫으려고 하는 찰나에, 프란츠 크로머가 몸을 디밀고 함께 들어왔다. 안마당 쪽에서만 빛이 비치는 어스름하고 서늘한, 타일이 깔린 복도에서 프란츠 크로머는 내 옆에 바짝 붙어 서서 팔을 붙잡고 나직이 말했다. 「야, 서둘지 말라니까!」

나는 자지러지게 놀라 그를 쳐다보았다. 내 팔을 잡은 손길이 무쇠처럼 단단했다. 이 녀석이 무슨 꿍꿍일까, 혹시 나를 괴롭히려는 걸까, 나는 생각했다. 내가 지금 소리를 지른다면, 다급하게 큰 소리를 지른다면, 위층에서 누군가가 나를 구하러 쏜살같이 달려 내려오지 않을까? 이런 생각이 뇌리를 스쳤다. 하지만 나는 그 생각을 접었다.

「무슨 일이야?」 나는 물었다. 「왜 그래?」

「별거 아냐. 그냥 너한테 좀 물어볼 게 있거든. 다른 녀석들은 몰라도 되는 얘기야.」

「그래? 좋아, 무슨 말을 더 듣고 싶은데? 난 얼른 올라가야 해, 잘 알잖아.」

「너도 잘 알지.」 프란츠가 나직이 말했다. 「길모퉁이 방앗간 옆의 과수원이 누구 건지.」

「아니, 난 몰라. 방앗간 집 거 아냐.」

프란츠가 한 팔로 나를 감싸 안아 바싹 끌어당기는 바람에 그의 얼굴이 내 코앞으로 다가왔다. 그는 두 눈에 악의가 번득였고 심술궂은 미소를 지었다. 얼굴에 잔인함과 힘이 넘쳤다.

「그래. 이봐, 그 과수원이 누구 건지 내가 말해 주지. 사과를 훔치는 놈이 있다는 걸 나는 벌써 오래전부터 알고 있었거든. 그리고 과일을 훔쳐 간 놈을 알려 주는 사람에게 과수원 주인이 2마르크[1]를 주겠다고 한 것도 알고 있어.」

「뭐라고!」 나는 소리쳤다. 「설마 과수원 주인한테 이르진 않겠지?」

나는 그의 명예심에 호소해 봤자 소용없을 거라고 느꼈다. 그는 다른 세계 사람이었다. 그에게 배신은 범죄가 아니었다. 나는 그것을 정확히 느꼈다. 그런 일에서 〈다른〉 세계의 사람들은 우리와 달랐다.

「이르지 않는다고?」 크로머는 웃음을 터뜨렸다. 「임마, 내가 무슨 위폐범인 줄 알아? 내가 2마르크짜리 동전을 만들어 낼 수 있을 거 같아? 난 가난뱅이야. 너처럼 부자 아버지도 없어. 2마르크를 벌 수 있으면 당연히 벌어야지. 그리고 어쩌면 과수원 주인이 더 많이 줄지도 모르거든.」

갑자기 그가 다시 나를 놓아주었다. 우리 집 복도는 더 이상 평화롭고 안전한 분위기를 풍기지 않았다. 내 주변의 세상이 붕괴되었다. 크로머가 나를 범인이라고 고발하고, 그 말이 아버지의 귀에 들어가고, 심지어는 경찰이 찾아올 수도 있었다. 온갖 혼란의 공포가 위협적으로 밀려왔다. 온갖 추악하고 위험한 것들이 내 앞을 가로막았다. 내가 훔치지 않았다는 사실은 전혀 중요하지 않았다. 게다가 나는 맹세까지 했다. 오, 하느님, 하느님!

눈물이 치솟았다. 나는 여기서 벗어나려면 대가를 치러야

1 1917년경 1마르크는 현재의 3유로 50센트, 즉 약 5,500원 정도에 해당했다.

한다는 걸 느끼고 절망적으로 여기저기 호주머니를 뒤졌다. 사과도 주머니칼도 아무것도 없었다. 그 순간 시계가 생각났다. 낡은 은시계였는데, 고장 나서 가지 않았다. 〈그냥 과시용으로〉 가지고 다닐 뿐이었다. 할머니가 물려주신 시계였다. 나는 얼른 시계를 꺼냈다.

「크로머,」 나는 말했다. 「내 말 들어, 날 신고하지 마. 그래봤자 너한테도 좋을 게 없어. 이 시계를 줄게. 자, 봐. 이거 말곤 가진 게 없어. 자, 가져. 은시계야. 원래 좋은 건데, 어디가 조금 고장 났나 봐. 고치면 될 거야.」

크로머는 미소를 지으며 넙적한 손으로 시계를 받았다. 나는 그 손을 쳐다보며 그 손이 내게 얼마나 야비하고 얼마나 깊이 적대적인지, 그 손이 내 삶과 평화를 어떻게 움켜쥐었는지 느꼈다.

「은시계야 —」 나는 기가 죽어 말했다.

「이 따위 은이나 고물 시계는 집어치워!」 그가 아주 경멸스럽다는 표정으로 말했다. 「너나 실컷 고쳐서 써!」

「프란츠.」 그가 그대로 가버릴까 봐 나는 겁에 질려 벌벌 떨며 외쳤다. 「잠깐만 기다려! 이 시계 가져! 정말로 은시계라니까. 진짜야. 그것 말고는 가진 게 없어.」

그는 싸늘한 경멸의 눈길로 나를 바라보았다.

「그러니까 내가 지금 누구에게 갈 생각인지 잘 안단 말씀이지. 아니면 경찰에게 말할 수도 있어. 내가 잘 아는 경찰관이 있거든.」

그가 가려고 몸을 홱 돌렸다. 나는 그의 소맷부리를 붙잡았다. 그래서는 안 되었다. 그가 이대로 가는 경우에 벌어질 일들을 감당하느니 차라리 죽는 편이 훨씬 나았다.

「프란츠.」 나는 흥분한 나머지 목쉰 소리로 애원했다. 「멍청한 짓 하지 마! 괜히 장난으로 그러는 거지?」

「그래 맞아, 장난이야. 하지만 너는 이 장난의 대가를 톡톡히 치르게 될걸.」

「말해 봐, 프란츠, 내가 뭘 해야 할지! 뭐든 다 할게!」

그는 눈을 가느다랗게 뜨고 나를 훑어보더니 다시 웃음을 터뜨렸다.

「멍청하게 굴지 마!」 크로머는 짐짓 선량한 표정을 지으며 말했다. 「나만큼 너도 잘 알잖아. 지금 난 2마르크를 벌 수 있어. 그리고 난 그 2마르크를 포기할 수 있을 만큼 부자가 아니야. 그 정도는 너도 잘 알걸. 하지만 넌 부자야. 시계도 있어. 그냥 나한테 2마르크를 주기만 하면 돼. 그게 전부라고.」

그제야 나는 무슨 말인지 알아들었다. 하지만 2마르크라니! 그건 10마르크나 100마르크, 1,000마르크처럼 내겐 큰 돈이었고 손에 넣을 수 없긴 마찬가지였다. 내 수중에는 돈이 없었다. 어머니 방에 작은 저금통이 있기는 했지만, 삼촌이 찾아올 때나 아니면 그 비슷한 기회에 받은 10페니히[2]와 5페니히 동전 몇 개가 들어 있을 뿐이었다. 그것 말고는 한 푼도 없었다. 그때는 아직 용돈을 받기 전이었다.

「나는 가진 게 없어.」 나는 슬프게 말했다. 「돈은 한 푼도 없어. 하지만 그것 빼고는 전부 줄게. 인디언 이야기책도 있고 장난감 병졸도 있고 나침반도 있어. 나침반을 가져올게.」

크로머는 뻔뻔하고 심술궂게 입을 씰룩이더니 바닥에 침

2 현재의 유로화로 바뀌기 전의 독일 화폐 단위로, 1마르크는 100페니히다.

을 탁 뱉었다.

「헛소리하지 마!」 그는 명령조로 말했다. 「그런 너절한 물건들은 너나 가져. 나침반이라고? 내 성질 돋우지 마. 잘 들어, 돈을 내놓으라고!」

「하지만 난 돈이 없어. 아직까지 돈을 받아 본 적이 없어. 나도 어쩔 수 없어!」

「그렇담 내일 2마르크를 가져와. 학교 끝나고 저 아래 장터에서 기다릴게. 그걸로 마무리 짓자고. 만일 돈을 안 가져오면 어떻게 되는지 알지?」

「알아, 하지만 돈을 어디서 구하란 말이야? 어떡하지, 내겐 돈이 없는데 —」

「너희 집에 돈 많잖아. 그건 네가 알아서 처리할 문제야. 그럼 내일 학교 끝나고 보자고. 그리고 분명히 말하는데, 만일 돈을 안 가져오는 날엔 —」 그는 무서운 눈길로 나를 쏘아보더니 침을 한 번 더 뱉고는 그림자처럼 사라졌다.

나는 위층으로 올라갈 수 없었다. 내 인생은 파탄 났다. 그 길로 멀리 달아나서 다시는 돌아오지 않거나 아니면 물에 빠져 죽을까 생각했다. 하지만 그런 것들은 구체적인 해결책이 아니었다. 나는 어둠 속에서 우리 집 층계의 맨 아래 계단에 앉아 몸을 잔뜩 웅크리고는 불행 속으로 빠져들었다. 리나가 광주리를 들고 땔감을 가지러 내려왔다가 거기서 울고 있는 나를 발견했다.

나는 집안 식구들에게 아무 말도 하지 말라고 리나에게 부탁하고는 위층으로 올라갔다. 유리문 옆의 옷걸이에 아버지의 모자와 어머니의 양산이 걸려 있었다. 그런 모든 물건들에서 정겨운 고향의 숨결이 물밀듯이 밀려왔다. 마치 돌아온 탕아가 고향의 옛 방들을 보고 냄새를 맡을 때처럼, 나는 고마운 마음으로 간절하게 그 정겨운 숨결을 맞이했다. 하지만 그 모든 것은 이제 나의 것이 아니었다. 그 모든 것은 아버지와 어머니의 밝은 세계였다. 나는 죄를 짓고서 낯선 물살에 깊이 휘말렸으며, 모험과 죄에 휩쓸리고 적에게 위협받았다. 위험과 두려움과 치욕이 나를 기다리고 있었다. 모자와 양산, 오래되고 멋진 사암 바닥, 현관의 장식장 위에 걸린 커다란 그림, 거실에서 들려오는 누나들의 목소리, 그 모든 것은 전에 없이 더욱 사랑스럽고 다정하고 소중했다. 하지만 이제 그것들은 내게 더 이상 위로나 안전한 보배가 아니라 비난일 뿐이었다. 그 모든 것은 이제 나의 것이 아니었고, 나는 그 명랑함과 고요함에 동참할 수 없었다. 나는 매트에 문질러 털어 버릴 수 없는 오물을 발에 묻혀 왔고, 고향 세계에서는 전혀 모르는 그림자를 달고 왔다. 나는 얼마나 많은 비밀을 숨기고 있었고, 또 얼마나 많은 두려움에 시달렸던가. 하지만 내가 오늘 집 안으로 가져온 것에 비하면 그 모든 것은 장난이고 농담에 지나지 않았다. 운명이 내 뒤를 쫓아왔고 손들이 나를 추적했다. 어머니도 그 손길로부터 나를 보호해 줄 수 없었고 또 그 손길에 대해 알아서도 안 되었다. 내가 저지른 범죄가 도둑질인지 거짓말인지는(하느님과 행복에 걸고 거짓 맹세까지 하지 않았던가?) 중요하지 않았다. 내 죄는 이런저런 것에 있지 않았다. 내 죄는 악마와 손을 잡았다는 것이었다. 왜 함께 갔을까? 왜 크로머가 시키는 대로 고분고분 따랐을까? 아버지 말씀도 그렇게 고분고분 따른 적이 없는데. 왜 그 도둑질한 이야기를 꾸며 냈을까? 왜 영웅담이라도 되는 양 범죄 이야기를 으스대며 떠벌렸을까? 이제 악마가 내 손을 잡았고, 이제 적이 내 뒤를 쫓아왔다.

내일에 대한 두려움이 아니라 무엇보다도 내 길이 앞으로 점점 더 추락해서 어둠 속에 이를 거라는 끔찍한 확신이 한순간 나를 사로잡았다. 이미 지은 죄가 틀림없이 새로운 죄들을 낳고, 누이들 앞에 나서는 것과 부모님에게 인사하고 입 맞추는 것이 거짓이며, 내가 마음속 깊이 숨겨야 하는 비밀과 운명을 품게 되었다는 것이 똑똑히 느껴졌다.

내 눈길이 아버지의 모자에 이르렀을 때, 한순간 마음속에서 신뢰와 희망의 불꽃이 타올랐다. 아버지에게 모든 걸 말씀드려야지. 아버지의 판결과 벌을 달게 받아야지. 아버지에게 비밀을 털어놓고 아버지의 도움으로 구원의 길을 찾아야지. 지금까지 자주 그랬듯이 참회하면 되겠지. 힘겹고 혹독한 시간을 보내고, 힘겹게 잘못을 뉘우치며 용서를 구하면 되겠지.

그 생각은 얼마나 달콤하게 느껴졌던가! 얼마나 솔깃하게 내 마음을 유혹했던가! 하지만 그렇게는 되지 않았을 것이다. 나는 그렇게 하지 않을 것을 알고 있었다. 나는 이제 내게 비밀이 생겼으며 나 혼자 힘으로 감당해야 하는 죄를 지었다는 것을 알고 있었다. 어쩌면 내가 지금 갈림길에 서 있는 것일 수 있었다. 어쩌면 나는 이 시간부터 영원히 나쁜 편에 속하고, 악당들과 비밀을 공유하고, 악당들에게 의지하고 복종하며 악당들과 한패가 되어야 할 수도 있었다. 대장부인 척 영웅인 척했으니 이제 그 결과를 받아들여야 했다.

내가 방에 들어섰을 때 아버지가 내 젖은 신발을 나무라신 게 다행이다 싶었다. 그 일이 아버지의 주의를 빼앗는 바람에, 아버지는 더 나쁜 일을 눈치채시지 못했다. 나는 남몰래 다른 일과 연관시키면서 아버지의 꾸중을 참아 냈다. 그와 동시에 야릇하게 새로운 감정, 갈고리로 콕콕 쑤시는 듯한 사악하고 날카로운 감정이 내 안에서 번득였다. 내가 아버지보다 우월하다고 느껴졌다! 한순간, 아버지가 아무것도 모르는 게 경멸스럽게 느껴졌다. 젖은 장화를 나무라는 아버지의 꾸중이 하찮게 여겨졌다. 〈아버지가 그 사실을 아신다면!〉 이런 생각이 뇌리를 스치면서, 사실은 살인죄를 자백해야 하는 마당에 고작 빵 하나 훔친 것 때문에 심문을 받는 범죄자가 된 듯한 느낌이 들었다. 그 느낌은 흉측하고 역겨웠지만, 강렬했고 깊은 매력을 발산했다. 그것은 다른 어떤 생각보다도 단단히 내 비밀과 죄에 나를 옭아맸다. 아마 지금쯤 크로머가 경찰에 가서 나를 고발했을지도 몰라, 이런 생각이 들었다. 사나운 비바람이 내 머리 위로 몰려들고 있는데, 여기서 이렇게 어린애 취급이나 당하고 있다니!

내가 지금까지 이야기한 체험의 가장 잊히지 않는 중요한 부분은 바로 이 순간이다. 그것은 아버지의 존엄성을 가른 최초의 균열이었으며, 내 어린 시절을 떠받치던 기둥들, 누구나 자기 자신이 되기 위해서 무너뜨려야 하는 기둥들을 가른 최초의 칼자국이었다. 우리 운명의 본질적이고 내밀한 항로는 눈에 보이지 않는 그런 체험들로 이루어진다. 그런 칼자국이나 균열은 다시 살에 덮이고 아물어 기억에서 잊힌다. 하지만 가장 비밀스러운 방 안에서는 계속 살아남아 피를 흘린다.

나 스스로도 그 새로운 감정에 와락 겁이 났다. 나는 그대로 아버지의 발에 입 맞추며 용서를 구하고 싶었다. 하지만 본질적인 일에 대해서는 용서를 구할 수 없는 법이다. 그런 것은 아무리 어린애라도 현자처럼 깊이 느끼고 절실하게 알기 마련이다.

나는 그 일에 대해 깊이 생각하고 내일 어떻게 할 것인지 방도를 궁리해야 할 필요성을 느꼈다. 하지만 실제로 그렇게 하지는 못했다. 저녁 내내 우리 거실의 변화된 분위기에 익숙해지는 데 정신이 팔려 있었기 때문이다. 벽시계와 탁자, 성경과 거울, 책꽂이와 벽에 걸린 그림들이 내게 작별을 고하는 듯했다. 나의 세계, 나의 즐겁고 행복한 삶이 어떻게 과거가 되고 어떻게 내게서 떨어져 나가는지 얼어붙는 심정으로 지켜봐야 했다. 그리고 내가 저 바깥의 어둡고 낯선 곳에 자양분을 빨아들일 새로운 뿌리를 어떻게 단단하고 깊게 내리는지 감지해야 했다. 나는 생전 처음으로 죽음을 맛보았다. 죽음의 맛은 씁쓸하다. 죽음은 탄생이며 섬뜩한 갱생에 대한 두려움이고 공포이기 때문이다.

나는 드디어 침대에 누웠을 때 기뻤다! 그 전의 저녁 예배는 내게 최후의 지옥 불과도 같았다. 게다가 우리는 내가 제일 좋아하는 찬송가까지 불렀다. 아, 나는 함께 노래하지 않았다. 음정 하나하나가 내게는 쓰디쓴 독약이었다. 아버지가 축복의 기도문을 말하고 〈저희 모두와 함께하소서!〉라는 말로 저녁 예배를 끝마쳤을 때도 나는 함께 기도하지 않았다. 뭔가가 그 자리에서 나를 홱 낚아챘다. 하느님의 은총은 식구들 모두와 함께 있었지만, 이제 나와는 함께 있지 않았다. 나는 완전히 녹초가 되어서 싸늘한 마음으로 그 자리를 떴다.

침대에 한동안 누워 있다 보니 따스함과 포근함이 나를 정겹게 에워쌌고, 내 마음은 두려움에 떨며 다시 한 번 과거로 되돌아가 지난 일들 주변을 불안하게 파닥거리며 맴돌았다. 어머니는 내게 여느 때처럼 잘 자라고 말했다. 어머니의 발소리가 방 안에 여운을 남겼고, 어머니의 손에 들린 촛불이 문틈으로 비쳤다. 이제, 나는 생각했다. 이제 어머니가 다시 돌아오시겠지 — 어머니는 벌써 눈치를 채셨고, 내게 입을 맞춰 주며 물어보실 거야. 다정하게 내 마음을 안심시켜 주며 물으실 거야. 그러면 나는 울어도 돼. 그러면 내 목에 맺힌 응어리가 녹을 테고, 그러면 나는 어머니를 부둥켜안으며 전부 말씀드려야지. 그러면 모든 게 잘될 테고, 그러면 여기서 벗어나게 되겠지! 문틈이 다시 어둠으로 채워지고 난 후에도, 나는 한동안 더 귀를 기울이며 그렇게, 꼭 그렇게 되어야 한다고 생각했다.

그러다 나는 다시 당면한 일로 돌아와 내 적의 눈을 보았다. 그의 모습이 뚜렷이 보였다. 그는 한쪽 눈을 가늘게 뜨고 있었으며, 그의 입이 야비하게 웃음을 터뜨렸다. 그를 응시하며 도저히 피하려야 피할 수 없게 된 일을 되새김질하는 동안, 그의 모습이 점점 더 커지고 더 추악해졌다. 그의 사악한 눈이 악마처럼 번득였다. 내가 잠들 때까지 그는 내 곁에 바싹 붙어 있었다. 하지만 그도, 낮에 있었던 일도 꿈속까지 쫓아오지는 않았다. 나는 부모님과 누이들하고 배를 타는 꿈을 꾸었다. 오직 휴일의 평온과 광채만이 우리를 에워싸고 있었다. 한밤중에 나는 잠에서 깨어났다. 더없는 행복의 뒷맛이 느껴지고, 누이들의 하얀 여름 원피스가 햇살 아래서 어른거리는 정경이 눈에 보였다. 나는 그 낙원에서 도로 현실로 추락해 다시 사악한 눈을 가진 적과 마주 섰다.

이튿날 아침, 어머니가 허둥지둥 내 방으로 오셔서, 지금 시간이 몇 시인데 왜 아직까지 침대에 누워 있냐고 외치셨을 때, 나는 안색이 좋지 않았다. 그리고 어머니가 어디 아프냐고 물으시는 순간 그만 토하고 말았다.

토하고 나자 좀 나은 것 같았다. 나는 조금 아파서 아침 내내 침대에 누워 지내며 캐모마일 차를 마시고 어머니가 옆방에서 청소하는 소리나 리나가 바깥 현관에서 푸줏간 주인을 맞이하는 소리를 듣는 걸 아주 좋아했다. 학교에 가지 않는 오전 시간은 왠지 마법 같고 동화 같은 구석이 있었다. 그러면 방 안에 아른거리는 햇빛도 학교에서 초록색 커튼으로 가리는 햇빛과는 사뭇 달랐다. 하지만 오늘은 그것도 제맛이 나지 않고 시큰둥했다.

차라리 죽어 버렸으면 얼마나 좋았을까! 하지만 전에도 자주 그랬듯이 몸이 조금 아플 뿐이었고, 그것으로는 일이 해결되지 않았다. 학교 가는 것은 막아 주었지만, 11시에 장터에서 나를 기다리고 있을 크로머는 절대 막아 주지 못했다. 이번에는 어머니의 다정함도 위로가 되지 않았다. 오히려 귀찮고 마음만 아프게 했다. 나는 얼른 다시 잠든 척하면서 곰곰이 생각했다. 모든 게 아무 소용 없었다. 11시에는 무조건 장터에 가야 했다. 그래서 10시에 조용히 일어나 다시 몸이 좋아졌다고 말했다. 그런 경우에는 보통 다시 침대로 돌아가거나 아니면 오후에 학교에 가야 했다. 나는 학교에 가고 싶다고 말했다. 미리 세워 둔 계획이 있었다.

돈이 없이는 크로머에게 갈 수 없었다. 그 작은 저금통을 가져와야 했다. 저금통은 원래 내 것이었다. 나도 저금통의 돈이 충분하지 않다는 건 잘 알고 있었다. 어림도 없었다. 그래도 조금은 들어 있었다. 조금이라도 내놓는 편이 한 푼도 내놓지 않는 것보다 낫고, 또 최소한 크로머를 달래야 한다고 내 직감이 말했다.

양말만 신은 발로 살그머니 어머니 방에 들어가 책상 위에 놓인 내 저금통을 집는데 기분이 좋지 않았다. 하지만 어제만큼 나쁘지는 않았다. 가슴이 쿵쾅쿵쾅 뛰면서 숨이 막힐 것 같았다. 계단 아래에 이르러 비로소 저금통을 자세히 살펴보고 저금통에 열쇠가 채워진 걸 발견했을 때까지도 가슴은 쿵쿵 뛰었다. 저금통을 여는 것은 아주 쉬웠다. 얇은 양철 격자만 부수면 되었다. 하지만 그걸 부수는 게 가슴 아팠고, 그걸 부숨으로써 나는 도둑질을 한 것이다. 그때까지는 사탕이나 과일을 몰래 훔쳐 먹었을 뿐이다. 그런데 이것은 아무리 내 돈이라고 해도 엄연히 도둑질이었다. 내가 크로머와 그의 세계를 향해 다시 한 걸음 더 가까이 다가갔으며 그런 식으로 계속 한 발 한 발 멋지게 내리막길을 걸을 것이 느껴졌다. 나는 거기에 저항했다. 하지만 악마에게 잡혀간다 해도 이제는 돌아갈 길이 없었다. 나는 두려움에 떨며 돈을 셌다. 저금통이 꽉 찬 듯 딸랑거리더니, 막상 손에 쥐고 보니 형편없이 적었다. 겨우 65페니히였다. 나는 저금통을 아래층 복도에 숨겨 두고 손에 돈을 꽉 쥔 채 집을 나섰다. 평소 대문을 나서던 때와는 달랐다. 위층에서 누군가 나를 부르는 것만 같았다. 나는 서둘러 그곳을 벗어났다.

시간이 아직 많이 남아 있었다. 나는 멀리 길을 돌아갔다. 달라진 시내의 골목길들을 이리저리 누비고, 한 번도 본 적 없는 구름 아래를 지나고, 나를 주시하는 집들과 나를 수상

쩍게 여기는 사람들 곁을 지나쳤다. 가는 도중에, 학교 친구 하나가 언젠가 가축 시장에서 은화를 한 개 주웠던 기억이 떠올랐다. 하느님께서 기적을 행하셔서 내게도 그렇게 돈을 줍게 해주십사 하고 기도드리고 싶은 마음이 굴뚝같았다. 하지만 내게는 이제 기도할 권리가 없었다. 설령 그런 기적이 일어난다 해도 부서진 저금통을 다시 원상태로 되돌릴 수는 없을 것이다.

프란츠 크로머는 멀리서 나를 알아보았다. 하지만 아주 느릿느릿 다가왔으며 내게 신경 쓰지 않는 척했다. 그러다 가까이 다가왔을 때에야 자기를 따라오라고 눈짓으로 명령했으며, 한 번도 뒤돌아보지 않고 유유히 계속 걸음을 옮겼다. 슈트로 거리를 내려가 오솔길을 지나서 집들이 끝나는 곳, 어느 신축 건물 앞에서 걸음을 멈추었다. 일하는 사람들은 보이지 않았고, 문짝도 창문도 없는 벽들만 황량하게 서 있었다. 크로머는 주변을 둘러보고 문 안으로 들어갔다. 나도 그의 뒤를 따랐다. 그는 벽 앞에 서서 가까이 오라고 손짓하고는 한 손을 내밀었다.

「가져왔어?」 크로머가 냉정하게 물었다.

나는 호주머니에서 주먹 쥔 손을 꺼내어 그의 손바닥에 돈을 쏟았다. 그는 마지막 5페니히짜리 동전 떨어지는 소리가 그치기도 전에 얼마인지 셈을 끝냈다.

「65페니히잖아.」 그러고는 나를 쳐다보며 말했다.

「응.」 나는 기가 죽어 대답했다. 「내게 있는 걸 탈탈 털었어. 나도 너무 적다는 거 잘 알아. 하지만 그게 전부야. 더는 한 푼도 없어.」

「좀 더 똑똑한 녀석인 줄 알았는데.」 크로머가 약간 부드러운 어조로 나무라듯 말했다. 「명예를 존중하는 남자들 사이에서는 원칙을 지키는 법이라고. 내가 너한테서 부당하게 빼앗으려는 게 아니야. 그 정도는 너도 알겠지. 자, 이 동전들은 도로 집어넣어! 다른 사람은 — 너도 그 사람이 누군지는 잘 알지 — 절대 깎지 않아. 약속대로 다 준다고.」

「하지만 정말 더 이상 없어! 저금통을 탈탈 털었단 말이야.」

「그거야 네 사정이지. 하지만 난 너를 불행하게 만들고 싶은 생각은 없어. 너는 나한테 아직 1마르크 35페니히 빚이 있어. 그걸 언제 받을 수 있을까?」

「그래, 꼭 갚을게, 크로머! 지금은 잘 모르겠지만, 어쩌면 금방 돈이 생길 수도 있어. 내일이나 모레쯤. 이 일을 우리 아버지한테 말씀드릴 수 없다는 건 너도 이해하잖아.」

「그건 나하고 상관없어. 난 너한테 해를 끼치려는 게 아니야. 너도 알겠지만, 난 오늘 12시 전에 얼마든지 돈을 받을 수 있어. 난 가난하거든. 너는 옷도 근사한 걸 입고, 점심에도 나보다 더 맛있는 걸 먹잖아. 하지만 아무 말 하지 않을게. 조금 더 기다리지, 뭐. 모레 오후에 내가 휘파람을 불면, 그때 일을 마무리 지으라고. 내 휘파람 소리 알지?」

그는 내게 휘파람을 불어 보였다. 자주 듣던 소리였다.

「응.」 나는 말했다. 「알고 있어.」

그는 나와 아무 상관 없는 사람처럼 휙 가버렸다. 그건 우리 사이의 거래였을 뿐, 그 이상은 아니었다.

나는 지금도 어디선가 느닷없이 다시 크로머의 휘파람 소리가 들려온다면, 소스라치게 놀랄 거라고 생각한다. 그 시각 이후로 툭 하면 그의 휘파람 소리가 들려왔고, 지금도 여전히 그 소리가 귀에 들리는 것만 같다. 내가 어디에 있든, 무슨 놀이를 하고 무슨 일을 하든, 무슨 생각을 하든, 그 휘파람 소리가 집요하게 쫓아왔다. 그 소리는 그때부터 나를 옭아맸고 내 운명이 되었다. 알록달록 단풍 든 온화한 가을날 오후면 나는 우리 집 마당의 작은 꽃밭에서 놀곤 했다. 난 그 꽃밭을 무척 좋아했다. 나는 예전에 사내아이들이 하던 놀이를 다시 하고 싶은 야릇한 충동에 사로잡혔다. 말하자면 나보다 어린 사내아이, 아직 착하고 자유롭고 천진난만하고 세상으로부터 안전한 사내아이 역할을 하며 놀았다. 하지만 한참 신나게 놀고 있으면 어디선가 크로머의 휘파람 소리가 들려와 흥을 깨고 상상의 나래를 찢어 버렸다. 번번이 그럴 줄 알고 있었는데도 번번이 소스라치게 놀라고 방해받았다. 그러면 집을 나서야 했다. 나를 괴롭히는 녀석의 뒤를 쫓아 고약하고 지저분한 곳으로 가서 변명을 하고 돈을 갚으라는 독촉을 들어야 했다. 그 일은 아마 기껏해야 몇 주 계속되었지만, 내게는 몇 년, 아니 영원히 계속된 것만 같았다. 내게 돈이 생기는 일은 드물었다. 리나가 조리대에 내려놓은 장바구니에서 슬쩍 훔친 5페니히나 10페니히짜리 동전이 전부였다. 나는 번번이 크로머에게 욕설을 듣고 바보 취급을 당했다. 그를 기만하고 그의 정당한 권리를 빼앗은 사람은 나였다. 그의 것을 훔친 사람도 나였고, 그를 불행하게 만든 사람도 나였다! 내 인생에서 그렇듯 절박한 궁지에 몰려 본 적도 별로 없었고, 그보다 더 큰 절망과 더 큰 구속을 느껴 본 적도 결코 없었다.

나는 저금통을 장난감 동전으로 채워서 제자리에 도로 갖다 놓았다. 아무도 그것에 대해 캐묻지 않았다. 하지만 언제발각될지 알 수 없는 일이었다. 어머니가 조용히 다가오는 것이 크로머의 야비한 휘파람 소리보다 훨씬 더 두려울 때가 많았다. 혹시 저금통 일을 캐물으려고 오신 게 아닐까?

내가 여러 번 빈손으로 나타나자, 내 악마는 다른 방법으로 나를 괴롭히고 이용하기 시작했다. 나는 크로머를 위해 일해야 했다. 그가 자기 아버지의 이런저런 심부름을 하게 되면, 내가 그 심부름을 대신해야 했다. 또는 내게 힘겨운 일을 시키기도 했다. 이를테면 10분 동안 한쪽 다리로 껑충껑충 뛰거나 지나가는 사람의 상의에 종잇조각을 붙여야 했다. 밤마다 꿈속에서 그런 괴롭힘을 당했고 가위에 눌려 식은땀을 흘렸다.

한동안 나는 앓아누웠다. 자주 토하고 걸핏하면 오한에 시달렸지만, 밤에는 열이 펄펄 끓고 땀에 흠뻑 젖었다. 어머니는 뭔가 문제가 있다는 걸 느끼고 나를 무척 자상하게 돌봐 주셨지만, 그럴수록 나는 괴로웠다. 그런 어머니에게 신뢰로 보답할 수 없었기 때문이다.

한번은 저녁에 일찍 침대에 누워 있는데 어머니가 초콜릿 한 개를 가져오셨다. 예전에 내가 착하게 굴면 종종 저녁에 잘 자라며 그런 먹을 것을 상으로 주시곤 했는데, 그 시절이 생각났다. 어머니는 거기 서서 내게 초콜릿을 내미셨다. 나는 너무나 마음이 아파서 간신히 고개만 가로저었다. 어머니는 어디가 아픈지 물으시고 머리를 쓰다듬으셨다. 나는 겨우 이렇게 말할 수 있었다. 〈싫어! 싫어! 아무것도 받지 않을 거야.〉 어머니는 초콜릿을 침대 옆 작은 탁자에 놓고 나가셨다. 그리고 이튿날 어머니가 그 일에 대해 물어보시려 했을 때, 나는 아무것도 모르는 척 굴었다. 한번은 어머니가

의사를 불렀다. 의사는 나를 진찰하고는 아침에 찬물로 목욕하라는 처방을 내렸다.

그 무렵 나는 일종의 정신 착란 상태에 있었다. 우리 집의 질서 정연한 평온 한가운데서 나는 고통스럽게 겁에 질려 유령처럼 살았다. 가족들의 삶에 관여하지 않았으며 나 자신을 거의 한시도 잊은 적이 없었다. 아버지는 종종 흥분하셔서 무슨 일이냐며 다그치셨지만, 나는 마음을 닫고 차갑게 대했다.

제2장

카인

나를 고통으로부터 벗어나게 해준 구원은 전혀 예상하지 못한 방향에서 찾아왔다. 그 구원과 더불어 내 삶에 새로운 것이 등장했으며, 그것은 지금까지도 줄곧 영향을 미치고 있다.

얼마 전 우리 라틴어 학교에 새로운 학생이 전학을 왔다. 그 학생은 우리 도시로 이사 온 부유한 미망인의 아들이었으며 팔소매에 검은 상장(喪章)을 두르고 다녔다. 나보다 한 학년 위였고 나이는 몇 살 많았지만 내 눈에 금방 띄었다. 아니, 모든 학생들의 눈에 금방 띄었다. 그 특이한 학생은 실제보다 훨씬 더 나이 들어 보였으며 전혀 소년 같지 않았다. 우리 어린 사내아이들 사이에서 그는 어른처럼, 아니 신사처럼 낯설고 성숙하게 처신했다. 학생들에게 인기가 있었던 것은 아니었다. 우리가 노는 데 끼지 않았으며 더욱이 싸움은 말할 것도 없었다. 다만 선생님들 앞에서 당당하고 단호하게 말하는 어조가 다른 아이들 마음에 들었을 뿐이다. 그의 이름은 막스 데미안이었다.

무슨 까닭인지는 모르지만 우리 학교에서는 아주 넓은 우리 반 교실에서 다른 반과 함께 수업을 하는 일이 가끔 있었는데, 어느 날 또 그런 일이 일어났다. 그날은 데미안의 반이 우리 교실로 왔다. 우리 하급반 학생들은 성서 이야기를 듣는 시간이었고, 상급반은 작문을 해야 했다. 선생님이 카인과 아벨의 이야기를 우리 머릿속에 꾸역꾸역 주입하고 있는 동안, 내 눈길은 자꾸만 데미안에게로 향했다. 그의 얼굴은 독특한 매력을 발산했다. 나는 그 총명하고 밝고 무척 단호한 얼굴이 사려 깊게 고개를 숙인 채 작문에 열중한 모습을 바라보았다. 마치 과제를 하는 학생이 아니라 자신만의 문제에 몰두한 연구가처럼 보였다. 사실 호감이 가는 얼굴은 아니었다. 오히려 반대로 왠지 거부감이 느껴졌다. 그는 나보다 훨씬 우월하고 냉정했으며, 지나치게 도전적일 정도로 자신감이 있었다. 그의 눈은 — 어린아이들이 절대 좋아하지 않는 — 어른 같은 눈빛을 띠고 있었다. 조금 슬픈 듯하면서도 조롱의 빛이 번득였다. 그가 내 마음에 들었든 안 들었든, 내 눈길은 그에게서 떨어질 줄 몰랐다. 그러다 그가 내 쪽을 바라보는 순간, 나는 화들짝 놀라 눈길을 거두었다. 그 당시 그가 학생으로서 어떤 모습이었는지 오늘날 되돌아보면, 이렇게 말할 수 있을 것이다. 그는 모든 점에서 다른 아이들과 달랐다. 개성이 완전히 뚜렷하고 독특했으며, 그래서 눈길을 끌었다. 그와 동시에 그는 눈길을 끌지 않으려고 최선을 다했다. 마치 농부의 자식들 사이에서 자신도 농부의 자식인 양 보이려고 온갖 애를 쓰는 변장한 왕자처럼 처신하고 옷을 입었다.

학교가 파하고 집으로 가는 길에 나는 그를 앞서갔다. 다른 아이들이 뿔뿔이 흩어지고 나자 그가 내 곁으로 다가와 인사했다. 그가 우리 어린 학생들의 말투를 흉내 냈는데도 그의 인사말은 어른스럽고 정중했다.

「우리 잠깐 같이 갈까?」 그가 친근하게 물었다. 나는 우쭐해서 고개를 끄떡였다. 그러고는 우리 집이 어디에 있는지 그에게 설명했다.

「아, 거기?」 그는 미소 지으며 말했다. 「그 집은 나도 알아. 너희 집 현관문 위에 특이한 물건이 붙어 있었어. 그게 내 관심을 끌었거든.」

그 말이 무슨 뜻인지 나는 금방 알아듣지 못했다. 게다가 그가 나보다 우리 집에 대해 더 잘 아는 듯 보여서 깜짝 놀랐다. 우리 집 현관의 홍예문 위 홍예머리에 일종의 문장이 붙어 있었는데, 세월이 흐르면서 납작해지고 여러 번 덧칠이 되어 있었다. 내가 알고 있는 한, 우리와 우리 집안과는 아무 상관 없는 물건이었다.

「난 그거에 대해 잘 몰라.」 나는 소심하게 말했다. 「새 아니면 뭐 그런 비슷한 걸 거야. 틀림없이 아주 오래되었을걸. 우리 집이 예전에 수도원 건물이었다나 봐.」

「그럴 수도 있어.」 데미안은 고개를 끄덕였다. 「한번 잘 살펴봐! 그런 물건들이 무척 흥미로울 때가 많아. 내 생각엔 새매 같은데.」

우리는 계속 걸었고 나는 적잖이 당혹스러웠다. 무슨 재미있는 일이 떠올랐는지 데미안이 별안간 웃음을 터뜨렸다.

「그래, 나도 아까 너희들 수업을 들었잖아.」 그러더니 쾌활하게 말했다. 「이마에 표식을 달고 다닌 카인 이야기, 맞지? 그 이야기가 마음에 들던?」

아니, 우리가 배우는 것 중에서 내 마음에 드는 건 별로 없었다. 하지만 나는 솔직히 그런 말을 할 엄두가 나지 않았다. 마치 어른과 이야기하는 듯한 기분이었다. 나는 그 이야기가 마음에 쏙 든다고 말했다.

데미안이 내 어깨를 두드렸다.

「이봐, 내 앞에선 속마음을 숨길 필요 없어. 하지만 그 이야기는 정말 참 특이해. 수업 시간에 배우는 대부분의 다른 이야기들보다 훨씬 더 특이한 거 같아. 선생님은 그 이야기에 대해 말씀을 많이 하시진 않았지만 말이야. 하느님이나 죄악 같은 일에 대해 늘 하는 말씀만 하셨지. 하지만 내 생각에는 —」 그는 말을 멈추더니 미소를 지으며 물었다. 「그런데 너 그 이야기에 관심 있니?」

「그래, 그러니까 내 생각에는,」 그는 말을 이었다. 「카인의 이야기를 전혀 다른 식으로도 해석할 수 있을 거 같아. 물론 우리가 배우는 것들은 대부분 진실이고 올바르지만, 전부 선생님들이 보는 것과는 다르게 볼 수도 있거든. 그러면 대개는 훨씬 더 좋은 의미를 갖게 돼. 예를 들어 카인과 그의 이마의 표식 이야기도 선생님의 설명만으로는 뭔가 만족스럽지 않거든. 너도 그렇게 생각하지 않아? 누군가가 동생과 싸우다가 그만 동생을 때려죽이는 일은 물론 있을 수 있어. 그래서 나중에 겁에 질려 기가 죽을 수도 있어. 하지만 그가 나약하다고 해서 그를 보호해 주고 다른 사람들에게 두려움을 불러일으키는 훈장을 특별히 받는다는 건 정말 이상하지 않아?」

「그건 그래.」 나도 관심을 느끼며 말했다. 그 이야기가 내 흥미를 끌기 시작했다. 「그럼, 그 이야기를 어떻게 다른 식으로 설명할 수 있는데?」

데미안이 내 어깨를 툭 쳤다.

「아주 간단해! 표식이 먼저 있었고 표식을 토대로 이야기가 시작된 거야. 한 남자가 있었는데, 그 남자의 얼굴에는 다른 사람들을 두려움에 떨게 만드는 뭔가가 있었어. 사람들은 감히 그 남자를 건드리지 못했어. 그의 모습이 위압적이었거든. 그 남자뿐만 아니라 그의 후손들도 마찬가지였어. 우체국 소인 같은 표식은 사실 이마에 없었을 수도 없어. 아니, 분명히 없었을 거야. 삶이 그렇듯 조야한 경우는 드물어. 그보다는 눈에 잘 띄지 않는 뭔가 으스스한 것이 있었어. 사람들이 흔히 익숙한 것 이상으로 강한 정신력과 대담함이 눈빛에 서려 있었을 가능성이 많아. 그 남자에겐 권위가 있었고, 사람들은 그 남자 앞에서 주눅이 들었어. 그 남자에겐 〈표식〉이 있었어. 사람들은 그것을 자신이 원하는 대로 설명할 수 있었어. 〈사람들〉은 늘 자기 편할 대로 자신이 옳다고 여기는 것만을 원하거든. 사람들은 카인의 후손을 두려워했어. 그들에겐 〈표식〉이 있었거든. 그래서 사람들은 그 표식을 원래의 의미대로, 그러니까 훈장으로 해석하지 않고 그 반대로 해석했어. 그 표식을 지닌 녀석들은 으스스하다고 말했어. 그리고 사실 으스스했거든. 용기와 개성을 지닌 사람들은 다른 사람들에게 늘 으스스하기 마련이야. 두려움을 모르는 으스스한 족속이 주변을 돌아다니게 되면 정말 마음이 불편하지 않겠어? 그래서 그 족속에게 별명을 붙여 주고 허황한 이야기를 지어낸 거지. 그 족속에게 복수하고 싶었고, 모두들 두려움을 견디는 것에 대해 좀 보상받고 싶었겠지. 무슨 말인지 알겠어?」

「그래. 그렇다면 카인이 전혀 나쁜 사람이 아니었다는 뜻이야? 그리고 성경에 쓰여 있는 이야기가 전부 사실이 아니라는 말이야?」

「그렇기도 하고 그렇지 않기도 해. 옛날, 아주 옛날이야기들은 항상 사실이지. 하지만 항상 사실대로 올바르게 기록되는 것도 아니고 또 항상 올바르게 설명되지도 않아. 간단히 말해서, 카인은 멋진 남자였어. 다만 사람들이 카인을 두려워한 나머지 그런 이야기를 갖다 붙인 거라고. 그 이야기는 그냥 소문이었어. 그런 이야기 있잖아, 사람들이 생각나는 대로 아무 데서나 떠드는 이야기. 카인과 그의 후손에게 실제로 일종의 〈표식〉이 있었고, 그들이 대부분의 사람들과 달랐다는 것만은 사실이야.」

나는 깜짝 놀랐다.

「그렇다면 동생을 죽인 것도 사실이 아니라는 거야?」 나는 얼이 빠져서 물었다.

「아니! 그건 틀림없이 사실이야. 강자가 약자를 때려죽였어. 실제로 친동생이었는지는 의심의 여지가 있어. 그건 중요하지 않아. 결국 모든 인간은 형제니까. 그러니까, 강한 자가 약한 자를 때려죽였어. 그것은 영웅적인 행위였을 수도 있고 아니었을 수도 있어. 어쨌든 이제 다른 약자들은 두려움에 벌벌 떨며 신세를 한탄했어. 그러자 누가 물었어. 〈왜 너희들이 그를 때려죽이지 않지?〉 그러면 그들은 〈우린 겁쟁이니까〉라고 대답하지 않았어. 〈그럴 수 없어. 그에겐 표식이 있어. 하느님이 그에게 표식을 주셨거든!〉이라고 대답했어. 틀림없이 이런 식으로 근거 없는 이야기가 생겨났을 거야. 이런, 널 너무 오래 붙잡고 있었잖아. 그럼 안녕!」

데미안은 알트 거리로 접어들었고, 나는 혼자 남았다. 그렇게 어리벙벙하기는 생전 처음이었다. 데미안이 가고 나자,

그가 말한 모든 게 완전히 황당무계하게 여겨졌다! 카인이 고매한 인간이고 아벨이 겁쟁이라니! 카인의 표식이 훈장이라니! 말도 안 되는 소리였다. 파렴치한 신성 모독이었다. 그렇다면 하느님은 어디 계셨단 말인가? 하느님은 아벨의 제물을 받으시고 아벨을 사랑하지 않으셨던가? 아니, 얼토당토않은 소리였다! 나는 데미안이 나를 놀리고 골릴 작정이었을 거라고 추측했다. 그는 지독히 약아빠진 녀석이었고 말재간이 있었다. 하지만 그건 — 아니었다 —

아무튼 나는 성경 이야기나 다른 이야기에 대해 그때까지 한 번도 그렇게 깊이 생각해 본 적이 없었다. 그런데 정말 오랜만에 프란츠 크로머를 까맣게 잊고 있었다. 몇 시간 동안이나, 저녁 내내 완전히 잊고 있었다. 나는 성서에 나오는 카인과 아벨의 이야기를 집에서 다시 한 번 자세히 읽어 보았다. 그 이야기는 짧고 분명했다. 거기에서 특이하고 비밀스러운 해석을 찾으려는 것은 완전히 미친 짓이었다. 그런 식으로 해석한다면 누군가를 때려죽인 사람들 모두 하느님의 총애를 받는다고 선언할 수 있을 것이다! 아니, 그건 허무맹랑한 소리였다. 데미안이 그런 일들을 말하는 방식은 근사했다. 모든 게 자명한 듯 경쾌하고 멋졌다. 게다가 그 눈빛!

물론 나 자신은 좀 정상이 아니었다. 사실은 많이 뒤죽박죽이었다. 그 전까지 나는 밝고 깨끗한 세계에서 살아왔으며 나 자신은 아벨과 같은 부류였다. 그런데 이제 〈다른〉 세계에 깊이 휘말려 있었다. 나는 깊이 추락하고 나락으로 떨어졌다. 하지만 나로서는 근본적으로 어찌할 도리가 없었다! 어쩌다 이렇게 되었을까? 그렇다, 지난 기억 하나가 번개처럼 떠오르면서 한순간 숨이 멎을 것만 같았다. 지금의 불행이 시작되었던 그 고약한 저녁에 아버지와의 사이에서 있었던 일이었다. 그때 한순간 나는 갑자기 아버지와 아버지의 밝은 세계와 지혜를 꿰뚫어 본 양 경멸했다! 그렇다, 그때 나는 카인이 되어 표식을 달고 있었으며, 표식이 수치가 아니라 훈장이라고 자만했다. 내가 잘못을 저지르고 불행에 빠짐으로써 아버지보다, 선하고 경건한 사람들보다 더 높이 있다고 착각했다.

그 당시 내가 그 체험을 이렇듯 명확한 생각으로 정리할 수 있었던 것은 아니다. 하지만 이 모든 것이 그 안에 내포되어 있었다. 다만 여러 감정들, 기이한 흥분의 불꽃이 나를 고통스럽게 하면서도 내 마음을 자부심으로 채웠다.

돌이켜 생각해 보면, 데미안은 두려움을 모르는 사람들과 나약한 사람들에 대해 얼마나 별나게 말했던가! 카인의 이마에 찍힌 표식을 얼마나 별나게 해석했던가! 그의 눈, 어른의 눈 같은 독특한 눈은 얼마나 기이하게 빛을 발했던가! 그러자 이런 생각이 어렴풋이 뇌리를 스쳤다. 그 자신, 데미안 자신이 그런 카인의 부류가 아닐까? 스스로 카인과 비슷하다고 느끼지 않는다면 무엇 때문에 카인을 옹호하겠어? 왜 그의 눈빛은 그렇게 힘이 있을까? 그리고 왜 〈다른〉 사람들, 겁 많은 사람들에 대해 그렇게 조롱하듯 말할까? 그들이야말로 경건한 자들이고 하느님의 마음에 드는 자들인데.

이런 생각들이 한도 끝도 없이 이어졌다. 돌멩이 하나가 우물에 떨어졌고, 그 우물은 내 어린 영혼이었다. 내가 뭔가를 인식하고 의심하고 비판하려 할 때마다 카인과 형제 살해, 표식에 얽힌 일은 오랫동안, 아주 오랫동안, 내 생각의 출발점이 되곤 했다.

다른 학생들도 데미안에게 관심을 기울이는 것을 알 수 있었다. 나는 카인의 이야기에 대해 아무에게도 말하지 않았지만, 다른 아이들도 데미안에게 흥미를 느끼는 것 같았다. 적어도 〈새 전학생〉에 대한 많은 소문이 나돌았다. 내가 그 모든 소문들을 기억하고 있다면, 소문 하나하나가 그를 이해하는 데 도움이 될 것이고 또 모든 소문들을 일일이 해석해 볼 수도 있을 것이다. 하지만 데미안의 어머니가 큰 부자라는 소문이 처음에 퍼졌다는 것만 내 기억에 남아 있다. 그리고 데미안의 어머니가 절대 교회에 나가지 않고 아들도 마찬가지라는 풍문도 나돌았다. 모자가 유대인이라고 주장하는 사람도 있었지만, 남모르게 이슬람교도일 가능성도 있었다. 막스 데미안의 체력에 대한 동화 같은 이야기들도 떠돌았다. 데미안의 학급에서 제일 힘센 녀석이 그에게 싸움을 걸었다가 거절당했고, 그러자 그를 겁쟁이라고 불렀다가 큰 코다친 것은 확실했다. 그 자리에 있었던 아이들 말로는, 데미안이 한 손으로 녀석의 목덜미를 움켜잡고 세게 누르자 녀석의 얼굴이 하얗게 질렸다는 것이었다. 녀석은 나중에 뺑소니를 쳤는데, 며칠 동안 한쪽 팔을 쓰지 못했다고 한다. 심지어 어느 날 저녁에는 녀석이 죽었다는 소문까지 나돌았다. 한동안 별의별 소문이 떠돌았고 모두들 그런 소문들을 믿었다. 하나같이 흥분되고 기괴한 소문들이었다. 그러다가 한동안은 모두들 그런 소문들에 질린 듯했다. 하지만 얼마 지나지 않아 학생들 사이에서 새로운 소문들이 퍼졌다. 데미안이 여자아이들과 은밀히 사귀고 있으며 〈모르는 게 없다〉고들 쑥덕거렸다.

그러는 동안 프란츠 크로머와의 일은 어쩔 수 없이 계속

되었다. 나는 크로머에게서 벗어나지 못했다. 그는 때로 며칠씩 나를 조용히 내버려 두었을지라도, 나는 그에게 얽매여 있었다. 내 꿈속에서 그는 마치 내 그림자처럼 함께 살았다. 내 상상력은 그가 현실에서 하지 않은 것까지 꿈속에서 하게 만들었다. 그런 꿈들 속에서 나는 완전히 그의 노예가 되었다. 나는 현실보다는 그런 꿈들 속에서 더 많이 살았다. 나는 원래 꿈을 많이 꾸었다. 그 그림자들은 내게서 힘과 생기를 빼앗아 갔다. 나는 무엇보다도 크로머가 나를 학대하고 내게 침을 뱉고 무릎으로 나를 깔아뭉개는 꿈을 자주 꾸었다. 그가 나로 하여금 무서운 범죄를 짓도록 유혹하는 꿈은 훨씬 더 나빴다. 아니, 유혹한 것이 아니라 무지막지하게 강요했다. 그런 꿈들 중에서도 내가 아버지를 죽이려고 하는 내용을 담고 있는 것이 가장 끔찍했다. 나는 반쯤 미쳐서 그 악몽에서 깨어났다. 꿈속에서 크로머는 칼을 갈아 내 손에 쥐어 주었다. 우리는 가로수 뒤에 숨어서 누군가를 기다렸는데, 누구를 기다리는지는 몰랐다. 하지만 그 누군가가 가까이 다가왔을 때, 크로머가 내 팔을 누르며 그 사람을 칼로 찌르라고 말했다. 그 사람은 우리 아버지였다. 그 순간 나는 잠에서 깨어났다.

나는 그런 일들을 겪으며 카인과 아벨을 생각했지만 데미안은 더 이상 거의 생각하지 않았다. 데미안이 다시 내게 가까이 다가온 것도 기묘하게 꿈속에서였다. 나는 또다시 학대받고 폭력에 시달리는 꿈을 꾸었다. 그런데 이번에는 무릎으로 나를 깔아뭉개는 사람이 크로머가 아니라 데미안이었다. 그리고 크로머에게서는 고통스럽게 저항하며 겪었던 모든 일을, 데미안에게서는 두려움과 환희가 뒤섞인 감정으로 기꺼이 감수했다. 이것은 전적으로 새로운 점이었으며 내게 깊은 인상을 남겼다. 나는 이런 꿈을 두 번 꾸었고, 그다음엔 크로머가 다시 그 자리를 차지했다.

그런 꿈들에서 겪은 일들과 현실에서 실제로 겪은 일들은 이미 오래전부터 더 이상 명확히 구분되지 않는다. 어쨌든 크로머와의 악연은 계속되었고, 내가 훔친 잔돈푼으로 마침내 빚진 돈을 전부 갚았을 때도 끝나지 않았다. 아니, 이제 그는 내가 돈을 훔친 사실을 알고 있었다. 돈을 어디서 났냐고 번번이 내게 캐물었기 때문이다. 그래서 나는 더 옴쭉 못하고 그의 손아귀에 붙잡혀 있었다. 크로머는 툭 하면 아버지에게 모든 걸 이르겠다고 협박했다. 그럴 때마다 두려움보다는 왜 처음부터 내 입으로 아버지에게 모든 걸 말씀드리지 않았는지 후회가 앞섰다. 그런데도, 그리고 내 처지가 아무리 비참했어도, 모든 걸 후회한 것은 아니었다. 적어도 항상 후회한 것은 아니었다. 때로는 모든 것이 이렇게 될 수밖에 없었다는 생각도 들었다. 불운이 내 머리 위에 드리워져 있었고, 그것을 깨려고 하는 것은 쓸데없는 짓이었다.

그런 상황에서 우리 부모님은 아마 적잖이 맘고생을 하셨을 것이다. 낯선 악령이 나를 덮쳤고, 나는 그토록 친밀했던 가족 공동체와 더 이상 어울리지 못했다. 마치 잃어버린 낙원을 그리워하듯 가족 공동체를 향한 미칠 듯한 그리움이 종종 휘몰아쳤다. 가족들은 나를 악동보다는 환자처럼 대해 주었는데, 특히 어머니가 그러셨다. 하지만 무엇보다도 두 누이의 태도를 보면, 그때 상황이 실제로 어땠는지 잘 알 수 있었다. 누이들의 태도는 내게 무척 관대하면서도 나를 한없이 슬프게 했는데, 그런 태도에서 나를 일종의 신들린 사람으로 생각하는 것이 분명하게 드러났다. 신들린 사람의 안에는 악이 들어앉았는데도 그 상태를 나무라기보다는 한탄하기 마련이다. 가족들이 나를 위해서 평소와는 다르게 기도하는 것이 느껴졌고, 또 그 기도가 부질없다는 것도 느껴졌다. 나는 무거운 짐에서 벗어나고 싶은 갈망과 정식으로 참회하고 싶은 욕구를 종종 절실하게 느꼈다. 그러나 아버지와 어머니에게 모든 걸 제대로 말씀드릴 수도, 설명할 수도 없다는 것을 처음부터 알고 있었다. 나는 부모님이 그 일을 다정하게 받아들이시고 나를 무척 감싸 주시고 안타깝게 여기시겠지만 완전히 이해하시진 못할 것을 알고 있었다. 그 모든 것이 운명이었는데도 일종의 탈선으로 여겨질 터였다.

만 열한 살이 안 된 어린아이가 설마 그런 감정을 느꼈을까 믿지 못하는 사람들도 더러 있을 것이다. 나는 그런 사람들에게 이 일을 이야기하는 것이 아니다. 인간에 대해 보다 잘 아는 사람들에게 이야기한다. 자신이 느끼는 감정의 일부를 생각으로 바꾸는 법을 배운 어른들은, 아이들에게는 그런 생각을 할 능력이 없고 그래서 그런 감정을 겪을 수도 없다고 여긴다. 하지만 그때처럼 그런 감정을 깊이 겪고 고통받은 적은 내 평생에 별로 없다.

어느 비 오는 날이었다. 나는 내 박해자에게 부르크 광장으로 나오라는 호출을 받았다. 물방울이 뚝뚝 듣는 검은 밤나무에서 쉴 새 없이 떨어지는 젖은 잎들을 발로 헤집으며 기다리고 있었다. 수중에 돈은 없었지만, 크로머에게 최소한 뭐라도 줄 셈으로 케이크 두 조각을 가지고 있었다. 나는 어딘가 외진 곳에서 그를 기다리는 데 이미 오래전부터 익숙해 있었다. 아주 오래도록 기다릴 때도 종종 있었다. 사람들이 달리 어쩔 도리가 없는 것을 받아들이듯 나는 그 상황을 받아들였다.

마침내 크로머가 나타났다. 그날 그는 오래 머물지 않았다. 그는 내 갈비뼈를 몇 번 툭툭 치고는 웃으며 케이크를 받아 들었다. 게다가 내게 축축한 담배를 권하기까지 했지만 나는 받지 않았다. 크로머는 평소보다 친절했다.

「좋아.」 그는 헤어질 때 말했다. 「잊어버릴까 봐 미리 말해두는데, 다음번엔 네 누나를 데려와. 큰누나 말이야, 그런데 이름이 뭐더라?」

나는 무슨 말인지 도통 알아듣지 못했고 그래서 대답도 하지 않았다. 그냥 어리벙벙한 표정으로 그를 바라보았을 뿐이다.

「무슨 말인지 몰라? 네 누나를 데려오란 말이야.」

「알아, 크로머. 하지만 그건 안 돼. 그럴 순 없어. 누나도 절대 오지 않을 거야.」

나는 그가 또 핑곗거리를 만들어 내 트집을 잡고 있는 거라고 생각했다. 그는 종종 그런 수법을 사용했다. 뭔가 불가능한 것을 요구해서 나를 기겁하게 하고 굴복시키고는 차츰 흥정을 유도했다. 그러면 나는 돈이나 다른 선물을 주고 그 자리를 모면했다.

이번에는 크로머가 사뭇 다르게 나왔다. 내가 거절했는데도 별로 화를 내지 않았다.

「하긴 그래,」 그는 대수롭지 않게 말했다. 「잘 생각해 봐. 난 네 누나와 알고 지내고 싶거든. 무슨 방법이 있을 거야. 네가 함께 산책하자고 누나를 데리고 나오는 건 어때? 그러면 내가 그 자리에 합세하는 거야. 내일 내가 휘파람으로 신호를 보낼게. 우리 그 일에 대해 한번 더 이야기해 보자고.」

크로머가 가고 나자 그가 뭘 원하는지 퍼뜩 뇌리를 스치는 게 있었다. 나는 아직 철모르는 어린애였지만, 소년 소녀들이 좀 더 나이가 들면 뭔가 비밀스럽고 상스럽고 금지된 일을 할 수 있다는 것 정도는 귀동냥으로 들어 알고 있었다. 그러니까 이제 나더러 — 나는 그게 얼마나 엄청난 일인지 문득 분명하게 깨달았다! 절대 그런 일은 하지 않겠다고 그 자리에서 단단히 결심했다. 하지만 그렇게 되면 막상 무슨 일이 벌어질 것인지, 크로머가 내게 어떻게 앙갚음할 것인지에 대해서는 감히 생각할 엄두조차 나지 않았다. 이제 새로운 고문이 시작되었다. 아직 끝난 게 아니었다.

나는 두 손을 호주머니에 집어넣은 채 암담한 심정으로 텅 빈 광장을 가로질러 걸었다. 새로운 고통, 새로운 종살이가 나를 기다리고 있었다!

그때 활기차면서도 그윽한 목소리가 나를 불렀다. 나는 깜짝 놀라 달리기 시작했다. 누군가가 내 뒤를 쫓아왔고, 한 손이 등 뒤에서 부드럽게 나를 붙잡았다. 막스 데미안이었다.

나는 달리는 걸 포기했다.

「난 또 누구라고.」 나는 불안스레 말했다. 「깜짝 놀랐잖아!」

데미안은 나를 바라보았다. 그의 눈빛이 그때보다 더 어른스럽고 더 우월하고 더 예리한 적은 없었다. 우리가 다시 함께 이야기를 나누기는 퍽 오랜만의 일이었다.

「미안해.」 그는 친절하면서도 매우 단호하게 말했다. 「하지만 이봐, 그렇게 깜짝 놀랄 거까진 없잖아.」

「그건 그래. 하지만 놀랄 수도 있어.」

「그 말도 맞는 것 같군. 하지만 만일 너한테 아무 짓도 안 한 사람 앞에서 네가 소스라치게 놀란다면 그 사람은 도대체 왜 그럴까 생각하지 않을 수 없어. 의아하게 여기면서 호기심이 동하기 마련이야. 그 사람은 네가 이상하게도 잘 놀라는구나 생각하고는 겁이 많으면 그럴 수도 있다고 여기지. 겁쟁이들은 항상 겁이 많거든. 하지만 내 생각에 너는 원래 겁쟁이가 아닌 것 같은데, 그렇지 않아? 아, 물론 넌 영웅도 아니야. 네가 무서워하는 것들도 있고 또 무서워하는 사람들도 있겠지. 하지만 절대 그러면 안 돼. 아니, 절대 사람들을 무서워하면 안 돼. 설마 나를 무서워하는 건 아니겠지? 아니면 혹시 무서워하는 거야?」

「아, 아냐. 하나도 안 무서워.」

「거봐, 그렇지. 하지만 네가 무서워하는 사람들은 있지?」

「잘 모르겠어……. 날 가만 내버려 둬. 나한테 뭘 원하는 거야?」

데미안은 나와 함께 보조를 맞춰 걸었다. 나는 도망칠 생각으로 걸음을 더욱 빨리했다. 옆에서 날 바라보는 그의 시선이 느껴졌다.

「내가 너한테 호의를 품고 있다고 한번 생각해 봐.」 그가 다시 말문을 열었다. 「아무튼 나를 무서워할 필요는 없어. 나는 너하고 한 가지 실험을 해보고 싶어. 그 실험은 재미도 있는데다가 넌 아주 쓸모 있는 걸 배울 수도 있어. 잘 들어 봐! 나는 독심술이라고 불리는 기술을 이따금 시험해 보곤 해. 마술은 아니지만, 그 원리를 모르면 아주 특이한 것 같지. 그걸로 사람들을 깜짝 놀라게 할 수도 있어. 자, 우리 한번 시험해 보자고. 그러니까, 나는 너를 좋아해. 아니면 너한테 관심이 많아서 네 마음속이 어떤지 알아내고 싶어. 그러기 위해서 나는 벌써 첫걸음을 내디뎠어. 너를 깜짝 놀라게 만들었거든. 그러니까 너는 뭔가에 잘 놀라곤 해. 그렇다면 네가 무서워하는 일들이나 사람들이 있다는 거지. 왜 그럴까? 사람들을 무서워해서는 안 되는 법이거든. 누군가를 두려워한다면, 그건 그 사람에게 자신을 지배할 수 있는 힘을 내주었기 때문이지. 예를 들어 나쁜 짓을 저질렀는데, 상대방이 그 사실을 알고 있는 경우가 있어. 그러면 그가 너를 지배할 수 있는 힘을 갖게 되는 거지. 무슨 말인지 알아들었어? 아주 명확해, 그렇지?」

나는 속수무책으로 그의 얼굴을 바라보았다. 그의 얼굴은 늘 그랬듯 진지하고 총명하고 선량했지만 조금도 다정하지 않았다. 그보다는 차라리 엄격했다. 정의감 아니면 그 비슷한 것이 어려 있었다. 내게 무슨 일이 일어나고 있는지 알 수 없었다. 그가 내 앞에 마법사처럼 서 있었다.

「무슨 말인지 이해했어?」 그가 재차 물었다.

나는 고개를 끄떡였다. 말이 전혀 나오지 않았다.

「내가 벌써 말했지, 독심술이란 게 좀 웃긴다고. 하지만 아주 자연스러운 것이기도 해. 예를 들어 지난번에 내가 너한테 카인과 아벨 이야기를 들려주었지. 그때 네가 나를 어떻게 생각했는지 꽤 정확하게 말할 수 있어. 하긴, 그건 지금 이 일과는 아무 상관 없지. 또 나는 네가 한 번쯤 내 꿈을 꾸었을 거라고도 생각해. 그건 그렇고! 너는 영리한 아이야. 대부분의 아이들은 멍청해! 나는 이따금 믿을 만한 영리한 아이하고 이야기하는 게 좋아. 그래도 괜찮겠어?」

「그래, 좋아. 그런데 무슨 말인지 전혀 모르겠어…….」

「일단은 이 재미있는 실험을 계속해 보자고! 그러니까 우리는 S라는 소년이 쉽게 놀라는 사실을 알아냈어. 그 소년은 누군가를 두려워하고 있어. 어쩌면 그 누군가하고 얽힌 무척 거북한 비밀을 숨기고 있을 가능성이 많아. 대략 맞지 않아?」

꿈속에서처럼 나는 그의 목소리, 그의 영향력에 굴복했다. 나는 다만 고개만 끄떡였을 뿐이다. 지금 이 목소리는 오로지 내 안에서 나올 수 있는 목소리가 아닐까? 모든 것을 알고 있는 목소리, 모든 것을 나 자신보다 더 분명히 더 잘 알고 있는 목소리가 아닐까?

데미안이 내 어깨를 힘차게 두들겼다.

「그래, 맞구나. 그럴 줄 알았어. 이제 한 가지 질문만 남았어. 좀 전에 저쪽으로 간 아이 이름이 뭔지 알아?」

나는 소스라치게 놀랐다. 데미안이 건드리자 내 비밀은 고통스럽게 내 안으로 움츠러들어 밖으로 모습을 드러내려 하지 않았다.

「어떤 아이 말이야? 나 말고는 아무도 없었는걸.」

데미안은 웃었다.

「어서 말해!」 그는 웃었다. 「그 아이 이름이 뭐야?」

나는 속삭이듯 말했다. 「프란츠 크로머 말이야?」

그는 흡족한 표정으로 내게 고개를 끄떡였다.

「브라보! 넌 똑똑한 아이야. 우린 친구가 될 수 있어. 너한테 이 말만은 꼭 해주고 싶어. 그 크로머인가 뭔가 하는 애는 나쁜 녀석이야. 얼굴만 봐도 비열한 녀석이라는 걸 알 수 있어. 네 생각은 어때?」

「그래, 맞아.」 나는 안도의 한숨을 내쉬었다. 「나쁜 녀석이야. 악마야! 하지만 그 녀석이 이런 일을 알면 안 돼! 절대로 알면 안 돼! 너 그 녀석 알아? 그 녀석이 널 알아?」

「걱정 마! 그 녀석은 갔어. 그리고 날 알지도 못해. 아직은 몰라. 하지만 그 녀석을 기꺼이 만나 보고 싶어. 그 녀석, 공립 학교에 다니지?」

「맞아.」

「몇 학년이야?」

「5학년. 하지만 그 녀석한테 절대 아무 말 하지 마! 제발 부탁이야. 제발 아무 말 하지 마!」

「걱정 말라니까. 너한텐 아무 일도 없을 거야. 혹시 그 크로머라는 녀석에 대해 나한테 좀 더 알려 주지 않을래?」

「난 알려 줄 수 없어! 아니, 날 그냥 내버려 둬!」

데미안은 한동안 침묵을 지켰다.

「유감이군.」 그러더니 이렇게 말했다. 「이 실험을 계속할 수 있었는데. 하지만 널 괴롭힐 생각은 없어. 너도 그 녀석을 두려워하는 게 옳지 않다는 것은 잘 알지, 그렇지? 그런 두려움은 우리를 완전히 망가뜨릴 수 있어. 그런 두려움은 떨쳐 버려야 해. 올바른 사람이 되려면 떨쳐 버려야 한다고. 내 말 알아들었어?」

「물론이지, 네 말이 맞아……. 하지만 그게 안 되는 걸 어떡해. 넌 모른다고…….」

「너도 봤지, 내가 많은 걸 알고 있는 걸. 나는 네가 생각하는 것보다 더 많이 알고 있어. 혹시 그 녀석한테 돈을 빚졌니?」

「응. 그렇기도 해. 하지만 그건 중요하지 않아. 내 입으론 말할 수 없어. 말할 수 없다고!」

「그렇다면 그 녀석에게 빚진 돈을 내가 갚아 줘도 아무 소용이 없을까? 그 정도는 얼마든지 줄 수 있어.」

「아니, 아냐. 그건 아니야. 제발 부탁이야, 아무한테도 그런 말 하지 마! 절대 한마디도 하지 마! 네가 이러니까 비참한 기분이 들잖아!」

「날 믿어, 싱클레어. 나중에 언젠가는 나한테 그 비밀을 말하게 될 거야 ―」

「절대, 절대로 그런 일은 없어!」 나는 격렬하게 소리쳤다.

「네 마음대로 해. 다만 내 말은, 네가 나중에 언젠가 나한테 더 많은 것을 말할 수도 있다는 뜻이야. 물론 자발적으로 말이야. 설마 내가 크로머처럼 굴 거라고 생각하는 건 아니지?」

「아, 아니야. 하지만 넌 그 일에 대해 아무것도 모르잖아.」

「아무것도 모르지. 다만 도대체 무슨 일일까 곰곰 생각해 볼 뿐이야. 그리고 난 절대로 크로머처럼 굴지 않을 거야. 내 말 믿어. 그리고 넌 나한테 빚진 것도 없잖아.」

우리는 꽤 오래 침묵을 지켰고 나는 차츰 차분해졌다. 하지만 데미안이 그 일을 알고 있다는 사실이 갈수록 수수께끼인 것 같았다.

「이젠 집에 가야겠어.」 그가 빗속에서 로덴 코트를 더 단단히 여미며 말했다. 「이왕 말이 나왔으니, 한 가지만 더 말할게. 넌 그 녀석을 떨쳐 버려야 해! 다른 방법이 없으면 죽여 버려! 만일 그렇게 한다면 난 찬성이야. 네게 감탄할걸. 나도 도와줄게.」

나는 또다시 겁이 와락 났다. 카인의 이야기가 퍼뜩 뇌리에 떠올랐다. 섬뜩한 기분이 들었다. 나는 훌쩍이기 시작했다. 내 주변에 섬뜩한 일들이 너무 많았다.

「괜찮아.」 막스 데미안은 미소를 지었다. 「어서 집으로 가! 무슨 수가 있을 거야. 때려죽이는 방법이 가장 간단하긴 한데. 이런 경우엔 언제나 가장 간단한 게 가장 좋은 방법이거든. 크로머 같은 친구와 어울리면 좋을 게 하나도 없어.」

나는 집으로 돌아왔다. 마치 1년 동안 어디 멀리 갔다 온 기분이었다. 모든 게 달라 보였다. 나와 크로머 사이에 미래 같은 것, 희망 같은 것이 놓여 있었다. 나는 더 이상 혼자가 아니었다! 내가 그 길고 긴 몇 주 동안 비밀을 끌어안은 채 얼마나 끔찍하게 혼자였는지 그제야 비로소 알 것 같았다. 그러자, 부모님 앞에서 참회하면 마음은 가벼워질지 모르지만 완전히 구원받지 못할 거라고 여러 번 곰곰 생각했던 일이 즉시 뇌리에 떠올랐다. 그런데 이제 거의 참회한 셈이었다. 다른 사람에게, 낯선 사람에게. 구원의 예감이 강렬한 향기처럼 나를 향해 날아왔다!

그렇다고 두려움을 극복한 것은 결코 아니었다. 나는 여전히 적과의 길고도 끔찍한 대결을 각오하고 있었다. 그럴수록 모든 게 무척 조용하게, 아주 비밀스럽고도 평온하게 흘러가는 것이 이상하게만 느껴졌다.

우리 집 앞에서 크로머의 휘파람 소리가 사라졌다. 하루, 이틀, 사흘, 일주일 동안이나. 나는 감히 그 사실을 믿을 엄두가 나지 않았으며, 전혀 예상하지 못한 순간에 돌연히 그가 다시 나타날 것을 마음속으로 대비했다. 그런데 그는 끝까지 나타나지 않았다! 나는 새롭게 얻은 자유가 믿어지지 않았고 그 사실이 여전히 실감나지 않았다. 그러던 어느 날

마침내 프란츠 크로머와 맞닥뜨렸다. 그는 곧장 내 쪽으로 자일러 거리를 내려오고 있었다. 그러다 나를 보고 움찔 놀라더니 얼굴을 잔뜩 찌푸렸다. 그러고는 나와 마주치지 않으려고 그대로 발길을 돌려 가버렸다.

내게는 엄청난 순간이었다! 적이 내 앞에서 줄행랑을 놓다니! 내 악마가 나를 무서워하다니! 기쁨과 놀라움이 전신을 타고 흘렀다.

그 무렵 데미안이 다시 모습을 나타냈다. 그는 학교 앞에서 나를 기다리고 있었다.

「안녕.」 나는 말했다.

「안녕, 싱클레어. 네가 어떻게 지내는지 소식이 궁금했거든. 크로머가 이제 귀찮게 하지 않지, 그렇지?」

「네가 손을 쓴 거야? 그런데 어떻게? 어떻게 손을 썼지? 난 도무지 영문을 모르겠어. 그 녀석이 완전히 자취를 감추었거든.」

「그거 잘됐군. 그 녀석이 혹시라도 다시 나타나면, 그럴 리는 없겠지만 워낙 뻔뻔한 녀석이라서 알 수 없거든. 그러면 데미안을 기억하라고만 말해 둬.」

「근데 도대체 무슨 일이냐고? 그 녀석하고 한판 붙어서 실컷 두들겨 패준 거야?」

「아니, 나는 그런 거 좋아하지 않아. 그냥 너하고 이야기하듯이 이야기했을 뿐이야. 그러면서 너를 가만 내버려 두는 편이 신상에 좋을 거라고 깨우쳐 주었지.」

「와, 그렇다면 그 녀석한테 돈을 주지 않았단 말이지?」

「그래, 이 친구야. 그 방법은 네가 벌써 써봤잖아.」

내가 더 자세히 캐물으려고 하자 데미안은 서둘러 그곳을 떴다. 나는 전처럼 그에 대해 불안한 마음을 안고 혼자 남았다. 그 마음은 고마움과 부끄러움, 감탄과 두려움, 애정과 은밀한 거부감이 묘하게 뒤섞여 있었다.

나는 가까운 시일 안에 그를 다시 만나 보기로 마음먹었다. 그러면 그 모든 일에 대해서, 그리고 또 카인의 일에 대해서도 더 많은 이야기를 할 생각이었다.

하지만 그런 기회는 오지 않았다.

고마움은 결코 내가 신뢰하는 미덕이 아니다. 그리고 어린아이에게 그런 감정을 요구하는 것 자체가 잘못된 일이 아닌가 싶다. 그러니 내가 막스 데미안에게 보여 준 철저한 배은망덕은 그리 놀라운 일도 아니다. 그가 크로머의 손아귀에서 나를 구해 주지 않았더라면 내 인생은 병들고 망가졌을 것이라고 나는 오늘날 굳게 믿는다. 그 당시에도 이미 나는 그 구원을 내 어린 인생의 최대 체험으로 느꼈다. 하지만 내 구원자가 그 기적을 행하자마자, 나는 그를 완전히 무시해 버렸다.

이미 말했듯이, 내 배은망덕은 별로 이상하게 생각되지 않는다. 다만 내가 보여 준 호기심의 결핍만은 참 묘한 일로 여겨진다. 데미안이 내게 넌지시 귀띔해 준 비밀들에 대해 더 자세히 알려 하지 않은 채로 어떻게 단 하루라도 편안히 살 수 있었을까? 카인에 대해, 크로머에 대해, 독심술에 대해 더 많은 걸 듣고 싶다는 욕망을 어떻게 억누를 수 있었을까?

이해되지는 않지만 사실이 그렇다. 나는 나 자신이 갑자기 악령의 그물에서 풀려난 것을 보았고, 세상이 다시 밝고 즐겁게 내 앞에 놓인 것을 보았다. 더 이상 두려움의 발작과

목을 조르는 듯한 두근거림에 시달리지 않았다. 저주가 풀렸고, 나는 이제 괴롭힘을 당하는 저주받은 자가 아니라 여느 때처럼 다시 학생이었다. 내 천성은 가능한 한 빨리 안정되고 평온한 삶으로 되돌아가려 했으며, 무엇보다도 그 많은 추악하고 위협적인 것들을 밀쳐 내고 잊어버리려고 애썼다. 내가 잘못을 저지르고 두려움에 시달렸던 기나긴 이야기는 언뜻 보기에 아무런 흉터나 자국을 남기지 않은 채 놀랄 만큼 빠르게 내 기억에서 사라졌다.

그에 비해서 나를 도와주고 구해 준 사람마저 마찬가지로 빨리 잊으려 했다는 것은 오늘날에도 이해가 된다. 나는 손상된 영혼의 모든 힘과 충동을 모아 내 저주의 비참한 골짜기로부터, 크로머의 끔찍한 종살이로부터 예전에 행복하고 만족스럽게 지냈던 곳으로 도망쳤다. 다시 문이 열린 잃어버린 낙원으로, 아버지와 어머니의 밝은 세계로, 누이들에게로, 순수함의 향기로, 하느님이 어여삐 여기신 아벨의 영역으로.

데미안과의 짧은 대화 후, 나는 마침내 다시 자유를 다시 찾았다고 굳게 확신했으며 지난 일이 다시 되풀이될 것을 더 이상 두려워하지 않게 되었다. 바로 그날, 그동안 그토록 자주 애타게 바라던 일을 실행에 옮겼다. 참회를 한 것이다. 나는 자물쇠가 망가지고 돈 대신 장난감 동전이 들어 있는 저금통을 어머니에게 보여 드렸다. 그리고 내 잘못으로 인해 못된 녀석에게 붙들려 얼마나 오랫동안 괴롭힘을 당했는지 말씀드렸다. 어머니는 무슨 영문인지 전부 이해하지는 못하셨지만, 저금통을 보고, 내 변한 눈빛을 보고, 내 변한 목소리를 듣고는 내가 치유되어 다시 어머니의 품으로 돌아왔음을 느끼셨다.

나는 길 잃었던 아들이 다시 집으로 돌아온 기쁨, 다시 가족으로 받아들여진 기쁨을 엄숙한 마음으로 만끽했다. 어머니는 나를 아버지에게 데려가셨고, 같은 이야기가 되풀이되었고, 질문과 놀람의 외침이 터져 나왔다. 부모님은 내 머리를 쓰다듬으시며 오랜 압박에서 벗어나 안도의 한숨을 내쉬셨다. 모든 것이 근사했고, 모든 것이 마치 이야기 속의 일 같았으며, 모든 것이 경이롭게도 화기애애하게 해결되었다.

나는 진실로 온 열정을 다해 그 화기애애함 속으로 도망쳤다. 내 평화와 부모님의 신뢰를 되찾은 것이 마냥 한없이 좋기만 했다. 나는 집안의 모범생이 되었으며, 누이들과 전에 없이 자주 어울려 놀았고, 예배 시간에는 구원받고 회개한 사람의 심정으로 정겨운 옛 찬송가들을 함께 불렀다. 그 모든 것은 진심에서 우러나왔으며 일말의 거짓도 없었다.

그런데도 문제는 전혀 해결된 게 아니었다! 내가 데미안을 그토록 까맣게 잊어버린 것을 설명할 수 있는 진실하고도 유일한 이유는 바로 여기에 있다. 나는 데미안에게 모든 걸 털어놓았어야 했다! 그 고백은 덜 멋지고 덜 감동적이었겠지만, 나를 위해 더 풍성한 결실을 맺었을 것이다. 데미안은 내가 예전의 낙원 같은 세계에 다시 굳게 뿌리내리도록 붙들어 주었고, 나는 집으로 돌아와 자비롭게 받아들여졌다. 하지만 데미안은 절대로 그 세계에 속하지 않았고 그 세계에 어울리지 않았다. 데미안도 유혹하는 자였다. 크로머와는 달랐지만 그와 마찬가지로 유혹하는 자였다. 그도 나를 사악하고 나쁜 두 번째 세계와 연결시켰다. 그런데 나는 그 세계에 대해 더 이상 영원히 알고 싶지 않았다. 나 자신이 다시 아벨로 돌아온 지금에 와서, 아벨을 포기하고는 카인을 찬미하는 걸 도울 수 없었고 또 돕고 싶지도 않았다.

외면적인 상황은 그랬다. 하지만 실상은 이랬다. 나는 악마 같은 크로머의 손아귀에서 벗어났지만 나 자신의 힘과 능력으로 벗어난 게 아니었다. 나는 세상의 오솔길들을 걸어 보려 시도했지만, 그 길들이 내게는 너무 미끄럽고 위험했다. 그런데 친절한 손길이 나를 구해 주었고, 나는 더 이상 한눈팔지 않고서 곧장 어머니의 품속으로, 애지중지 보호받는 유순한 어린 시절의 포근한 세계로 득달같이 돌아간 것이다. 나는 실제의 나보다 더 어리고 더 철없고 더 의지하는 척 굴었다. 크로머에 대한 예속 관계를 새로운 예속 관계로 대체해야 했다. 혼자서는 길을 갈 수 없었기 때문이다. 그래서 나는 눈먼 마음에 아버지와 어머니에게, 예전의 사랑스러운 〈밝은 세계〉에 의지하는 쪽을 선택했다. 그러면서도 그것이 유일한 세계가 아님을 잘 알고 있었다. 만일 그렇게 하지 않았더라면 데미안의 편이 되어 데미안에게 모든 것을 털어놓아야 했을 것이다. 그렇게 하지 않은 것이 그 당시에는 그의 낯선 생각에 대한 정당한 불신의 표현이라 생각했다. 하지만 실제로는 두려움의 표현에 지나지 않았다. 데미안은 부모님보다 더 많은 것을, 훨씬 더 많은 것을 내게 바랐을 것이다. 자극하고 경고하며, 조롱하고 비꼬며 나를 더 독립적인 존재로 만들려 했을 것이다. 아아, 이제는 잘 안다, 사람들이 자기 자신에게 이르는 길을 가는 것보다 더 거부감을 느끼는 것은 이 세상에 결코 없다는 사실을!

그런데도 반년쯤 지났을 무렵, 나는 유혹을 이기지 못하고 어느 날 산책 길에, 아버지에게 카인이 아벨보다 더 훌륭

하다고 단언하는 사람들이 있는데 어떻게 생각하시느냐고 물었다.

아버지는 무척 놀라셨으며, 그건 별로 새로울 것도 없는 견해라고 설명하셨다. 더군다나 그 견해는 이미 초기 기독교 시대에 나타났으며, 여러 종파에서 그렇게 가르쳤고 그중 한 종파는 〈카인파〉라고 자처했다는 것이었다. 하지만 그 미친 교리는 당연히 우리의 신앙을 파괴하려는 악마의 수작일 뿐이란다. 만일 카인이 옳고 아벨이 그르다고 믿는다면, 하느님이 틀리셨다는 결론이 나오지 않겠느냐. 그러니까 성서의 하느님이 유일하고 올바른 분이 아니라 거짓된 분이라는 결론이 나온다는 말이다. 카인파는 실제로 그 비슷한 것을 가르치고 설교했단다. 하지만 그런 이단은 이미 오래전에 인류에게서 사라졌어. 그런데 네 학교 친구가 그런 걸 알고 있다니 놀라울 뿐이구나. 어쨌든 그런 생각에 넘어가지 말라고 진지하게 경고하고 싶구나. 아버지는 이렇게 말씀하셨다.

제3장

예수와 함께 십자가에 못 박힌 강도

내 어린 시절, 아버지와 어머니의 슬하에서 누린 포근함, 부모님을 향한 사랑, 온유하고 밝고 사랑이 넘치는 환경에서 소박하고 여유롭게 보낸 삶에 대해 이야기하는 것은 멋지고 정겹고 사랑스러운 일일 것이다. 그러나 오로지 내 관심은 내가 스스로에게 이르기 위해 디뎠던 삶의 발걸음들로 향한다. 모든 근사한 망중한, 행복의 섬과 낙원, 그런 것들이 발휘하는 마법을 나도 모르지는 않지만, 그것들은 멀리에서 광채를 발하게 그대로 놔두려 한다. 거기에 한 번 더 발을 들여놓을 마음은 없다.

그래서 내 소년 시절에 대해 더 이야기한다면, 내게 일어난 새로운 일, 나를 앞으로 내몰고 멀리 잡아채 간 일들에 대해서만 말하려 한다.

그런 자극들은 언제나 〈다른 세계〉에서 왔고 언제나 두려움과 강요, 양심의 가책을 수반했다. 언제나 혁명적이었으며 내가 기꺼이 머물고 싶던 평화를 위협했다.

허용된 밝은 세계에서는 눈에 보이지 않게 꼭꼭 숨어 있는 원초적 본능이 내 안에도 살고 있음을 새롭게 깨달을 수밖에 없는 시절이 찾아왔다. 누구에게나 그렇듯이, 성(性)에 대해 서서히 눈뜬 감정은 파괴적인 적, 금지된 것, 유혹과 죄악이 되어 나를 덮쳤다. 내 호기심이 찾는 것, 꿈과 욕망과 두려움이 만들어 내는 것, 사춘기의 커다란 비밀은 내 어린 시절의 평온을 감싼 행복에 전혀 어울리지 않았다. 나도 다른 모든 사람들처럼 행동했다. 더 이상 어린아이가 아닌데도 어린아이인 척하는 이중생활을 했다. 내 의식은 허용된 친근한 것 속에서 살았으며, 내 의식은 서서히 모습을 드러내는 새로운 세계를 부인했다. 그와 동시에 나는 꿈, 충동, 겉으로 드러나지 않는 소망들 속에서 살았다. 내 안의 유년 세계가 붕괴된 탓에, 의식적인 삶은 갈수록 더 조바심치며 그 위로 다리를 놓았다. 거의 모든 부모들이 그렇듯이 우리 부모님도 깨어나는 삶의 충동들을 도와주지 않으셨고, 거기에 대한 이야기도 오가지 않았다. 다만 부모님은 내가 현실적인 것을 부정하는 동시에 점점 더 비현실적이고 거짓이 되어 가는 유년 세계에 안주하려고 하는 가망 없는 시도들을 줄기차게 정성껏 도와주셨을 뿐이다. 과연 이런 일에서 부모들이 많은 도움이 될 수 있는지 나는 알지 못하며 또 내 부모님을 비난하고 싶은 마음도 없다. 내 문제를 해결하고 내 길을 찾아내는 것은 나 자신의 일이었으며, 대부분 고이 자란 아이들이 그렇듯이 나도 내 일을 제대로 해내지 못했다.

누구나 이런 어려움을 겪기 마련이다. 이것은 보통 사람들에게 자신만의 삶의 요구와 주변 세계가 가장 가혹하게 갈등을 빚는 지점, 앞을 향한 길을 가장 혹독하게 쟁취해야 하는 지점이다. 많은 사람들이 죽음과 새로운 탄생을 체험하는데, 이것은 우리의 운명이다. 평생 단 한 번 겪는 운명이다. 어린 시절이 바스러지면서 서서히 붕괴된다. 모든 정겨운 것들이 우리 곁을 떠나려 하고, 우리는 돌연히 우주의 고독과 치명적인 냉기에 에워싸인 것을 느낀다. 그리고 아주 많은 사람들이 영원히 그 낭떠러지에 매달려 있으며, 영영 돌이킬 수 없는 과거, 잃어버린 낙원의 꿈, 모든 꿈들 중에서 가장 고약하고 가장 살인적인 꿈에 일생 동안 고통스럽게 집착한다.

우리 이야기로 되돌아가자. 나에게 어린 시절의 종말을 알려 준 느낌들과 꿈의 형상들은 여기서 이야기할 만큼 중요하지 않다. 중요한 사실은 그 〈어두운 세계〉, 〈다른 세계〉가 또다시 등장했다는 것이다. 한때 프란츠 크로머였던 것이 이제 나 자신 안에 숨어 있었다. 그와 동시에 외부에서도 〈다른 세계〉가 다시 나에 대한 지배권을 장악했다.

크로머와의 일이 있고 여러 해가 흘렀다. 내 인생의 극적이고 죄 많았던 그 시절은 이미 아스라이 멀리 있었고 마치 짧은 악몽처럼 공허해 보였다. 프란츠 크로머는 오래전에 내 인생에서 사라졌다. 나는 어쩌다 우연히 그와 마주쳐도 별로 개의하지 않았다. 그러나 내 비극의 또 다른 중요한 등장인물인 막스 데미안은 내 주변에서 완전히 사라지지 않았다. 그는 오랫동안 멀리 변두리에 머물렀다. 눈에 띄기는 했지만 영향을 미치지는 않았다. 그는 비로소 천천히 다시 다가왔으며 다시 힘과 영향력을 발산했다.

내가 그 시절의 데미안에 대해 무얼 알고 있는지 기억을 더듬어본다. 아마 1년도 넘게 그와 단 한 번도 이야기를 나누지 않았을 것이다. 나는 그를 피했고, 그는 결코 무리하게 다가오지 않았다. 가령 우리가 어쩌다 마주치면, 그는 나를 향해 가볍게 고개를 끄떡였다. 그럴 때면 그의 친절함에 이따금 조롱이나 비꼬는 듯한 비난이 설핏 어려 있는 것 같았다. 하지만 내가 그렇게 상상한 것일 수도 있었다. 그와 함께 겪었던 일, 당시 그가 내게 발휘했던 그 기이한 영향력은 그도 나도 모두 잊은 듯 보였다.

그의 모습을 떠올려 본다. 그에 대한 기억을 더듬어 보니, 내 시선에 잡힌 그의 모습이 보인다. 그가 혼자 아니면 상급반의 다른 학생들과 어울려 학교에 가는 모습이 보인다. 그가 자신만의 대기에 에워싸여 자신만의 법칙에 따라 살며 낯설고 고독하게 조용히 마치 성좌처럼 그들 사이를 걷는 모습이 보인다. 아무도 그를 사랑하지 않았고 아무도 그와 친하게 지내지 않았다. 오직 그의 어머니만이 가까이 지냈는데, 그는 어머니하고도 아이가 아니라 어른처럼 지내는 것 같았다. 선생님들은 그를 되도록 조용히 내버려 두었다. 그는 좋은 학생이었지만, 그 누구의 마음에도 들려고 하지 않았다. 그가 선생님들에게 무슨 말을 했거나 논평을 했거나 반론을 제기했다는 소문이 간간히 들려왔다. 그런 말들은 더없이 신랄하게 도전적이거나 반어적이었다.

눈을 감고 기억을 더듬어 본다. 그의 모습이 눈앞에 떠오른다. 그곳이 어디였더라? 그래, 다시 생각난다. 우리 집 앞의 골목길이었다. 어느 날 나는 그가 한 손에 수첩을 들고 거기 서 있는 걸 보았다. 그는 그림을 그리고 있었다. 우리 현관문 위에는 새가 그려진 낡은 문장이 있었는데, 그 문장을 그리고 있었다. 나는 창가의 커튼 뒤에 숨어서 그를 지켜보았다. 그의 주의 깊고 냉정하고 밝은 얼굴이 문장을 바라보는 모습을 깊이 경탄하는 마음으로 바라보았다. 그것은 성인 남자의 얼굴, 연구가나 예술가의 얼굴이었다. 침착하고 의지에 넘치고 기이하게 밝으면서도 냉정했으며 눈빛이 지혜로웠다.

다시 그의 모습이 보인다. 얼마 후 거리에서의 일이었다. 학교에서 돌아오는 길에 우리는 모두 길에 쓰러진 말을 에워싸고 있었다. 말은 끌채에 매인 채 농부의 마차 앞에 드러누워 도움을 구하는 듯 가엾게도 콧구멍을 벌름거리며 헐떡거렸다. 눈에 보이지 않는 상처에서 피가 흘러나왔으며, 말의 옆구리 쪽 도로에 쌓인 흰 먼지가 서서히 검게 물들었다. 나는 속이 메슥거려 눈길을 돌렸고, 그 순간 데미안의 얼굴이 보였다. 그는 앞으로 밀치고 나오지 않았으며, 평소의 그답게 상당히 우아하고 느긋하게 맨 뒤쪽에 서 있었다. 그의 눈길은 말의 머리 쪽을 향한 듯 보였고, 예의 그 깊고 고요하고 거의 광적이면서도 냉정한 주의력을 드러냈다. 나는 그에게서 오랫동안 시선을 떼지 못했으며, 분명히 의식하진 못했지만 그때 무척 독특한 것을 느꼈다. 나는 데미안의 얼굴을 보았다. 그의 얼굴은 소년의 얼굴이 아니라 성인 남자의 얼굴임을 보았을 뿐만 아니라 그 이상의 것도 보았다. 나는 그의 얼굴이 성인 남자의 얼굴도 아닌 뭔가 다른 것임을 보았거나 느꼈다고 믿었다. 성인 여자의 얼굴도 일면 거기 담겨 있는 듯했다. 특히 한순간 그 얼굴은 남자답거나 어린애다운 것도 아니었고 늙거나 젊은 것도 아니었으며, 천 살 먹은 듯 어딘지 시간을 초월한 듯했고, 우리가 살아가는 시간의 흐름과는 다른 시간의 흐름에 의해 낙인 찍힌 듯 보였다. 짐승들이나 혹은 나무들이나 별들은 그렇게 보일 수 있다. 그 당시 나는 그걸 몰랐고, 지금 성인으로서 말하는 것을 그 당시 정확히 느꼈던 것도 아니다. 하지만 그 비슷한 것을 느꼈다. 어쩌면 그가 잘생겼을 수도 있고, 어쩌면 내 마음에 들었을 수도 있고, 어쩌면 혐오스러웠을 수도 있다. 그것도 확실하게 판단할 수 없었다. 다만 그가 우리와 달랐으며, 짐승 같기도 하고 유령 같기도 하고 그림 같기도 한 것만이 내 눈에 보였다. 그가 실제로 어떤 모습이었는지 나는 모른다. 하지만 그는 달랐다. 이루 상상할 수 없을 정도로 우리 모두와 달랐다.

기억은 더 이상 말해 주지 않는다. 어쩌면 이것도 훗날 받은 인상에서 일부 비롯된 것일지 모른다.

나는 나이를 몇 살 더 먹고 나서야 마침내 다시 데미안과 가까워졌다. 데미안은 사회 관습이 요구하는 대로 동갑내기들과 함께 교회에서 견진례를 받지 않았다. 그러자 금세 또다시 소문이 나돌았다. 데미안이 원래 유대인이라거나 아니면 이교도라는 등의 말이 학교에 떠돌았다. 데미안이 자기 어머니와 마찬가지로 아예 아무런 종교도 없거나 아니면 허무맹랑한 나쁜 종파의 일원이라고 주장하는 학생들도 있었다. 그와 관련해 그가 어머니와 마치 연인처럼 살고 있다고 의심하는 말을 들었던 것 같기도 하다. 데미안은 그때까지 종파에 소속되지 않고 자랐는데 그것이 그의 장래에 어떤 해를 끼칠지 모른다는 우려를 낳았다고 추측된다. 어쨌든 그의 어머니는 동갑내기들보다 2년 늦게라도 아들에게 견진례를 받게 하기로 결정했다. 그래서 그는 몇 개월 동안 나와 함께 견진례 수업을 받게 되었다.

한동안 나는 그를 완전히 멀리했다. 그와 엮이고 싶지 않았다. 그는 지나치게 많은 소문과 비밀에 휩싸여 있었다. 하지만 무엇보다도 크로머와의 사건 후로 내게 남아 있던 마음의 빛이 신경에 거슬렸다. 게다가 그 무렵은 나 자신의 비밀만도 감당하기 벅찰 때였다. 내 경우에는 견진례 수업이 결정적으로 성에 대한 문제들에 눈뜨던 시기와 맞물렸다. 내 딴에는 잘해 보려고 마음먹었는데도, 그 때문에 경건한 가르침에 대한 내 관심은 많은 제약을 받았다. 목사님이 말씀하시는 일들은 나와는 아주 동떨어진, 고요하고 성스러운 비현실 속의 일이었다. 아마 그것들은 무척 아름답고 가치 있는 일이었겠지만, 당장 시급하고 흥분되는 일은 결코 아니었다. 성적인 문제들이야말로 시급하기 짝이 없는 흥분되는 일이었다.

이런 상태 속에서 나는 차츰 수업에 무관심해졌고, 그럴수록 내 관심은 더욱더 다시 막스 데미안에게로 향했다. 뭔가가 우리를 한데 묶어 주는 듯 보였다. 나는 그 끈을 가능한 한 정확하게 추적하려 한다. 내 기억에 따르면, 그것은 교실에 불이 켜져 있던 이른 아침 시간에 시작되었다. 교목 선생님은 카인과 아벨의 이야기를 하셨다. 나는 그 이야기에 별로 주의를 기울이지 않았다. 졸린 나머지 선생님의 말이 귀에 들어오지 않았다. 그때 목사님이 목청을 높여 진지하게 카인의 표식에 대한 이야기를 꺼냈다. 그 순간 뭔가가 나를 건드리는 것 같기도 했고 경고하는 것 같기도 했다. 눈길을 들자, 앞줄에서 나를 돌아보는 데미안의 얼굴이 보였다. 뭔가를 말하는 듯한 밝은 눈빛에 조롱과 진지함이 뒤섞여 있는 것 같았다. 그가 한순간 나를 바라보았고, 나는 갑자기 긴장해서 목사님의 말씀에 귀를 기울였다. 목사님이 카인과 카인의 표식에 대해 하는 말을 들으면서, 목사님의 가르침이 반드시 맞는 것만은 아니라고 마음속 깊이에서 느꼈다. 그것을 다르게 볼 수도 있었고 비판할 수도 있었다!

그 순간 데미안과 나는 다시 연결되었다. 그리고 신기하게도 일종의 연대감이 영혼 안에 자리하자마자 그 느낌이 마법처럼 공간으로 옮겨 가는 것이 보였다. 데미안 스스로 그런 일을 야기할 수 있었는지 아니면 순전히 우연이었는지는 알 수 없다. 그 당시만 해도 나는 우연이라고 굳게 믿었다. 며칠 후 데미안이 종교 시간에 갑자기 자리를 바꿔 바로 내 앞에 앉았다(누추한 빈민 구호 시설처럼 바글바글한 교실의 공기 속에서 아침에 그의 목덜미로부터 은은히 풍겨 오는 상큼한 비누 냄새를 내가 얼마나 기꺼이 들이마셨는지 아직도 기억에 생생하다). 다시 며칠 후 그는 또 자리를 바꿔 내 옆자리에 앉았다. 그리고 겨울이 가고 봄이 다 가도록 그 자리에 머물렀다.

그때부터 아침 시간이 완전히 달라졌다. 졸리지도 않고 지루하지도 않았다. 그 시간이 즐겁게 기다려졌다. 이따금 우리 둘은 목사님 말씀에 주의를 집중했다. 옆자리에서 내 쪽을 한번 흘낏 바라보는 것만으로도 나로 하여금 특이한 이야기나 기이한 격언에 주목하게 하는 데 충분했다. 또 데미안이 보내는 다른 눈길, 아주 특별한 눈길 하나만으로도 내게 경고하고 내 안에서 비판과 의혹을 불러일으키기에 충분했다.

하지만 우리는 툭 하면 수업에 귀 기울이지 않는 불량 학생이었다. 데미안은 선생님과 학우들에게 늘 예의 바르게 행동했다. 나는 데미안이 여느 학생들처럼 실없이 장난치는 것을 결코 본 적도 없고, 큰 소리로 웃거나 떠드는 것도 결코 들은 적이 없다. 또 선생님들에게 꾸중 들을 짓도 결코 한 적이 없었다. 하지만 그는 아주 넌지시, 속삭이는 말보다는 신호나 눈빛으로 자신이 열중하는 일들에 나를 끌어들이는 법을 알고 있었다. 그런 일들 가운데는 무척 특이한 것도 있었다.

가령 데미안은 자신이 학생들 가운데 누구에게 관심이 있으며 그런 학생들을 어떤 방식으로 주의 깊게 관찰하는지 내게 말해 주었다. 몇몇 아이들에 대해서는 매우 정확하게 알고 있었다. 수업 시작 전에 데미안이 내게 말했다. 「내가 엄지로 너한테 신호하면, 저기 저 아이가 우리 쪽을 돌아보거나 아니면 목을 긁을 거야.」 그는 이런 식의 말들을 했다. 그러다 수업 중에 내가 그 말을 거의 잊어버리고 있는데, 데미안이 별안간 눈에 확 띄게 내 쪽으로 엄지를 돌렸다. 나는 그가 미리 일러 둔 학생에게로 재빨리 눈길을 돌렸고, 그때마다 그 학생이 마치 조종당하듯이 요구된 몸짓을 하는 것을 보았다. 나는 선생님에게도 한번 시험해 보라고 졸랐지만, 막스는 그건 하려고 하지 않았다. 하지만 한번은 수업 시작 전에 내가 오늘 숙제를 못 했는데 목사님이 나한테 질문하지 않았으면 참 좋겠다고 말했을 때는 도와주었다. 목사님이 교리 문답 구절을 암송시킬 학생을 찾아 두리번거렸다. 학생들을 훑어보던 목사님의 눈길이 죄책감에 떠는 내 얼굴에 머물렀다. 목사님은 천천히 내게 다가와 한 손가락으로 나를 가리키며 내 이름을 부르려고 했다. 그러더니 갑자기 표정이 멍해졌든지 아니면 불안해졌다. 목사님은 옷깃을 매만지고는 자신의 얼굴을 뚫어져라 바라보는 데미안에게로 걸어가 뭔가를 질문하려는 듯 보였다. 하지만 뭔가에 깜짝 놀란 듯 고개를 돌리고는 잠시 기침하더니 다른 학생에게 교리 문답을 외울 것을 요구했다.

나는 그런 장난이 무척 재미있었는데, 내 친구가 나한테도 자주 똑같은 장난을 친다는 걸 서서히 깨달았다. 학교 가는 길에 데미안이 내 뒤를 저만치 따라온다는 느낌이 불현듯 들 때가 있었다. 그래서 뒤돌아보면 영락없이 그가 있었다.

「정말로 다른 사람이 네가 원하는 대로 생각하게 할 수 있어?」 나는 물었다.

데미안은 특유의 어른스러운 태도로 침착하고 차분하게 흔쾌히 알려 주었다.

「아냐.」 그는 말했다. 「그건 할 수 없어. 목사님은 인간에게 자유 의지가 있다고 주장하시지만, 사실은 그렇지 않거든. 상대방 스스로도 자신이 원하는 걸 생각할 수 없고, 나도 상대방에게 내가 원하는 걸 생각하게 할 수 없어. 하지만 누군가를 잘 관찰할 수는 있어. 그러면 그가 무엇을 생각하거나 느끼는지 종종 상당히 정확하게 맞출 수 있어. 그러면 그가 다음 순간에 무엇을 할 것인지도 대개는 예측할 수 있지. 그건 아주 간단한 일이야. 다만 사람들이 모를 뿐이라고. 물론 훈련이 필요하긴 해. 이를테면 나비목에는 암컷이 수컷보다 개체 수가 훨씬 적은 나방들이 있어. 그 나방들은 모든 동물들처럼 번식해. 그러니까 수컷이 암컷을 수정시키면 암컷이 알을 낳는 거지. 자연 연구가들이 여러 차례 시험해 봤는데, 만일 여기에 그 나방의 암컷 한 마리가 있다면 밤에 수나방들이 그 암컷을 향해 날아온다는 거야. 그것도 몇 시간 떨어진 곳에서! 한번 생각해 봐, 몇 시간이나 떨어진 곳에서 날아온다니까! 몇 킬로미터 떨어져 있어도 모든 수나방들이 그 지역에 단 한 마리밖에 없는 암컷을 감지한다는 거야! 사람들은 그걸 설명하려고 하지만 쉽지 않은 일이야. 일종의 후각 아니면 뭐 그런 비슷한 게 있지 않겠어. 가령 뛰어난 사냥개들이 눈에 띄지 않는 흔적을 쫓아서 추적할 수 있듯이 말이야. 무슨 말인지 알겠어? 그런 일들이 있어. 자연에는 그런 일들이 수두룩한데, 아무도 그걸 설명할 수가 없어. 분명히 말하는데, 만일 그 나방의 암컷이 수컷만큼 많다면, 그런 섬세한 후각을 갖지 못했을 거야! 그런 상황에 훈련이 되어서 그런 후각을 갖게 되었을 뿐이라고. 동물이나 인간이 모든 주의력과 의지를 어떤 특정한 일에 집중하면 뜻을 이룰 수 있어. 그게 전부야. 네가 방금 물은 것도 마찬가지야. 네가 누군가를 충분히 정확하게 바라보면, 그 사람에 대해 그 자신보다 더 많은 걸 알 수 있어.」

하마터면 〈독심술〉이라는 낱말이 입 밖으로 튀어나와서 이미 오래전의 일이 되어 버린 크로머와의 사건을 데미안에게 상기시킬 뻔했다. 그것도 우리 둘 사이에 있었던 기이한 일 가운데 하나였다. 그가 여러 해 전에 한 번 내 인생에 매우 진지하게 관여했던 것을 그도 나도 결코 암시한 적이 없었다. 우리 사이에 마치 예전에 아무 일도 없었던 것 같기도 했고, 아니면 서로 상대방이 그 일을 잊었을 거라고 철석같이 믿는 것 같기도 했다. 심지어는 우리가 함께 길을 걷다가 프란츠 크로머와 마주친 적도 한두 번 있었다. 하지만 우리는 시선을 주고받지도 않았고 그에 대한 말을 입에 올리지도 않았다.

「그렇다면 의지는 어떻게 되는 거야?」 나는 물었다. 「너는 인간에게 자유 의지가 없다고 말했어. 그래 놓고는 인간이 뭔가에 힘껏 의지를 집중하기만 하면 뜻을 이룰 수 있다니.

앞뒤가 안 맞잖아! 내가 내 의지를 다스리지 못한다면, 어떻게 내 맘대로 내 의지를 여기저기에 집중할 수 있겠어.」

데미안은 내 어깨를 툭툭 쳤다. 내가 그를 기쁘게 할 때마다 그는 내 어깨를 치는 버릇이 있었다.

「그런 질문을 다 하다니 좋아!」 그가 웃으며 말했다. 「사람은 항상 질문을 하고 항상 의심을 품어야 해. 하지만 그건 아주 간단해. 예를 들어 나방이 별이나 다른 어딘가에 의지를 집중하려고 하면 뜻을 이룰 수 없어. 하긴 나방은 아예 그런 시도조차 하지 않아. 나방은 오로지 자신에게 의의 있고 가치 있는 것, 자신에게 필요한 것, 무조건 가져야 하는 것만을 찾거든. 바로 그래서 믿기 어려운 일도 해내는 거라고. 나방은 이 세상의 다른 동물들에겐 없는 마법의 제육감, 오로지 나방만이 지닌 제육감을 발휘해! 물론 우리 인간은 동물들보다 활동 영역도 더 넓고 관심 분야도 더 많아. 하지만 우리도 비교적 좁은 범위에 묶여 있어서 그 범위를 벗어나긴 어려워. 나는 이런저런 것을 공상할 수 있고 예를 들어 반드시 북극에 가겠다는 등의 상상을 할 수 있어. 하지만 그 소원이 내 마음속에 오롯이 들어 있고 실제로 내 본성이 그 소원으로 가득 채워져야만 그걸 실행에 옮길 수 있으며 또 충분히 강하게 원할 수 있어. 그렇게 되는 즉시, 네 마음속으로부터 명령받은 것을 시도하는 즉시, 뜻을 이룰 수 있어. 네 의지를 순한 말처럼 부릴 수 있다고. 가령 지금 내가 우리 목사님이 앞으로 안경을 쓰지 않도록 해야겠다고 작정하면 그건 이루어지지 않아. 그건 단순히 장난에 지나지 않아. 하지만 지난가을에 내가 저 앞자리에서 다른 곳으로 자리를 옮겨야겠다고 굳게 마음먹었을 때는 아주 잘되었어. 알파벳

순서대로 내 앞의 아이가 그동안 죽 아파서 못 나오다가 그 때 갑자기 나타났어. 누군가 그 아이에게 자리를 양보해야 하는 판이었고, 나는 당연히 얼른 양보했지. 내 의지는 즉각 그 기회를 붙잡을 준비가 되어 있었거든.」

「그렇구나.」 나는 말했다. 「그때도 참 이상하다는 생각이 들었어. 우리가 서로에게 관심을 느낀 순간부터 너는 내게 점점 가까이 다가왔어. 근데 어떻게 된 거야? 처음부터 곧바로 내 옆에 앉지는 않았잖아. 우선 몇 번은 내 앞자리에 앉았어, 그렇지 않아? 그건 어떻게 된 거야?」

「그건 이렇게 된 거라고. 처음에 자리를 바꾸고 싶었을 땐 어디에 앉고 싶은지 나 자신도 잘 몰랐어. 막연히 더 뒤쪽에 앉고 싶다는 것만 알았을 뿐이야. 내 의지는 네 옆으로 가겠다는 것이었는데, 그때까진 나도 잘 의식하지 못했어. 그와 동시에 네 의지가 함께 작용해서 나를 도왔어. 네 앞자리에 앉았을 때에야 비로소 내 소원이 겨우 반만 이루어졌다는 생각이 들더라고. 사실은 다른 자리 아닌 바로 네 옆자리에 앉고 싶었던 걸 깨달았지.」

「하지만 그땐 새로 들어온 학생도 없었잖아.」

「없었지. 하지만 그땐 내가 그냥 원하는 대로 해버렸어. 재빨리 네 옆에 앉아 버렸지. 나하고 자리를 바꾼 아이는 어안이 벙벙해서 내가 하는 대로 내버려 두었어. 그리고 목사님은 뭔가 변화가 있다는 걸 한 번 알아채긴 하셨어. 나를 대할 때마다 은연중에 찜찜해하고 계셔. 내 성이 데미안인데, D로 시작하는 내가 아주 뒤편의 S자 줄에 앉아 있는 게 이상하다는 걸 알고 계시거든! 하지만 그런 생각이 의식까지 밀고 올라오진 않고 있어. 내 의지가 그걸 가로막고 그런 생각을 하지 못하도록 계속 방해하고 있거든. 목사님은 뭔가가 이상하다는 걸 번번이 눈치채시고, 나를 보며 그게 뭘까 알아내려고 하셔. 좋은 분이야. 하지만 내겐 간단한 방법이 있어. 그럴 때마다 목사님의 눈을 빤히, 아주 빤히 쳐다보는 거야. 대부분의 사람들은 그걸 잘 견디지 못해. 다들 불안해하지. 네가 누군가에게서 뭔가를 얻어 내고 싶으면 느닷없이 그 사람의 눈을 빤히 쳐다보도록 해. 그런데도 그 사람이 전혀 불안해하지 않으면 포기해! 그 사람한테선 아무것도 얻어 낼 수 없어. 절대로 얻어 낼 수 없다니까! 하지만 그런 경우는 극히 드물어. 사실 나는 그게 통하지 않는 사람을 딱 한 명 알고 있어.」

「그게 누군데?」 나는 득달같이 물었다.

데미안은 생각에 깊이 잠길 때면 늘 그렇듯이 눈을 약간 가늘게 뜨고 나를 바라보았다. 그러더니 시선을 돌리고 아무 대답도 하지 않았다. 나는 무척 궁금했는데도 다시 묻지 못했다.

하지만 그 사람이 그의 어머니였다고 나는 믿는다. 데미안은 어머니와 무척 가깝게 지내는 듯했지만 내게 한 번도 어머니 이야기를 한 적이 없었고 나를 집으로 데려간 적도 없었다. 나는 그의 어머니가 어떻게 생겼는지도 거의 몰랐다.

그 당시 나는 데미안을 본받아 내 의지를 뭔가에 집중해서 뜻을 이뤄 보려고 여러 번 시도했다. 내게는 충분히 절실해 보이는 소망들이 있었다. 하지만 아무 일도 일어나지 않았고 뜻대로 되지 않았다. 나는 그 일에 대해 데미안하고 감히 이야기해 볼 엄두가 나지 않았다. 내가 소망하는 것을 그에게 털어놓을 수는 없었다. 그리고 그도 묻지 않았다.

종교 문제와 관련해 내 신앙심에는 그사이 많은 균열이 생겼다. 하지만 전적으로 데미안에게 영향받은 내 생각은 철저한 불신앙을 내세우는 학우들의 생각과는 뚜렷이 달랐다. 그런 학우들이 실제로 몇몇 있었다. 그들은 신을 믿는 것이 우스꽝스럽고 인간의 존엄성을 해치는 일이며, 삼위일체와 예수가 동정녀 마리아에게서 태어났다는 이야기들은 그야말로 웃기는 일이고, 오늘날 그런 허튼소리를 떠벌리는 것은 수치스러운 짓이라는 등의 말을 떠들고 다녔다. 나는 결코 그렇게 생각하지 않았다. 나도 의구심이 들기는 했지만, 내 어린 시절의 모든 경험을 통해 우리 부모님이 실천하신 것과 같은 경건한 삶이 실제로 있으며 그런 삶이 품위 없지도 않고 위선도 아니라는 것을 충분히 알고 있었다. 나는 오히려 종교적인 것에 대해 변함없이 깊은 경외심을 품고 있었다. 다만 데미안은 종교적인 이야기들과 교리들을 더 자유롭게, 더 개인적으로, 더 유희적으로, 더 환상적으로 보고 해석하도록 도와주었을 뿐이다. 적어도 나는 데미안이 권유하는 해석들을 늘 기꺼이 즐거운 마음으로 들었다. 물론 너무 과격하게 생각되는 것들도 많이 있었다. 카인의 이야기가 그랬다. 견진례 수업 중에 한번은 그가 아마 더욱더 대담할 수 있는 견해를 펼쳐 나를 깜짝 놀라게 했다. 선생님이 막 골고다 이야기를 끝내고 난 뒤의 일이었다. 구세주의 수난과 죽음에 대한 성서의 보고는 아주 어린 시절부터 내게 깊은 인상을 주었다. 어린 소년 시절에 이따금, 이를테면 성금요일에 아버지가 예수 그리스도의 수난사를 낭독하시고 나면, 나는 마음 깊이 감동받아서 그 비통하고 아름답고 창백하고 으스스하면서도 무척 생생한 세계에서, 겟세마네 동산과 골고다 언덕에서 살았다. 그리고 바흐의 「마태 수난곡」을 들으면, 온갖 신비로운 전율에 몸을 부르르 떨며 그 비밀스러운 세계의 음울하고 강렬한 수난의 광채에 휩싸이곤 했다. 나는 그 음악과 「죽음의 칸타타」를 지금도 모든 시와 모든 예술적 표현의 정수라고 생각한다.

그 수업이 끝날 무렵 데미안이 내게 진지한 표정으로 말했다. 「싱클레어, 여기 이 부분이 마음에 들지 않아. 이 이야기를 한번 잘 읽어 보고 직접 음송해 봐. 뭔가 진부한 거 같아. 그러니까 두 강도 이야기 말이야. 언덕 위에 세 개의 십자가가 나란히 서 있으면 얼마나 멋있겠어! 그런데 이건 우직한 강도에 대한 감상적인 팸플릿 이야기에 지나지 않아! 애초에 그는 범죄자였고 악행을 저질렀어. 전부 무슨 악행을 저질렀는지 하느님은 아시겠지. 그런데 이제 마음이 유해져서는 회개와 참회의 눈물 어린 향연을 벌이다니! 무덤을 두 걸음 앞두고서 그런 참회가 무슨 의미가 있겠어, 안 그래? 이거는 성직자들이 들려주기에 딱 안성맞춤의 이야기일 뿐이라고. 귀에 달콤하게 들리는 솔직하지 못한 이야기. 사람들의 마음을 감상적으로 슬슬 녹여서 잘 교화시켜 보겠다는 의도에서 비롯되었다고. 이 두 강도 중에서 네가 지금 한 명을 친구로 선택해야 하거나 또는 어느 한 명을 신뢰할 수 있을 것인지 생각한다면, 틀림없이 이 울먹이며 개종한 자는 아닐 거야. 아니, 다른 강도를 선택할 거야. 그자가 사나이답고 지조도 있어. 그자는 그런 처지에서 입에 발린 말에 지나지 않을 개종 따위엔 관심이 없어. 끝까지 제 갈 길을 가고, 그때까지 그를 도왔을 악마에게 최후의 순간에 비겁하게 결별을 선언하지도 않아. 그는 지조 있는 남자라고. 그리고 지조 있는 사람들은 성서 이야기에서 늘 푸대접받아. 아마 그 남자도 카인의 후예일 수 있어. 넌 어떻게 생각해?」

나는 무척 당혹스러웠다. 예수님이 십자가에 못 박힌 수난사에 대해선 아주 잘 안다고 믿었는데, 내가 그 이야기를 얼마나 개인적인 느낌 없이, 얼마나 상상력과 환상 없이 듣고 읽었는지 그제야 비로소 알 것 같았다. 그런데도 데미안의 새로운 생각은 내게 치명적으로 들렸으며, 내가 수호해야 한다고 믿었던 개념들을 내 안에서 뒤엎으려 했다. 아니, 모든 것을 그런 식으로 마구 대할 수는 없었다. 그 무엇보다도 성스러운 이야기마저 그렇게 대할 수는 없었다.

내가 뭐라고 말을 꺼내기도 전에 늘 그렇듯이 데미안은 즉시 내 반감을 눈치챘다.

「나도 알아.」 그가 체념하는 어조로 말했다. 「그건 오래된 이야기야. 너무 심각하게 생각하지 마! 다만 나는 여기가 이 종교의 결함이 극명하게 드러나는 부분들 가운데 하나라는 말을 하고 싶을 뿐이야. 구약과 신약의 하느님이 비범한 형상이긴 하지만, 하느님이 본래 보여 줘야 할 모습은 아니라는 거지. 하느님은 선이고 고귀함이고 아버지 같은 분이고 아름답고 숭고한 존재이고 감상적인 존재이셔. 백번 맞는 말이야! 하지만 세상은 다른 것들로도 이루어져 있어. 그런데 그것들은 모조리 악마의 것으로 떠넘겨지고 있어. 세상의 이 부분, 이 절반이 은폐되고 묵살되고 있어. 하느님을 모든 생명의 아버지라고 찬양하지만, 정작 생명의 토대를 이루는 성생활은 아예 묵살하고 악마의 일, 죄악이라고 선언하고 있다니까! 나는 이 야훼 하느님을 숭배하는 것을 반대하지 않아. 조금도 반대하지 않는다고. 하지만 우리가 모든 것을 숭상하고 신성하게 여겨야 한다고 생각해. 이처럼 인위적으로 떼어 내어 공식적으로 인정한 절반이 아니라 세계 전체를 말이지! 그러니까 우리는 하느님에 대한 예배와 더불어 악마에 대한 예배도 드려야 해. 나는 그게 옳다고 봐. 아니면 악마까지 포함하는 하느님을 만들어 내든지. 그러면 그 하느님 앞에서는 이 세상의 더없이 자연스러운 일들이 일어날 때 두 눈을 감지 않아도 될 거야.」

데미안은 평소의 그답지 않게 많이 격양되어 있었다. 하지만 곧바로 다시 미소를 지었으며 더 이상 나를 다그치지 않았다.

하지만 그런 말들은 내가 소년 시절 내내 품고 있었던 수수께끼, 한시도 내 뇌리를 떠나지 않았지만 그 누구에게도 결코 입 밖에 내지 않은 수수께끼를 명중시켰다. 데미안이 하느님과 악마, 공식적으로 인정된 신적 세계와 묵살된 악마적 세계에 대해 한 말은 바로 나 자신의 생각, 나 자신의 신화, 밝은 세계와 어두운 세계라는 두 세계 혹은 두 반쪽 세계에 대한 생각과 정확히 일치했다. 내 문제가 모든 인간의 문제이고 모든 삶과 사유의 문제라는 깨달음이 성스러운 그림자처럼 불현듯 나를 스쳤다. 나는 나 자신의 극히 독자적이고 개인적인 삶과 의견이 거대한 사상의 영원한 흐름에 얼마나 깊이 동참하는지 불현듯 느끼고 깨달으면서 두려움과 경외감에 휩싸였다. 그 깨달음이 어떤 식으로든 확증과 행복을 선사했는데도, 나는 기쁘지 않았다. 이제 어린아이로 머물러서는 안 되며 홀로 서야 한다는 책임감의 여운이 담겨 있었던 탓에, 그 깨달음은 가혹했고 알알한 맛을 남겼다.

나는 아주 어린 시절부터 품고 있었던 〈두 세계〉에 대한 생각을 내 친구에게 이야기하고 마음속 깊이 간직해 온 비밀을 난생처음 털어놓았다. 그러자 그는 나의 가장 내밀한 감정이 자신의 말에 동의하고 자신의 말이 옳다고 인정하는 것을 즉시 알아차렸다. 하지만 그런 걸 자신에게 유리하게 이용하는 것은 그답지 않은 일이었다. 그가 전에 없이 더욱 주의 깊게 내 말에 귀를 기울이고 내 눈을 들여다보아서, 나는 눈길을 다른 데로 돌릴 수밖에 없었다. 그의 눈에서 다시 짐승처럼 시간을 초월한 듯한 그 기이한 눈빛, 그 예측할 수 없는 나이를 보았기 때문이다.

「그 일에 대해선 다음 기회에 한번 더 이야기하자.」 데미안은 조심스럽게 말했다. 「내가 보기에, 너는 말로 표현할 수 있는 것보다 더 많은 생각을 하고 있어. 만일 그렇다면, 너 자신이 지금까지 한 번도 생각한 대로 살아 보지 못했다는 것도 알고 있을 거야. 그건 좋지 않아. 우리가 삶으로 실천하는 생각만이 가치가 있어. 너의 〈허용된〉 세계가 단지 반쪽 세계에 지나지 않는다는 걸 너는 알고 있었어. 그리고 목사님이나 선생님처럼 나머지 반쪽 세계를 숨기려 했지. 그걸 숨길 수는 없어! 누구든 일단 생각을 하게 되면 절대 숨길 수 없어.」

이 말로 나는 큰 충격을 받았다.

「하지만 말이야.」 나는 언성을 높였다. 「금지된 추악한 일들이 있는 건 엄연한 사실이야. 너도 그걸 부정하지는 못할 거야! 그리고 그런 일들은 어차피 금지되어 있어. 우리는 그걸 포기해야 해. 나는 살인을 비롯해서 가능한 온갖 죄악들이 있다는 걸 알고 있어. 그런데 그런 것들이 존재하니까, 나보고 가서 범죄자가 되란 말이야?」

「오늘 그 이야기를 다 할 수는 없을 거야.」 막스가 나를 달랬다. 「너는 물론 사람을 때려죽이거나 여자를 강간 살인해선 안 돼. 그건 안 돼. 하지만 넌 〈허용된〉 것과 〈금지된〉 것이 실제로 무슨 뜻인지 통찰할 수 있는 데까진 아직 이르지 못했어. 이제 진실을 겨우 한 조각 맛보았을 뿐이야. 곧 다른 조각들도 맛보게 될 거야, 내 말 믿어! 예를 들어 대략 1년 전부터 너는 네 안에서 다른 모든 충동들보다 더 강하게 치미는 충동을 느낄 거야. 그리고 그 충동은 〈금지된〉 것으로 간주되고 있어. 그런데 그리스 사람들과 다른 많은 민족들은 그 충동을 오히려 신적인 것으로 높이 사고 성대한 축제를 열어 숭상했어. 그러니까 영원히 〈금지된〉 것은 없어. 언제든 바뀔 수 있지. 오늘날에도 어떤 남자든 여자와 함께 목사님을 찾아가 결혼만 하면 그 여자와 잠을 자도 돼. 다른 민족들의 경우에는 그렇지 않아. 오늘날에도 그래. 그러니까 우리는 제각기 무엇이 허용된 것이고 무엇이 금지된 것인지, 자신에게 금지된 것인지 스스로 알아내야 해. 결코 금지된 것을 하지 않는데도 무도한 악당일 수 있어. 그리고 그 반대의 경우도 있지. 그건 사실 안일함의 문제일 뿐이야! 너무 안일해서 스스로 생각하고 스스로 판단할 수 없는 사람은 기왕지사 있는 그대로의 금기에 순응하지. 그게 맘 편하거든. 그와는 달리 자기 안에서 스스로 계율을 느끼는 사람들이 있어. 그런 사람들에게는 모든 정직한 사람들이 날마다 하는 일들이 금지되기도 하고, 흔히 금기시되는 다른 일들이 허용되기도 해. 제각기 스스로 알아서 해야 해.」

데미안은 말을 너무 많이 했다고 문득 후회하는 듯 갑자기 입을 다물었다. 그때 이미 나는 데미안이 어떤 심정인지 어느 정도 마음으로 헤아릴 수 있었다. 그는 머릿속에 떠오르는 생각들을 언뜻 가볍고 편안하게 털어놓는 듯했지만, 그 스스로 언젠가 말했듯이 〈오로지 말하기 위한〉 대화를 죽도록 싫어했기 때문이다. 그런데 그는 내가 진정으로 관심이 있으면서도 지나치게 유희적이고 이성적인 수다를 지나치게 즐긴다고 느꼈다. 간단히 말해서 내게 완벽한 진지함이 결여되어 있다고 느낀 것이다.

방금 위에서 한 말, 즉 〈완벽한 진지함〉이라는 말을 다시 읽어 보니, 내가 어린 티를 완전히 벗어나지 못했던 그 시절에 막스 데미안에게서 겪었던 다른 광경, 뇌리에 깊이 박힌 광경이 불현듯 다시 떠오른다.

우리의 견진례가 다가왔고, 종교 수업의 마지막 몇 시간은 성찬 전례에 대해 다루었다. 그것은 목사님에게 중요한 일이었으며, 목사님은 열과 성의를 다했다. 그 시간은 엄숙한 분위기 같은 게 느껴졌다. 그러나 하필이면 견진례를 위한 그 마지막 몇 시간 동안 내 관심은 다른 데 팔려 있었다. 정확히 말하면 내 친구라는 인물에게 팔려 있었다. 우리를 교회 공동체에 엄숙하게 받아들인다고 선언할 견진례가 다가오는 것을 보면서, 내게는 약 반년에 걸친 그 종교 수업의 진가가 거기서 배운 내용에 있는 게 아니라 데미안과 친밀하게 지내며 그에게 받은 영향에 있다는 생각이 어쩔 수 없이 뇌리를 파고들었다. 나는 교회가 아니라 전혀 다른 것, 사상과 개성의 교단에 입단할 준비가 되어 있었다. 그 교단은 어떤 식으로든 틀림없이 지상에 존재하고 있었으며, 나는 내 친구가 그 교단의 대표나 사절일 거라고 생각했다.

나는 이런 생각을 억누르려고 애썼다. 그 모든 것에도 불구하고 견진례 행사를 나름대로 품위 있게 치르려는 건 내 진심이었다. 그런데 그 품위가 나의 새로운 생각과 별로 합치하지 않는 듯 보였다. 하지만 나는 원하는 대로 하고 싶었다. 그 생각은 어차피 자리 잡고 있었으며, 다가오는 교회 행사에 대한 생각과 서서히 결합되었다. 나는 다른 아이들과는 다르게 그 행사를 치를 마음의 준비가 되어 있었다. 그 행사는 데미안을 통해 알게 된 사상의 세계로의 입단을 뜻할 것이었다.

또다시 데미안과 활발한 논쟁을 벌인 것은 그즈음의 일이었다. 종교 수업이 시작되기 직전이었다. 내 친구는 입을 굳게 다물고 있었으며, 분명 상당히 시건방지고 잘난 체하는 내 말에 시큰둥했다.

「우리는 말이 너무 많아.」 그가 평소와는 다르게 진지한 어조로 말했다. 「그렇게 똑똑한 말들은 아무 가치가 없어. 아무 가치도 없다고. 다만 자기 자신에게서 멀어질 뿐이야. 자신에게서 멀어지는 것은 죄악이야. 거북이처럼 완전히 자기 자신 속으로 기어 들어갈 수 있어야 해.」

그 말에 이어 우리는 교실로 들어갔다. 수업이 시작되었고, 나는 주의를 집중하려고 노력했다. 데미안은 나를 방해하지 않았다. 얼마 후 그가 앉아 있는 쪽에서 특이한 게 느껴지기 시작했다. 텅 빈 것 같기도 했고 서늘한 것 같기도 했다. 마치 그 자리가 별안간 텅 빈 듯했다. 그 느낌이 가슴을 답답하게 조여 오기 시작했을 때, 나는 옆을 돌아보았다.

내 친구가 평소처럼 반듯한 자세로 똑바로 앉아 있는 게 보였다. 그런데도 평소와는 완전히 달라 보였다. 내가 모르는 뭔가가 그에게서 흘러나와 그를 에워싸고 있었다. 그가 눈을 감고 있는 줄 알았는데, 자세히 보니 눈을 뜨고 있었다. 그러나 그의 눈은 아무것도 보지 않았다. 그의 눈에는 시력이 없었다. 초점 없이 멍하니 내면을 향했거나 아니면 아스라이 먼 곳을 주시했다. 그는 눈썹 하나 까딱 않고 앉아 있었다. 숨도 쉬지 않는 듯했고, 입은 나무나 돌로 깎아 놓은 듯했다. 얼굴은 핏기가 없었는데 마치 돌처럼 균일하게 창백했으며, 갈색 머리카락이 그중 가장 생기 있었다. 두 손은 앞의 의자 위에 놓여 있었다. 물건처럼, 돌이나 과일처럼 생기 없이 가만히 있었다. 창백하고 움직임은 없었지만, 축 늘어진 것이 아니라 숨어 있는 강렬한 생명을 감싼 단단하고 튼튼한 껍데기 같았다.

그 광경을 보는 순간 온몸이 부르르 떨렸다. 데미안이 죽었어! 이런 생각이 들었다. 그리고 하마터면 그 생각을 크게 소리 내어 말할 뻔했다. 하지만 나는 데미안이 죽지 않았다는 걸 알고 있었다. 나는 마법에 사로잡힌 듯 그 얼굴, 그 창백하고 돌 같은 마스크에서 시선을 떼지 못했다. 그리고 〈저게 데미안이구나!〉 하고 느꼈다. 평소의 모습, 나와 함께 걷거나 이야기할 때의 모습은 오로지 반쪽 데미안이었다. 이따금 주어진 역할을 하고 상황에 순응하고 선의의 마음에서 주변에 동참하는 반쪽 데미안. 지금 이 모습이 실제의 데미안이었다. 돌로 만들어진 듯하고 아주 늙고 짐승 같고 돌 같고 아름다우면서도 차갑고 죽어 있으면서도 전례 없는 생명으로 비밀스럽게 넘치는 것 같았다. 그 고요한 공허, 그 창공과 별들의 공간, 그 고독한 죽음이 그를 에워싸고 있었다!

지금 데미안이 완전히 자기 안에 침잠했다는 것을 느끼고 나는 전율했다. 내 인생에 그때처럼 고독한 적은 없었다. 나는 그와 함께하지 못했다. 그는 내가 이를 수 없는 곳에 있었다. 마치 이 세상의 가장 외딴 섬보다도 더 먼 곳에 있는 것 같았다.

나 말고는 아무도 그것을 보지 못한다는 게 이해되지 않았다! 모두가 이쪽을 봐야 했다, 모두가 전율해야 했다! 하지만 아무도 그에게 주목하지 않았다. 그는 그림처럼 앉아 있었다. 그가 우상처럼 뻣뻣하게 굳은 자세로 앉아 있다는 생각이 들었다. 파리 한 마리가 그의 이마에 내려앉아 코와 입술을 타고 천천히 기어 내려갔지만 그는 주름살 하나 움찔하지 않았다.

그는 지금 어디, 어디에 있을까? 무엇을 생각할까? 무엇을 느낄까? 천상에 있을까, 지옥에 있을까?

그에게 그걸 물어볼 수는 없는 노릇이었다. 수업이 끝날 무렵 그가 다시 살아나 숨을 쉬는 것을 보았을 때, 그의 눈길이 나의 눈길과 마주쳤을 때, 그는 예전의 모습으로 돌아와 있었다. 그는 어디에서 오는 걸까? 어디 갔던 걸까? 그는 피곤해 보였다. 얼굴에 다시 혈색이 돌고 두 손도 다시 움직였다. 하지만 갈색 머리카락은 윤기를 잃고 축 늘어져 있었다.

그 후 며칠 동안 나는 침실에서 여러 차례 새로운 연습에 열중했다. 의자에 똑바로 앉아서 시선을 고정시키고 눈썹 하나 까딱하지 않은 채, 내가 그걸 얼마나 오래 견디고 무엇을 느낄지 기다렸다. 하지만 몸만 피곤해졌고 눈꺼풀이 몹시 근질거렸다.

곧이어 견진례가 있었지만, 그에 대한 중요한 기억은 남아 있지 않다.

이제 모든 게 달라졌다. 어린 시절은 내 주변에서 산산이 부서져 내렸다. 부모님은 나를 당혹스러운 눈길로 바라보셨고, 누이들은 완전히 낯설게 느껴졌다. 정신은 깨어나면서 익숙한 감정들과 기쁨들을 변질시키고 퇴색시켰다. 정원은 향기를 잃었고 숲은 나를 유혹하지 못했다. 세상은 낡은 물건들을 바겐세일 하듯 맥없이, 매력 없이 둘러싸고 있었다. 책들은 종이였고 음악은 소음이었다. 가을의 나무에서 잎새들이 그런 식으로 떨어진다. 나무는 그걸 느끼지 못한다. 비나 햇살이나 서리가 나무를 타고 흘러내린다. 나무 안에서 생명은 가장 좁고 가장 내밀한 곳으로 서서히 옴츠러든다. 나무는 죽지 않는다. 나무는 기다린다.

방학이 끝나면 나는 다른 학교로 전학 가기로 결정되어 있었고, 처음으로 집에서 멀리 떠나야 했다. 어머니가 이따금 유난히 다정하게 다가와 내게 미리 작별의 말을 하며 사랑과 향수와 잊을 수 없는 추억을 내 마음에 심어 주려 하셨다. 데미안은 여행을 떠나고 없었다. 나는 혼자였다.

제4장

베아트리체

나는 내 친구를 다시 만나지 못한 채로 방학이 끝나 갈 즈음 성(聖) ○○시에 갔다. 부모님이 함께 오셔서 이것저것 세심하게 살펴보시고, 김나지움의 한 선생님이 관리하는 남학생 기숙사의 품에 나를 맡기셨다. 두 분은 나를 어떤 일들 속으로 밀어 넣었는지 아셨더라면 아마 기절초풍하셨을 것이다.

시간이 흐르면서 내가 좋은 아들이 되고 유용한 시민이 될 수 있을지, 아니면 내 천성이 다른 길로 쓸려 갈지는 여전히 의문이었다. 아버지의 집과 정신의 그늘 아래서 행복해지려 했던 내 마지막 시도는 오래 계속되었고 때로는 거의 성공하기도 했지만 결국 완전히 실패로 끝나고 말았다.

견진례가 끝난 후 방학 동안 내가 처음으로 느꼈던 그 기이한 공허와 고독은(나는 그 공허, 그 희박한 공기를 나중에 얼마나 더 맛보았던가!) 쉽사리 지나가지 않았다. 고향과의 이별은 이상할 정도로 가볍게 넘어갔다. 사실 더 슬프지 않아서 부끄러울 정도였다. 누이들은 하염없이 울었는데, 나는 그러지 못했다. 나 스스로도 놀라웠다. 나는 늘 감정이 풍부한 아이였고 근본적으로 상당히 착한 아이였다. 그런데 이제 완전히 변한 것이다. 나는 외부 세계에 철저히 무관심했으며, 오로지 내 안에 귀를 기울이고 내 깊은 마음속에서 금지된 어두운 물살이 출렁이는 소리를 듣는 것으로 몇 날 며칠을 보냈다. 지난 반년 동안 나는 부쩍 자랐으며, 훌쩍 큰 키에, 마르고 어설픈 모습으로 세상을 바라보았다. 소년의 귀여움은 내게서 완전히 사라졌고, 나 스스로도 이런 나를 아무도 사랑하지 않을 거라고 느꼈으며 또 나 자신을 결코 사랑하지도 않았다. 종종 막스 데미안을 향한 그리움이 솟구쳤다. 하지만 나는 그도 자주 미워했고, 추악한 질병처럼 나를 사로잡은 삶의 빈곤을 그의 탓으로 돌렸다.

기숙 학교에서 나는 초반에 인기도 없었고 주목받지도 못했다. 학생들은 처음에 나를 놀리다가 제풀에 멀어져 갔으며 나를 소심한 겁쟁이나 재수 없는 괴짜로 여겼다. 나는 그 역할이 마음에 들었다. 일부러 더욱더 그런 면을 강조하며 고독 속으로 깊이 파고들었다. 그 고독은 겉으로는 항상 세상을 경멸하는 더없이 남자다운 태도로 보였다. 하지만 나는 마음을 갉아먹는 비애와 절망의 발작에 남몰래 자주 시달리곤 했다. 학교에서는 고향에서 쌓은 지식으로 근근이 연명했다. 수업 내용이 예전 학교에 비해 좀 뒤져 있었고, 나는 동갑내기들을 어린애들처럼 약간 경멸하는 데 익숙해졌다.

그런 식으로 1년이 넘게 흘러갔고, 첫 방학을 맞아 고향 집에 갔을 때도 전혀 새로운 분위기를 맛보지 못했다. 나는 다시 집을 떠나는 게 좋았다.

십일월 초순의 일이었다. 나는 날씨에 개의하지 않고 생각에 잠겨 잠깐씩 산책하는 습관이 있었다. 그런 산책 길에서 일종의 희열, 우수와 세계 경멸과 자기 경멸에 넘치는 희열을 종종 만끽하곤 했다. 어느 날 저녁 축축하게 안개 낀 황혼 녘에 나는 그런 식으로 도시 변두리를 배회하고 있었다. 어느 공원의 넓은 가로수 길이 그지없이 쓸쓸했으며 내게 어서 오라고 손짓했다. 길에는 낙엽이 두툼하게 깔려 있었고, 나는 음울한 희열을 느끼며 발로 낙엽을 헤집었다. 축축하고 쌉싸래한 냄새가 났다. 멀리 있는 나무들이 유령처럼 크고 희미하게 안개 사이로 보였다.

가로수 길이 끝나는 곳에서 나는 마음을 정하지 못하고 어정쩡하게 서 있었다. 검은 나뭇잎을 빤히 쳐다보며 풍화와 사멸의 젖은 향기를 탐욕스럽게 들이마셨다. 내 안의 뭔가가 그 향기에 응답하며 환영했다. 아, 삶은 얼마나 무미건조한가!

옆길에서 누군가가 옷깃을 세운 외투 자락을 펄럭이며 다가왔다. 내가 막 걸음을 옮기려는데 그가 나를 불렀다.

「이봐, 싱클레어!」

그가 가까이 다가왔다. 우리 기숙사에서 나이가 제일 많은 알폰스 베크였다. 나는 그를 보면 언제나 반가웠고, 다만 그가 우리 나이 어린 학생들한테 아저씨처럼 굴며 짓궂게 놀리는 것만 빼면 싫지 않았다. 그는 힘이 장사라는 평판이 있었고, 우리 기숙사 사감 선생님을 마음대로 쥐고 흔든다는 말이 나돌았으며, 김나지움에 떠도는 수많은 풍문의 주인공이었다.

「도대체 여기서 뭐 하는 거야?」 알폰스 베크는 상급반 학생들이 이따금 우리 중 하나에게 말을 걸 때처럼 친근하게 말했다. 「어디, 우리 내기해 볼까? 너 시를 짓고 있지?」

「그런 생각 안 했는데.」 나는 퉁명스럽게 부인했다.

그는 크게 웃음을 터뜨리고 나와 나란히 걸으며 수다를 떨었다. 그런 모습은 처음이었다.

「겁먹을 필요 없어, 싱클레어. 내가 그 정도도 이해 못 할까 봐 그래? 저녁에 안개 속을 걷다 보면 그럴 수도 있지. 가을 생각에 젖어서 말이야. 그러면 시도 짓고 싶어지지. 나도 알아. 물론 죽어 가는 자연, 자연을 닮은 잃어버린 청춘에 대한 시가 떠오르지. 하인리히 하이네[3]를 봐.」

「난 그렇게 감상적이지 않아.」 나는 항의했다.

「그래, 그 얘긴 그만두자! 하지만 이런 날씨에는 포도주 한잔이나 아니면 뭐 그런 비슷한 걸 마실 수 있는 조용한 장소를 찾는 게 좋아. 어때, 나랑 같이 갈래? 나도 마침 혼자거든. 아님 싫어? 이봐, 네가 굳이 모범생이 되겠다면, 나도 유혹자 역할을 하고 싶은 마음은 없어.」

곧이어 우리는 교외의 작은 술집에 앉아서 정체 모를 포도주를 마시며 두꺼운 유리잔을 맞부딪혔다. 처음엔 별로 내키지 않았지만 어쨌든 새로운 경험이었다. 하지만 포도주에 익숙하지 않은 나는 곧 무척 수다스러워졌다. 마치 내 안의 창문 하나가 활짝 열린 듯했으며, 세상이 내 안으로 들어왔다. 얼마나 오랫동안, 얼마나 끔찍이 오랫동안 영혼에 대해 아무 말도 하지 못했던가! 나는 온갖 말을 주절주절 지껄였고, 그러는 와중에 카인과 아벨의 이야기를 신나게 떠들어 댔다!

베크는 재밌다는 표정으로 내 말에 귀를 기울였다. 드디어 내가 뭔가를 준 사람이 있었다! 그는 내 어깨를 툭툭 쳤고 나를 굉장히 멋진 녀석이라고 치켜세웠다. 그동안 쌓인

3 낭만주의와 고전주의의 전통을 잇는 독일의 서정 시인.

욕구, 말하고 싶고 생각을 털어놓고 싶은 욕구를 마음껏 발산하고 인정받고 상급생에게 대단한 녀석 취급을 받는 환희에 취해서 내 가슴은 한껏 부풀어 올랐다. 버크가 나를 천재적인 녀석이라고 불렀을 때, 그 말은 달콤하고 독한 포도주처럼 내 영혼 안으로 흘러들었다. 세상이 새로운 색채로 불탔고, 수많은 대담한 원천에서 생각들이 흘러나왔으며, 정신과 불길이 내 안에서 활활 타올랐다. 우리는 선생님들과 학우들에 대해 이야기했다. 우리의 의견이 서로 기가 막히게 잘 통하는 것처럼 보였다. 우리는 그리스인들과 이교도에 대해서도 이야기를 나누었다. 베크는 내게서 사랑의 모험에 대한 고백을 받아 내려고 했다. 그 점에서만큼은 나는 대화에 낄 수 없었다. 경험이 없으니 이야깃거리도 없었다. 그동안 마음속으로 느끼고 지어내고 상상했던 것들이 내 안에서 불타올랐지만, 아무리 포도주를 마셨어도 술술 말이 되어 나오지 않았다. 여자들에 대해선 베크가 훨씬 더 많이 알았고, 나는 후끈 달아서 그 동화 같은 이야기들에 귀를 기울였다. 그 자리에서 나는 믿을 수 없는 일들을 귀로 들었다. 결코 가능하지 않으리라고 여겼던 일들이 평범한 현실에 등장해서 당연하게 보였다. 알폰스 베크는 열여덟 살쯤 되어 보였는데도 경험이 많았다. 특히 여자애들과의 일이 만만치 않다는 사실을 알고 있었다. 여자애들은 그저 자신만을 위해 주고 떠받들어 주기만을 바랐다. 그것도 나름 무척 근사하긴 했지만 진짜는 따로 있었다. 알폰스 베크는 부인네들이 더 실속 있다고 말했다. 부인들이 훨씬 더 똑똑하거든. 이를 테면 공책이나 연필을 파는 문구점 주인 야겔트 부인 있지. 그 여자하고는 말이 통해. 문구점 계산대 너머에서 별의

별 일이 다 일어난다는 이야기는 절대 책에 안 나와.

나는 그런 말들에 푹 빠져서 몽롱하니 앉아 있었다. 물론 나는 절대 야겔트 부인을 사랑할 수 없었을 것이다. 그래도 아무튼 굉장한 일이었다. 나는 결코 꿈도 꾸어 보지 못한 샘물이 거기서 샘솟는 듯했다. 적어도 나보다 나이 많은 사람들에게는 그런 것 같았다. 거기엔 물론 진실하지 못한 구석도 있었다. 그리고 내가 사랑에서 맛볼 수 있다고 여겼던 것보다 모든 게 더 시시하고 진부했다. 그래도 아무튼 그것은 현실이었으며 삶이고 모험이었다. 그것을 몸으로 체험하고 당연하게 여기는 사람이 바로 내 옆에 앉아 있었다.

우리의 대화는 조금 시들해졌고 공허해졌다. 이제 나는 나어리고 천재적인 녀석이 아니라 어른의 말을 귀담아듣는 소년에 지나지 않았다. 그러나 몇 개월 전부터 내가 살아온 삶에 비하면 그것은 더없이 멋졌고 낙원의 일처럼 들렸다. 게다가 그것이 금지된 일이라는 것을 서서히 느끼기 시작했다. 거기 술집에 앉아 있는 것부터 우리가 나누는 대화에 이르기까지 모든 게 엄중하게 금지되어 있었다. 어쨌든 거기서 나는 정신을 맛보았고 혁명을 맛보았다.

그날 저녁은 내 기억에 무척 또렷이 남아 있다. 그 서늘하고 축축하고 밤늦은 시간에 흐릿하게 타오르는 가스등을 지나 기숙사를 향해 우리 둘이 걸음을 옮겼을 때, 나는 처음으로 술에 취해 있었다. 근사하지는 않았다. 몹시 고통스러웠지만, 거기엔 자극이나 달콤함 같은 뭔가가 있었다. 그것은 반항이고 무절제였으며 삶이고 정신이었다. 베크는 머리에 피도 안 마른 애송이라고 내게 욕을 퍼부으면서도 성심껏 나를 보살펴 주었다. 나를 업다시피 해서 기숙사까지 데려갔으며, 우리 둘이 복도의 열린 창문으로 감쪽같이 기숙사에 잠입할 수 있도록 기지를 발휘했다.

나는 아주 잠깐 죽은 듯이 곯아떨어졌지만 곧 고통에 시달리며 잠에서 깨어났다. 엄청난 고통이 온몸을 덮쳤다. 나는 침대에서 일어나 앉았다. 낮에 입었던 셔츠를 그대로 걸치고 있었으며, 옷가지와 신발이 바닥에 어지러이 나뒹굴었고, 담배 냄새와 토한 냄새가 코를 찔렀다. 두통과 메슥거림과 미칠 듯한 갈증 사이로 오랫동안 떠올리지 않았던 정경이 눈에 보였다. 고향과 고향의 집, 아버지와 어머니, 누이들과 정원이 보이고, 고향 집의 조용한 내 침실이 보이고, 학교와 시장이 보이고, 데미안과 견진례 수업 시간이 보였다. 그 모든 것은 밝게 빛났다. 모든 게 광채에 에워싸여 있었으며, 모든 게 경이롭고 신적이고 순수했다. 모든 게, 그 모든 게 어제까지만 해도, 몇 시간 전까지만 해도 나의 것이었고 나를 기다렸다. 나는 그제야 깨달았다. 그런데 지금, 지금 이 시간에는 어디론가 가라앉아 버리고 사라져 버려서 더 이상 나의 것이 아니었다. 그 모든 것이 나를 내뱉고 역겹다는 듯이 나를 바라보았다! 머나먼 어린 시절의 황금빛 뜰에서부터 부모님에게 받은 온갖 정겹고 친밀한 것, 어머니의 모든 입맞춤, 모든 크리스마스, 고향에서 맞이했던 경건하고 밝은 모든 일요일 아침, 정원의 모든 꽃, 그 모든 것이 유린되었다. 그 모든 것을 내가 발로 짓밟은 것이다! 그때 형리가 쫓아와 나를 포박해서 인간쓰레기, 신전 모독자라는 죄목으로 교수대로 끌고 갔어도, 나는 저항하지 않았을 것이다. 두말없이 형리를 따라갔을 것이고, 그것을 적절하고 올바른 일로 여겼을 것이다.

그때의 내 심정은 그랬다! 세상을 배회하며 세상을 경멸하던 내가 아니던가! 정신이 자부심으로 넘치고 데미안의 생각을 함께 나누던 내가 아니던가! 그런데 이런 꼴이 되다니. 나는 인간쓰레기, 추잡한 놈팡이였으며, 술에 취해 더럽고 역겹고 천박해져 있었다. 추악한 충동에 사로잡힌 흉물스런 야수! 내가 이런 꼴이 되다니. 온갖 순수함과 광채와 사랑스러운 정겨움이 넘치는 정원에서 온 내가 아니던가. 바흐의 음악과 아름다운 시를 사랑하던 내가 아니던가! 나는 혐오감과 분노에 사로잡혀 나 자신의 웃음소리를 들었다. 술에 취해 자제력을 잃고 간헐적으로 아둔하게 터져 나오는 웃음소리. 그게 나였다!

그 모든 것에도 불구하고 고통에 시달리는 게 한편으로는 거의 만족감을 일깨웠다. 그토록 오랫동안 나는 앞을 보지 못하고 우매하게 헤맸으며, 그토록 오랫동안 내 마음은 침묵을 지키고 초라하게 구석에 웅크리고 있었다. 그래서 이런 자기 비판, 이런 공포, 영혼의 이런 모든 끔찍한 감정도 반가웠다. 그것은 감정이었으며, 불길이 타오르고 심장이 꿈틀거렸다! 당혹스럽게도 나는 비참함 가운데서 해방감과 봄기운 같은 것을 느꼈다.

그렇지만 외면적으로 보아 나는 호되게 내리막길을 걸었다. 처음으로 술에 취한 일은 처음 있었던 단 한 번의 일로 끝나지 않았다. 우리 학교에서는 떠들썩하게 술을 마시며 법석을 피우는 일이 자주 있었다. 나는 그 패거리의 제일 나이 어린 축에 속했다. 하지만 마지못해 얼렁뚱땅 끼워 주는 꼬마가 아니라 술자리를 이끄는 주동자, 스타로 머지않아 자리 잡았다. 대담하게 술집을 찾아다니는 유명 인사가 되었다. 나는 또다시 완전히 어둠의 세계, 악마의 편이 되었고 그 세계에서 멋진 녀석으로 통했다.

그러면서도 참담한 기분을 가누기 어려웠다. 나는 자기 파괴적인 방탕한 생활로 하루하루 연명했다. 학우들 사이에서 주동자, 굉장한 녀석, 엄청 용감하고 재치 있는 놈으로 이름을 날리는 동안, 내 마음속 깊은 곳에서는 겁에 질린 영혼이 두려움에 떨며 파닥거렸다. 어느 일요일 오전에 술집을 나서다가 머리를 단정하게 빗고 나들이옷을 입은 아이들이 길거리에서 환한 모습으로 즐겁게 노는 광경을 보았을 때 눈물이 솟구쳤던 기억이 아직도 생생하다. 그리고 허름한 술집의 지저분한 탁자에 앉아 맥주를 마시며 껄껄 웃는 틈틈이 신랄한 조소로 친구들을 즐겁게 하고 때로는 깜짝 놀라게 만드는 동안에도, 마음속 깊은 곳에서는 조롱하는 모든 것에 대한 경외심을 품고 있었다. 마음속으로 눈물을 흘리며 나의 영혼, 나의 과거, 나의 어머니, 하느님 앞에 무릎 꿇고 있었다.

내가 함께 어울리던 패거리들과 결코 하나가 되지 못하고 그들 사이에서 외로움에 떨며 시달려야 했던 데는 그럴 만한 이유가 있었다. 나는 술집의 영웅이었고 내로라하는 거친 녀석들의 마음에 드는 조롱꾼이었다. 나는 선생님들과 학교, 부모, 교회에 대한 생각과 말에서 재치와 용기를 보여 주었다. 음담패설도 아무렇지 않게 받아넘겼고 또 내 입으로 말하기도 했다. 하지만 녀석들이 여자들을 찾아가는 자리에는 한 번도 끼지 않았다. 나는 혼자였고, 사랑에 대한 불타는 갈망으로 가득 차 있었다. 내 말대로라면 무정한 향락주의자여야 마땅했겠지만, 사실은 가망 없는 갈망으로 가득 차 있었다. 나보다 더 쉽게 상처 입는 사람도 없었고, 나보다 더 부끄럼 많은 사람도 없었다. 이따금 예쁘고 깔끔하고 밝고 단아한 젊은 양갓집 아가씨들이 내 앞에서 걸어가는 모습을 볼 때마다, 그들이 경이롭고 순수한 꿈처럼 느껴졌다. 나에 비하면 그들은 너무나 착하고 순수했다. 나는 야겔트 부인의 문구점에도 한동안 가지 못했다. 야겔트 부인의 모습을 보며 알폰스 베크에게 들은 이야기를 떠올리면 얼굴이 시뻘개졌기 때문이다.

내가 그 새로운 모임에서도 계속 외롭고 다른 학우들과는 다르다고 느끼면 느낄수록 나는 그 모임을 더욱더 떨쳐 버리지 못했다. 그 당시 술을 들이켜고 허풍을 떨던 일이 실제로 내게 기쁨을 주었는지는 잘 모르겠다. 술을 마시는 것에도 결코 익숙해지지 않아서 번번이 뒤탈 없이 끝난 것만도 아니었다. 모든 게 마치 강요에 의한 것 같았다. 나로서는 그렇게 할 수밖에 없었다. 그것 말고는 나 자신을 어떻게 해야 할지 도무지 알지 못했기 때문이다. 나는 오래도록 혼자 있어야 하는 것이 무서웠으며, 시도 때도 없이 나를 덮쳐서 내 마음을 끌어당기는 여리고 부끄럽고 부드러운 감정의 변화가 두려웠고, 그토록 자주 떠오르는 정겨운 사랑에 대한 생각도 두려웠다.

그 무엇보다도 내게 아쉬웠던 것은 친구였다. 내가 좋아하는 학우들이 두세 명 있기는 했다. 하지만 그들은 착실한 학생들이었고, 나의 방탕한 행실은 이미 모르는 사람이 없었다. 그들은 나를 피했다. 모두들 나를 싹이 노란, 가망 없는 문제아로 여겼다. 선생님들은 나에 대해 많은 것을 알고 있었고, 나는 여러 차례 엄중한 벌을 받았다. 내가 학교에서 쫓겨나는 것은 결국 시간문제였다. 나 자신도 그 사실을 알고 있었다. 이미 오래전에 나는 착한 학생들의 대열에서 벗어났으며, 이런 상태로는 더 이상 오래 계속될 수 없다는 감정을 안고 하루하루 어렵게 버텨 나갔다.

하느님이 우리를 외롭게 만들어 우리 자신에게로 이끌어 줄 수 있는 많은 길들이 있다. 그 당시 하느님은 나와 함께 그 길을 가셨다. 그것은 마치 악몽과 같았다. 지저분하고 끈적끈적한 광경, 깨진 맥주잔과 냉소적인 수다로 지새운 밤들 너머로 내 모습이 보인다. 추방당한 몽상가가 불안과 괴로움에 시달리며 추하고 불결한 길을 기어가는 모습이 보인다. 공주를 찾아 길을 나섰다가 악취와 오물로 가득 찬 뒷골목의 진흙탕 속에 빠져 꼼짝 못하게 되는 꿈들이 있다. 내가 그런 꼴이었다. 나는 고독해져서, 나와 어린 시절 사이에 에덴동산의 문을 그처럼 별로 우아하지 않게 닫아 버리는 운명을 짊어졌다. 파수꾼들이 닫힌 문을 냉혹한 빛을 발하며 지키고 있었다. 그것은 시작이었고, 나 자신을 향한 향수의 깨어남이었다.

기숙사 사감 선생님이 보낸 경고의 편지를 받고 우리 아버지가 처음으로 성 ○○ 시에 오셔서 내 앞에 불쑥 나타나셨을 때, 나는 소스라치게 놀라 움찔했다. 그해 겨울이 끝나갈 무렵 아버지가 두 번째로 오셨을 때, 나는 이미 냉정하고 무심했다. 아버지가 나무라고 간청하고 제발 어머니 좀 생각하라고 말씀하셔도 나는 꿈쩍하지 않았다. 결국 아버지는 무척 분노하셨으며, 내가 달라지지 않으면 모욕과 창피를 주어 학교에서 퇴학시키고 감화원에 넣어 버리겠다고 말씀하셨다. 마음대로 하라지! 당시 아버지가 귀로에 오르셨을 때, 나는 아버지가 안됐다는 생각이 들었다. 아버지는 뜻을 이루지 못했고, 내 마음을 움직일 수 있는 길을 찾아내지 못했다. 얼마 동안 나는 아버지가 그렇게 된 게 당연하다고 느꼈다 —

내 인생이 장차 어떻게 되든 나는 아무 상관 없었다. 나만의 독특하고 별로 근사하지 못한 방식으로, 술집에 앉아 거드름을 피우며 세상과 싸웠다. 그것은 세상에 항의하는 내 방식이었다. 그러면서 나는 스스로를 망가뜨렸고, 이따금 그 상황을 이런 식으로 보았다. 세상이 나 같은 사람들을 필요로 하지 않는다면, 세상이 나 같은 사람들에게 더 좋은 자리, 더 숭고한 임무를 제시하지 않는다면, 나 같은 사람들은 망가져야지 별수 있어. 그래 봤자 세상만 손해지.

그해의 크리스마스 방학은 전혀 즐겁지 않았다. 어머니는 집에 돌아온 나를 보고 기겁하셨다. 나는 키가 부쩍 자랐으며, 내 여윈 얼굴은 잿빛으로 까칠하고 생기 없이 늘어지고 눈가엔 염증이 생겨 있었다. 코밑에 거뭇거뭇 나기 시작한 수염과 얼마 전부터 쓰고 다니는 안경은 어머니에게 내 모습을 더욱 낯설게 만들었다. 누이들은 한쪽으로 물러나 킥킥 웃음을 터뜨렸다. 모든 게 불쾌했다. 서재에서 아버지와 나눈 대화도 불쾌하고 씁쓰름했으며, 몇몇 친지들의 인사도 불쾌했고, 무엇보다도 크리스마스이브가 불쾌했다. 내가 기억하는 한, 크리스마스이브는 우리 집에서 가장 중요한 날이었다. 경사스럽고 사랑과 감사가 넘치고 부모님과 나 사이의 유대가 새로워지는 저녁이었다. 그런데 이번에는 모든 게 가슴 답답하고 당혹스러울 뿐이었다. 늘 그랬듯이 아버지는 들판의 양치기들에 대한 복음을 읽으셨다. 「그들은 바로 거기서 양 떼를 지키고 있었다.」 늘 그랬듯이 누이들은 선물 탁자 앞에 환한 얼굴로 서 있었다. 하지만 아버지의 목소리는 즐겁게 들리지 않았으며 얼굴에 수심이 가득하고 늙어 보였다. 어머니는 슬퍼했다. 선물과 축복, 복음과 크리스마스트리, 그 모든 게 내게는 곤혹스럽고 달갑지 않았다. 렙쿠헌[4]이 달콤한 냄새를 풍기며 감미로운 추억의 뭉게구름을 내뿜었다. 전나무는 향긋한 내음을 발산하며 이제는 사라진 일들을 이야기했다. 나는 그날 저녁과 크리스마스 휴일이 어서 지나가기만을 간절히 바랐다.

그해 겨울은 그런 식으로 지나갔다. 얼마 전에 나는 교무위원회의 엄중한 경고와 함께 퇴학 처분의 위협을 받았다. 거기까진 오래 걸리지 않을 것이었다. 아무렴 어떻겠어.

나는 막스 데미안에게 원망하는 마음이 많이 쌓여 있었다. 그러는 동안 그를 한 번도 보지 못했다. 성 ○○ 시에서 학업을 시작한 초반에 나는 그에게 두 번 편지를 보냈지만 답장을 받지 못했다. 그래서 나도 방학 중에 그를 찾아가지 않았다.

가을에 알폰스 베크를 만났던 바로 그 공원에서의 일이었다. 가시나무 울타리가 초록빛으로 물들기 시작한 이른 봄, 한 소녀가 내 눈길을 끌었다. 나는 여러 언짢은 생각과 근심에 사로잡혀 혼자 산책하고 있었다. 건강도 많이 안 좋은데다가 끊임없이 돈 문제로 시달렸다. 친구들에게 빚을 진 바람에, 집에서 돈을 얻어 내기 위해 이런저런 핑곗거리를 생각해 내야 했다. 게다가 몇몇 가게에서 담배를 비롯한 물건

4 특히 크리스마스에 즐겨 먹는 쿠키.

들 외상값이 점점 불어나고 있었다. 그런 근심들이 무척 심각했다는 뜻은 아니다. 이곳 생활이 결국 언젠가 종말에 이르러 내가 물속에 뛰어들든지 아니면 감화원에 보내지면, 그까짓 몇몇 사소한 일쯤은 문제도 아니었다. 하지만 나는 그런 달갑지 않은 일들에서 벗어나지 못하고 시달렸다.

바로 그 봄날 그 공원에서 나는 내 마음을 온통 사로잡은 젊은 숙녀와 마주쳤다. 그녀는 키가 크고 늘씬했으며 우아한 옷차림에 영리한 소년 같은 얼굴을 하고 있었다. 그녀는 한눈에 내 마음에 들었다. 내가 좋아하는 타입이었고 내 상상력을 활발하게 자극하기 시작했다. 나이가 나보다 그리 많은 것 같지는 않았지만 훨씬 더 성숙해 보였으며, 윤곽이 우아하고 뚜렷한 것이 벌써 숙녀 티가 났다. 하지만 얼굴에 오만하고 소년 같은 면이 어려 있었는데, 나는 그 점이 무척 좋았다.

나는 내 마음을 빼앗긴 소녀에게 한 번도 가까이 다가가 본 적이 없었다. 이번 경우에도 마찬가지였다. 하지만 과거 어느 때보다도 깊은 인상을 받았으며, 그 연모하는 마음이 내 삶에 미친 영향은 지대했다.

갑자기 내 앞에 다시 하나의 영상이 나타났다. 연모해 마지않는 고귀한 영상. 아, 숭배하고 숭상하고 싶은 소망이 그 어떤 욕구나 충동보다도 더 깊고 격렬하게 내 마음을 파고 들었다! 나는 그녀에게 베아트리체[5]라는 이름을 부여했다. 단테의 글을 읽은 적은 없었지만, 어떤 영국 그림에서 그녀

5 이탈리아의 시성 단테의 사랑과 시정의 원천이었던 여성. 단테는 아홉 살 때 처음 그녀를 보고 사랑과 숭배의 감정을 품게 되었으며, 그녀가 젊은 나이에 요절한 후로는 영원한 여성으로 평생 마음속에 품고 살았다.

를 보아 알고 있었기 때문이다. 나는 그 그림의 사본 하나를 간직하고 있었다. 영국 라파엘 전파[6]풍의 소녀 그림이었는데, 팔다리가 무척 길고 몸이 늘씬했으며 얼굴이 갸름하고 두 손과 표정에 정신이 깃들어 있었다. 내 아름답고 젊은 아가씨는 그 그림 속의 모습과 똑같지는 않았다. 하지만 내가 좋아하는 늘씬함과 소년 같은 면모를 보여 주었고 얼굴에 정신이나 영혼이 깃들어 있는 듯했다.

나는 베아트리체와 단 한 마디의 말도 나누지 못했다. 그런데도 그녀는 당시 내게 무척 깊은 영향을 미쳤다. 그녀는 내 앞에 자신의 영상을 세워 놓고 내게 성스러운 신전의 문을 열어 주고 나를 신전에서 기도하게 만들었다. 그날로 당장 나는 밤에 술집을 전전하며 고주망태가 되는 짓을 그만두었다. 다시 혼자 지낼 수 있었고, 다시 즐겨 책을 읽었고, 다시 즐겨 산책을 했다.

내 갑작스러운 개심은 많은 조롱을 사기에 충분했다. 하지만 내게는 이제 사랑하고 숭배할 대상이 있었다. 나는 다시 이상을 품게 되었고, 삶은 다시 예감과 다채롭고 비밀스러운 여명으로 가득 찼다. 그것은 나를 조롱에 무심하게 만들었다. 비록 영상을 숭배하고 섬기는 노예로서 돌아오긴 했지만, 어쨌든 다시 나 자신에게로 돌아왔다.

그 시절을 돌아볼 때마다 내 마음은 뭉클해진다. 나는 내 삶의 무너져 내린 한 단계의 파편들을 모아 다시 〈밝은 세계〉를 일구어 내려 안간힘을 썼다. 나는 다시 내 안의 어둡고 사악한 것을 떨쳐 내고 신들 앞에 무릎 꿇은 채 완전히

6 19세기 중엽 영국에서 일어난 예술 운동으로, 라파엘로 이전 시대의 예술, 즉 자연에서 겸허하게 배우는 예술을 주창한 예술가 그룹.

빛 속에 머물고 싶은 단 하나의 소망만을 품고 살았다. 어쨌든 현재의 〈밝은 세계〉는 어느 정도 나 자신의 작품이었다. 그것은 어머니의 포근한 품속으로 도망쳐서 무책임하게 숨는 것이 아니었다. 그것은 나 자신이 만들어 내고 나 자신이 요구한 새로운 직무, 책임감과 극기가 따르는 직무였다. 나를 괴롭히고 줄곧 도망치게 만들었던 성생활은 이제 그 성스러운 불길 속에서 정신과 경건함으로 승화되어야 했다. 이제 어두운 것, 추악한 것은 사라져야 했다. 신음으로 지새운 밤들, 외설적인 그림들 앞에서의 가슴 두근거림, 금지된 문 앞에서의 염탐, 욕정은 사라져야 했다. 그 모든 것들 대신에 나는 베아트리체의 영상이 있는 나의 제단을 세웠다. 나 자신을 베아트리체에게 바침으로써 곧 정신과 신들에게 바친 것이다. 나는 어두운 힘들에게서 빼낸 삶의 부분을 밝은 힘들에게 제물로 바쳤다. 이제 나의 목적은 쾌락이 아니라 순결이었고, 행복이 아니라 아름다움과 정신성이었다.

이런 베아트리체 숭배는 내 삶을 백팔십도 바꾸어 놓았다. 어제만 해도 조숙한 냉소주의자였던 내가 오늘은 성자가 되려는 목표를 품은 신관이었다. 나는 그동안 몸에 배인 불량한 삶을 떨쳐 버렸을 뿐만 아니라 모든 걸 변화시키고 모든 것에 순결과 고귀함과 품위를 불어넣으려 했다. 먹고 마시고 말하고 옷을 입을 때도 늘 이런 생각을 했다. 차가운 물로 몸을 씻는 것으로 아침을 시작했는데, 처음에는 여간 어려운 일이 아니었다. 나는 진지하고 품위 있게 행동했으며, 몸을 반듯이 세우고서 여유 있고 품위 있게 걸음을 옮겼다. 아마 보는 사람들에게는 우스웠을 것이다. 하지만 그것은 내 마음으로 드리는 예배였다.

내 새로운 신념을 표현하려고 새롭게 훈련하는 과정에서 한 가지가 중요하게 부각되었다. 나는 그림을 그리기 시작했다. 그것은 내게 있던 영국의 베아트리체 그림이 그 소녀와 그리 많이 닮지 않은 상황에서 연유했다. 나는 나 자신을 위해 그 소녀를 그리려고 했다. 새로운 기쁨과 희망에 들떠 근사한 종이와 물감과 붓을 — 얼마 전부터 혼자 쓰는 — 내 방에 모아 놓고 팔레트와 유리컵, 접시, 연필을 가지런히 정돈했다. 새로 산 작은 튜브 안의 고급 템페라 물감이 나를 황홀하게 했다. 그중에 크로뮴산 같은 진한 초록색이 있었다. 그 초록색 물감이 하얗고 작은 접시에서 처음으로 빛을 발하던 광경이 지금도 눈에 선하다.

나는 조심스레 시작했다. 얼굴을 그리는 건 어려워서, 우선 시험 삼아 다른 것들을 그려 보기로 했다. 장식 문양, 꽃, 머릿속으로 상상한 작은 풍경, 예배당 옆의 나무, 실측백나무들이 늘어선 로마의 다리를 그렸다. 때로는 그 장난스러운 행위에 완전히 침잠해서 크레파스를 선물 받은 어린아이처럼 행복해했다. 그러다 마침내 베아트리체를 그리기 시작했다.

몇 장은 완전히 실패해서 휴지통에 내던졌다. 이따금 길에서 마주친 소녀의 얼굴을 더욱 또렷하게 떠올리려고 할수록 더 마음대로 되지 않았다. 나는 결국 그것을 포기했으며, 일단 시작한 것에서, 물감과 붓의 흐름에서 저절로 생겨나는 것과 상상력을 좇아 단순히 얼굴을 그리기 시작했다. 그러자 내가 꿈꾸던 얼굴이 그려졌고, 나는 상당히 만족했다. 그런데도 즉각 다시 그림을 그리기 시작했다. 새로이 그림을 그릴 때마다 윤곽이 점점 더 뚜렷해졌고, 비록 실제 모습과는 달랐지만 내가 원하는 유형에는 점점 더 가까워졌다.

나는 모델 없이 붓을 몽환적으로 놀려, 유희적인 붓질과 무의식에서 생겨나는 선들을 그리고 평면을 채우는 데 차츰 익숙해졌다. 그러던 어느 날 거의 의식이 없는 상태에서, 드디어 먼저 그린 것들보다 더욱 강렬하게 내 마음을 울리는 얼굴을 완성했다. 그것은 그 소녀의 얼굴이 아니었다. 그 소녀의 얼굴을 그리는 것은 애초에 틀린 일이었다. 그것은 다른 것, 비현실적인 것이었지만 소중하기는 마찬가지였다. 그것은 소녀의 얼굴보다는 오히려 젊은 청년의 얼굴에 가까웠다. 머리카락은 내 어여쁜 소녀처럼 밝은 금발이 아니라 불그스름한 빛이 도는 갈색이었고, 턱은 강하고 단호했으며, 입은 붉게 피어나는 듯했다. 전체적으로 약간 뻣뻣하고 가면 같은 면이 있었지만, 무척 인상적이고 신비로운 생명으로 넘쳤다.

완성된 그림 앞에 앉아 있으니 묘한 느낌이 들었다. 그것은 일종의 신상(神像)이나 성스러운 가면처럼 보였다. 반은 남자 같기도 했고 반은 여자 같기도 했으며, 나이를 알 수 없었고, 의지가 강하면서도 몽상적으로 보였고, 경직되었으면서도 은밀히 생기에 넘쳤다. 그 얼굴은 내게 뭔가 할 말이 있었다. 그것은 나의 것이었고 나에게 뭔가를 요구했다. 그리고 누군가를 닮았는데, 누구를 닮았는지는 정확히 알 수 없었다.

그 초상은 한동안 내 모든 생각을 따라다녔으며 나의 삶을 함께했다. 나는 그 그림을 서랍에 숨겨 두었다. 누군가가 그림을 훔쳐보고 나를 놀리는 일이 있어서는 절대 안 되었다. 하지만 나는 내 작은 방에 혼자 있게 되는 즉시 그림을 꺼내어 대화를 나누었다. 저녁이면 침대 위 내 맞은편 벽에 핀으로 꽂아 놓고 잠들 때까지 바라보았다. 그리고 아침이면 내 시선이 맨 먼저 그리로 향했다.

나는 어린 시절에 늘 그랬던 것처럼 바로 그 무렵에 다시 많은 꿈을 꾸기 시작했다. 마치 몇 년 동안 전혀 꿈을 꾸지 않은 듯했다. 이제 꿈들이 다시 나를 찾아왔다. 완전히 새로운 종류의 형상들이 찾아왔으며, 내가 그린 초상도 빈번히 꿈속에 나타났다. 초상은 살아서 말을 나누었다. 내게 친근할 때도 있었고 또는 적대적일 때도 있었으며, 때로는 인상을 잔뜩 쓰기도 했고 때로는 한없이 아름답고 조화롭고 고귀한 모습이기도 했다.

그러던 어느 날 아침 나는 그런 꿈들에서 깨어났을 때 문득 그림 속의 인물을 알아보았다. 그림 속의 인물은 믿을 수 없을 만큼 친근하게 나를 바라보았다. 마치 내 이름을 부르는 듯했다. 어머니처럼 나를 잘 아는 듯했고, 그동안 내내 나를 바라보고 있었던 듯했다. 나는 두근거리는 가슴으로 그림을 바라보았다. 숱이 많은 갈색 머리카락, 언뜻 여성스러운 입술, 기이하게 밝게 빛나는(그림이 마르면서 저절로 그렇게 되었다) 강인한 이마. 깨달음, 재발견, 누구인지 알 것 같다는 생각이 서서히 내 마음속에 자리했다.

나는 침대에서 벌떡 일어나 그 얼굴 앞에 섰다. 그 얼굴, 크게 뜨고 멍하니 바라보는 초록빛의 눈을 바로 지척에서 똑바로 들여다보았다. 오른쪽 눈이 왼쪽 눈보다 약간 더 높이 있었다. 별안간 그 오른쪽 눈이 찡긋했다. 가볍게 살며시, 하지만 분명히 찡긋했다. 눈이 찡긋하는 것과 동시에 나는 그림 속의 인물을 알아보았다…….

어떻게 이제야 그것을 알아볼 수 있단 말인가! 그것은 데미안의 얼굴이었다.

나중에 나는 기억에 남아 있는 데미안의 실제 생김새와 그림을 자주 비교해 보았다. 비슷했지만 아주 똑같지는 않았다. 그래도 그건 데미안이었다.

언젠가 어느 초여름 날 저녁에 햇빛이 내 방의 서쪽 창문으로 비스듬히 붉게 비쳤다. 방 안이 어스름해졌다. 베아트리체의 초상이든 데미안의 초상이든 어쨌든 그 초상을 창살 한가운데 핀으로 고정시키고 저녁 햇살이 그림에 어떻게 비치는지 보자는 생각이 그때 불현듯 떠올랐다. 얼굴은 윤곽 없이 흐릿했지만, 불그스름한 테두리가 둘린 두 눈과 이마의 밝은 빛, 격정적으로 붉은 입술만은 종이에서 깊고도 격렬한 빛을 발했다. 빛이 사라진 후에도 나는 오래도록 그림을 마주보고 앉아 있었다. 그러다 그것은 베아트리체도 데미안도 아닌 바로 나 자신이라는 느낌이 서서히 들었다. 그림이 나를 닮은 것은 아니었다. 그리고 닮을 리도 없다고 느꼈다. 하지만 그것은 나의 삶을 이루는 것이었고, 나의 내면, 나의 운명 혹은 나의 악령이었다. 내게 언젠가 다시 친구가 생긴다면 그런 모습일 것이었다. 내게 언젠가 사랑하는 여인이 생긴다면 그런 모습일 것이었다. 나의 삶과 나의 죽음이 그럴 것이었다. 그것은 내 운명의 선율이었고 리듬이었다.

그 몇 주일 동안 나는 예전에 읽은 모든 것보다 더 깊은 감명을 준 책을 읽기 시작했다. 나중에도 그런 깊은 감동을 체험한 책은 별로 많지 않았다. 아마 니체가 그런 감동을 주었을까. 편지와 잠언들을 담은 노발리스[7]의 책이었다. 내가

7 독일의 낭만파 시인.

많은 부분을 이해하지 못했는데도 모든 것이 이루 말할 수 없이 나를 끌어당기고 사로잡았다. 잠언 하나가 마침 뇌리에 떠올랐다. 나는 그것을 펜으로 초상화 아래에 써넣었다. 〈운명과 심성은 한 개념의 다른 이름들이다.〉 나는 그제야 그 말을 이해했다.

내가 베아트리체라고 부른 소녀와는 그 뒤로도 자주 마주쳤다. 더 이상 마음의 동요는 느끼지 않았지만 부드러운 일치감, 감정적인 예감만은 언제나 느껴졌다. 너는 나와 연결되어 있어. 하지만 네가 아니라 네 영상이 연결되어 있어. 너는 내 운명의 일부야.

막스 데미안을 향한 그리움이 다시 격렬하게 솟구쳤다. 나는 그에 대한 소식을 전혀 듣지 못했다. 몇 해 전부터 아무 소식도 없었다. 방학 때 그를 딱 한 번 만난 적이 있었다. 나는 이 글에서 그 짧은 만남을 의도적으로 빠뜨렸다는 것을 알고, 또 수치심과 허영심에서 그랬다는 것도 안다. 이제 그 부분을 만회해야 한다.

그러니까 언젠가 방학 때 나는 술집을 쏘다니던 시절의 거만하고 피곤에 절은 얼굴로 고향 도시를 어슬렁거리고 있었다. 산책용 지팡이를 휘두르며 예나 지금이나 변함없이 경멸스런 늙은 속물들의 얼굴을 바라보는데, 옛 친구가 마주 오는 게 보였다. 나는 그를 보는 순간 움찔했다. 프란츠 크로머가 번개처럼 빠르게 뇌리를 스쳤다. 데미안이 그 이야기를 잊었어야 하는데! 그에게 빚을 졌다는 것이 영 거북스러웠다. 사실 어린 시절의 어리석은 일이었지만 빚은 빚이었다…….

그는 내가 인사하길 기다리는 눈치였다. 내가 되도록 느긋하게 인사를 건네자 그는 내게 손을 내밀었다. 예전에 악수할 때와 똑같았다! 힘차고 따뜻하면서도 냉정하고 남자다웠다!

그는 내 얼굴을 주의 깊게 살피며 말했다. 「많이 컸구나, 싱클레어.」 그 자신은 하나도 변하지 않은 듯 보였다. 언제나 그랬듯이, 한결같이 나이 들어 보이면서도 한결같이 젊어 보였다.

데미안은 나와 동행했고, 우리는 산책을 하며 순전히 사소한 일들에 대해 이야기를 나누었다. 그 시절의 일에 대해서는 한마디도 하지 않았다. 과거에 그에게 몇 차례 편지를 보냈지만 답장을 받지 못했던 일이 생각났다. 아, 데미안이 그것도 잊었으면 좋으련만, 그 시시한, 시시한 편지들! 그는 그 편지들에 대해 아무 말도 하지 않았다!

그 무렵엔 아직 베아트리체도 초상화도 없었고, 한창 방탕하게 살던 시절이었다. 교외에 이르러 내가 함께 술집에 가자고 데미안에게 권했다. 그는 술집에 함께 갔다. 나는 거드름을 피우며 포도주 한 병을 주문해 잔에 따랐다. 그와 잔을 맞부딪치고는, 대학생들의 음주 관습에 매우 익숙한 척 굴며 첫 잔을 단숨에 들이켰다.

「술집에 자주 다니나 보지?」 그가 물었다.

「그렇지 뭐.」 나는 심드렁하게 대답했다. 「그 밖에 뭐 할 일이 있나? 결국은 그게 항상 제일 유쾌하지.」

「그렇게 생각해? 그럴 수도 있지. 물론 아주 근사한 점도 있지. 도취, 바쿠스적인 것! 하지만 내가 보기에, 술집에서 죽치는 사람들은 대부분 그런 근사한 면을 잃어버리더라고. 술집을 드나드는 거야말로 진짜 속물적인 게 아닌가 싶어. 그래, 횃불을 밝히고 밤새도록 진탕 마시고 멋들어지게 취하는 거 좋지! 하지만 계속 한 잔 또 한 잔, 그게 설마 진실은 아니겠지? 가령 파우스트가 저녁마다 단골 술집에 앉아 있는 모습을 상상할 수 있겠어?」

나는 술을 들이켜고 적개심에 찬 눈빛으로 그를 쳐다보았다.

「그래, 하지만 누구나 파우스트는 아니지.」 나는 짧게 말했다.

그는 흠칫 놀라 나를 바라보았다.

그러더니 예전처럼 활기차고 침착하게 웃음을 터뜨렸다.

「그래, 그런 일로 다툴 건 없겠지? 어쨌든 술꾼이나 탕자의 삶이 흠 잡을 데 없는 모범 시민의 삶보다 더 활기찰 수도 있어. 그리고 어디선가 읽었는데, 탕자의 삶이 신비주의자에 이르는 최고의 준비 단계라고 하더라고. 또 성 아우구스티누스처럼 나중에 예언자가 되는 사람들도 늘 있어. 성 아우구스티누스도 한때는 쾌락을 즐기며 방탕하게 살았지.」

나는 불신에 가득 차 있었으며 그의 말에 결코 넘어가지 않을 작정이었다. 그래서 거들먹거리며 이렇게 말했다. 「그래, 누구든 각자 입맛대로 사는 법이라고! 솔직히 말하면, 난 예언자 같은 것이 되는 덴 아무 관심 없어.」

데미안은 눈을 가늘게 뜨고 잘 안다는 듯이 나를 바라보았다.

「이봐, 싱클레어.」 그러더니 천천히 말을 이었다. 「너한테 듣기 거북한 말을 할 생각은 없었어. 게다가 우리 두 사람은 네가 어떤 목적으로 그 포도주 잔을 들이켜는지 알지 못해. 네 안에 있는 것, 네 삶을 이루는 것은 그걸 알고 있겠지. 모든 것을 알고 모든 것을 원하고 모든 것을 우리 자신보다 더 잘하는 누군가가 우리 안에 있다는 사실을 알아 두면 좋아. 미안해, 난 그만 집에 가봐야 해.」

우리는 짤막한 작별 인사를 나누었다. 나는 몹시 불쾌한 기분으로 앉아서 술병을 끝까지 비웠다. 그리고 술집을 나서면서, 데미안이 이미 술값을 치른 것을 알았다. 그것은 나를 더욱더 분통 터지게 만들었다.

이제 내 생각은 다시 그 짧은 만남에 머물렀다. 머릿속이 온통 데미안 생각으로 가득 차 있었다. 그가 그 교외의 술집에서 했던 말들이 다시 기억에 떠올랐다. 놀라우리만치 한 마디도 잊히지 않고 생생하게 그대로 떠올랐다. 〈모든 것을 알고 있는 누군가가 우리 안에 있다는 사실을 알아 두면 좋아!〉

나는 창문에 걸어 둔 그림을 바라보았다. 이제 빛은 완전히 사라지고 없었다. 하지만 눈만은 여전히 빛나는 게 보였다. 그것은 데미안의 눈빛이었다. 아니면 내 안에 있는 그 누군가였다. 모든 것을 알고 있는 그 누군가.

데미안이 얼마나 그리웠던가! 나는 그에 대한 소식을 전혀 듣지 못했다. 그는 내가 닿을 수 없는 곳에 있었다. 다만 그가 아마 어딘가에서 대학에 다니고 있으며, 그가 김나지움을 마친 후 그의 어머니도 우리 도시를 떠났다는 것만 알고 있었다.

나는 크로머 사건에 이르기까지 내 안에 있는 막스 데미안에 대한 모든 기억을 떠올리려 했다. 그가 내게 예전에 했던 얼마나 많은 말들이 다시 귀에 들렸던가! 모든 것이 여전히 의미가 있었고, 현실성이 있었으며, 나와 관련되었다! 그다지 즐겁지 않았던 마지막 만남에서 데미안이 탕아와 성자에 대해 했던 말도 밝은 빛을 발하며 별안간 내 영혼 앞에 나타났다. 내게 바로 그런 일이 일어나지 않았던가? 내가 술에 취해 오물 속을 뒹굴고 정신이 마비되어 타락한 삶을 살지 않았던가? 그러다 마침내 새로운 삶의 충동과 더불어 정반대의 것이 내 안에서 살아나지 않았던가? 순결에 대한 열망, 성자에 대한 동경이.

나는 그런 식으로 계속 지난 기억을 뒤쫓았다. 오래전에 어둠이 내려앉았고, 밖에는 비가 내리고 있었다. 내 기억 속에서도 비 내리는 소리가 들렸다. 데미안이 예전에 내게 프란츠 크로머에 대해 캐묻고 내 최초의 비밀을 알아내던 밤나무 아래서의 일이 생각났다. 하나씩 하나씩 차례로 모든 게 떠올랐다. 등굣길과 하굣길에 나누었던 대화들, 견진례를 준비하던 수업 시간들. 그리고 끝으로 막스 데미안과의 첫 만남이 떠올랐다. 그때 무슨 이야기를 나누었더라? 금세 생각나진 않았지만 나는 천천히 여유를 갖고 거기에 몰두했다. 그러자 그것도 다시 생각났다. 그가 내게 카인에 대한 견해를 들려준 후, 우리는 함께 우리 집 앞에 서 있었다. 그때 데미안은 우리 집 현관문 위에 붙어 있는 낡고 흐릿한 문장에 대해 이야기했다. 그 문장은 아래에서 위로 올라갈수록 차츰 넓어지는 홍예머리에 붙어 있었다. 그는 그 문장이 흥미롭다며 그런 것들에 주의를 기울여야 한다고 말했다.

그날 밤, 나는 데미안과 그 문장 꿈을 꾸었다. 문장이 수시로 변했다. 데미안이 두 손에 문장을 들고 있었는데, 문장이 때로는 작고 회색빛이었다가 때로는 어마어마하게 크고 화려한 색채로 변했다. 그는 그것이 하나의 같은 문장이라고 설명했다. 그러더니 결국 내게 문장을 먹으라고 강요했다. 나는 문장을 삼키고 나서, 삼킨 문장에 그려진 새가 내 안에서 살아나 나를 가득 채우고 안에서 나를 쪼아 먹기 시작하는 것을 느끼고 소스라치게 놀랐다. 나는 극도의 공포에 사로잡혀 벌떡 일어났고 잠에서 깨어났다.

정신이 번쩍 들었다. 아직 한밤중이었고, 방 안에 비 들이치는 소리가 들렸다. 나는 창문을 닫으려고 일어서다가 바닥에 떨어져 밝게 빛나는 것을 발로 밟았다. 아침에 일어나 보니 그것은 내가 그린 그림이었다. 빗물에 젖어 부풀어 있었다. 나는 그림을 말리려고 압지 사이에 끼워 두툼한 책 속에 넣어 놓았다. 이튿날 다시 그림을 살펴보자 말라 있었다. 하지만 그림이 변해 있었다. 붉은 입술이 빛바래고 좀 얇아져 있었다. 이제 완전히 데미안의 입이었다.

나는 새 종이에 문장의 새를 그리기 시작했다. 새가 실제로 어떤 모습이었는지 기억이 가물가물했다. 그리고 내 기억에 의하면, 몇 부분은 가까이에서도 잘 알아볼 수 없었다. 그 물건이 오래되어 여러 번 덧칠했기 때문이었다. 새는 뭔가의 위에 서 있거나 앉아 있었다. 아마 나무나 꽃, 바구니, 둥지, 나무 우듬지였을 수 있다. 나는 거기에는 개의치 않고 머릿속에 뚜렷이 떠오르는 것부터 그리기 시작했다. 막연한 충동에 이끌려 곧바로 강렬한 색채로 시작했다. 내 그림에서 새의 머리는 황금빛이었다. 나는 기분 내키는 대로 계속 붓을 놀려서 며칠 만에 그림을 완성했다.

그것은 뾰족하고 대담한 새매의 머리를 지닌 맹금이었다. 새의 몸뚱이가 푸른 하늘을 배경으로 절반쯤 어두운 지구에 파묻혀 있었는데, 새가 마치 거대한 알에서 나오듯 지구를 깨고 나오는 중이었다. 그림을 오래 바라보고 있으려니, 갈수록 꿈속에서 보았던 화려한 색채의 문장처럼 보였다.

내가 설령 데미안의 주소를 알았다고 하더라도 그에게 편지를 쓸 수는 없었을 것이다. 그 무렵 늘 하던 대로 나는 몽환적인 예감을 좇아 새매 그림을 데미안에게 보내기로 결심했다. 그가 그림을 받아 보든 받아 보지 못하든 상관없었다. 나는 그림에 아무 말도 쓰지 않았으며 내 이름조차 적지 않았다. 그림의 가장자리를 조심스럽게 잘라 내고 커다란 봉투를 사서 내 친구의 옛 주소를 적었다. 그러고는 곧바로 발송했다.

시험이 다가왔고, 나는 평소보다 더 열심히 공부해야 했다. 내가 갑자기 무례한 태도를 바꾼 후로 선생님들은 다시 나를 너그럽게 받아 주었다. 그때도 여전히 출중한 학생은 아니었지만, 나도 다른 그 누구도 내가 반년 전에 퇴학 처분을 받아 마땅했을 학생이라는 생각은 더 이상 하지 않았다.

아버지는 다시 예전과 같은 어조로 편지를 보내셨으며 질책하거나 위협하는 말씀은 전혀 하지 않으셨다. 그렇지만 나는 어떻게 이런 변화가 일어났는지 아버지나 다른 누군가에게 설명하고 싶은 욕구를 조금도 느끼지 못했다. 이런 변화가 부모님이나 선생님들의 바람과 맞아떨어진 것은 우연이었다. 그 변화는 나를 다른 사람들에게 데려다 주지도 않았고, 그 누구와 친하게 해주지도 않았으며, 오로지 나를 더욱 고독하게 만들었을 뿐이다. 그 변화는 어딘가를, 데미안을, 멀리 있는 운명을 목표로 했다. 나 자신은 그걸 알지 못했다. 나는 그 한복판에 휘말려 있었다. 그것은 베아트리체에서 시작되었지만, 얼마 전부터 나는 직접 그린 그림들과 데미안에 대한 생각과 더불어 완전히 비현실적인 세계 속에서 살았다. 그러다 보니 베아트리체마저 내 시야와 생각에서 완전히 사라졌다. 내가 설령 원했다 할지라도, 나의 꿈과 나의 기대와 나의 내적 변화에 대해 그 누구에게나 단 한 마디도 할 수 없었을 것이다.

그런데 내가 어떻게 그걸 원할 수 있었겠는가?

제5장

새는 알을 깨고 나오려 힘겹게 싸운다

내가 그린 꿈속의 새는 길을 떠나 내 친구를 찾아냈다. 참으로 기묘한 방식으로 내게 답장이 왔다.

언젠가 학교에서 쉬는 시간이 끝난 후, 우리 교실의 내 책상에 놓인 책에 쪽지가 하나 꽂혀 있었다. 그것은 급우들이 이따금 수업 시간에 은밀히 주고받는 쪽지와 같은 방식으로 접혀 있었다. 도대체 누가 그런 쪽지를 내게 보냈을까 하는 의아한 생각이 들었다. 그런 쪽지를 주고받을 만한 학우가 없었기 때문이다. 나는 학생들이 흔히 하는 장난에 참여할 것을 권유하는 쪽지려니 생각했다. 하지만 그런 일에 끼고 싶지 않아서, 쪽지를 읽지 않은 채 그대로 책 앞쪽에 꽂아 두었다. 수업이 시작하고 나서야 우연히 다시 쪽지가 내 손에 집혔다.

종이를 이리저리 만지작거리다가 아무 생각 없이 펼치자 거기에 몇 마디 쓰여 있는 게 눈에 뜨였다. 흘낏 그 글을 바라보던 내 눈길이 한 낱말에 꽂혀 떨어질 줄을 몰랐다. 내가 깜짝 놀라 그 글을 읽는 동안, 내 심장은 혹한을 만난 듯 운명 앞에서 움츠러들었다.

〈새는 알을 깨고 나오려 힘겹게 싸운다. 알은 세계이다.

태어나려고 하는 자는 세계를 깨뜨려야 한다. 새는 신에게로 날아간다. 그 신의 이름은 아브락사스다.〉

나는 그 구절을 여러 번 읽고 깊은 생각에 빠져들었다. 의심의 여지가 없었다. 그것은 데미안에게서 온 답장이었다. 나와 데미안 말고는 그 새에 대해 아는 사람이 있을 리 없었다. 그는 내 그림을 받아 보았다. 그는 내 그림을 이해했고, 내가 해석할 수 있도록 도와주었다. 그런데 이 모든 게 무슨 연관이 있을까? 그리고 아브락사스란 대체 무슨 뜻일까? 그 구절이 무엇보다도 신경 쓰였다. 나는 그 낱말을 들어 본 적도 없었고 읽어 본 적도 없었다. 〈그 신의 이름은 아브락사스다.〉

수업 내용이 하나도 귀에 들리지 않은 채로 그 시간이 끝났다. 다음 시간이 시작되었고, 그걸로 그날의 오전 수업은 끝이었다. 대학을 갓 졸업한 보조 교사가 가르치는 수업이었다. 그는 젊은데다가 쓸데없이 권위를 부리지 않아서 우리 모두 좋아했다.

우리는 폴렌 박사의 지도 아래 헤로도토스를 읽었다. 그 강독은 내 흥미를 끄는 몇 안 되는 과목 중의 하나였다. 하지만 이번에는 도통 집중이 되지 않았다. 기계적으로 책을 펼치긴 했지만 번역에 주의를 기울인 게 아니라 내 생각에 빠져 있었다. 아무튼 그 당시 종교 수업 시간에 데미안이 내게 했던 말이 얼마나 옳은지 나는 이미 여러 차례 경험으로 확인했다. 뭔가를 충분히 강렬하게 원하면 이루어지는 법이었다. 수업 시간에 나 자신의 생각에 강렬히 몰두해 있으면, 나는 아주 조용할 수 있었고 선생님도 나를 조용히 그대로 내버려 두었다. 그렇다, 만일 멍해 있거나 졸고 있으면 선생님이 별안간 옆에 서 있기 마련이다. 나도 그런 경험이 있었다. 하지만 실제로 생각에 잠겨 있으면, 실제로 깊이 몰두해 있으면, 무사했다. 그리고 상대방을 뚫어져라 응시하는 것도 이미 시험해 봐서 사실이라는 것을 확인했다. 그 당시 데미안과 함께 지내던 시절에는 성공하지 못했지만, 이제는 눈빛과 생각으로 무척 많은 것을 할 수 있음을 자주 느꼈다.

그때도 나는 그렇게 앉아서 헤로도토스와 학교에서 멀리 떨어진 곳에 가 있었다. 그런데 그때 별안간 선생님의 목소리가 번개처럼 내 의식을 뚫고 들어왔다. 나는 소스라치게 놀라 정신이 번쩍 들었다. 선생님의 목소리가 들리고, 선생님이 내 바로 옆에 서 있었다. 나는 선생님이 내 이름을 부른 줄만 알았다. 하지만 선생님은 나를 보지 않고 있었다. 나는 안도의 한숨을 내쉬었다.

그 순간 선생님의 목소리가 다시 들렸다. 그 목소리는 크게 말했다. 「아브락사스.」

폴렌 박사는 내가 앞부분을 놓친 설명을 계속 이어 나갔다. 「합리주의적 관점에서 보듯이 우리는 고대 종파들의 견해와 신비적 합일을 단순하게 생각해서는 안 됩니다. 고대에는 우리가 생각하는 의미의 학문이 전혀 존재하지 않았어요. 그 대신 철학적이고 신비적인 진리에 대한 연구가 고도로 발달해 있었지요. 종종 사기와 범죄로 발전한 마술과 유희가 거기에서 일부 생겨나기도 했습니다. 하지만 마술도 고귀한 근원과 심오한 사상을 가지고 있어요. 조금 전에 예로 든 아브락사스교 설이 바로 그런 경우입니다. 사람들은 이 이름을 그리스의 주문과 연결시켜 부르며, 오늘날에도 미개한 종족들이 섬기는 악마, 마술을 부리는 악마의 이름쯤으로 여기고 있어요. 하지만 아브락사스는 훨씬 더 많은 걸 의미하는 듯 보입니다. 우리는 가령 이 이름을 신적인 것과 악마적인 것을 결합하는 상징적 임무를 지닌 신의 이름으로 생각할 수 있어요.」

그 키 작고 박식한 선생님은 섬세하게 열성적으로 설명을 펼쳤다. 그러나 학생들은 그다지 주목하지 않았다. 그리고 아브락사스라는 이름이 더 이상 언급되지 않아서 내 관심도 곧 다시 나 자신에게로 돌아왔다.

〈신적인 것과 악마적인 것을 결합한다〉라는 말이 귓가를 맴돌았다. 이것을 실마리로 삼을 수 있었다. 우리 우정의 종반부에 나는 데미안과의 대화를 통해 그 말에 친숙해 있었다. 그 당시 데미안은, 우리에겐 숭배하는 신이 있지만 그 신은 고의적으로 떼어 낸 세계의 반쪽일 뿐이라고 말했다(그것은 공식적으로 허용된 〈밝은〉 세계였다). 하지만 우리는 세계 전체를 숭배할 수 있어야 하며, 그러므로 악마이기도 한 신을 숭배하든지 아니면 신에 대한 예배와 나란히 악마에 대한 예배도 드려야 한다고 했다. 그런데 아브락사스가 바로 신이기도 하고 악마이기도 한 신이었다.

얼마동안 나는 무척 열성적으로 아브락사스의 흔적을 추적했지만 아무런 진척이 없었다. 아브락사스를 찾아서 온 도서관을 샅샅이 뒤졌는데도 성과가 없긴 마찬가지였다. 하지만 나의 천성은 그런 식으로 직접적이고 의도적으로 찾는 것에는 절대 강하지 못했다. 그런 경우 처음엔 진실을 찾아낸 줄 알지만 결국 손에 남는 것은 돌일 뿐이다.

내가 한동안 열렬히 관심을 쏟았던 베아트리체의 모습은 서서히 사라져 갔다. 아니 그보다는 내게서 서서히 벗어나지평선에 점점 가까이 다가가고 희미해지고 멀어지고 흐릿해졌다. 그 모습은 더 이상 영혼을 충족시키지 못했다.

나 자신 안에 독특하게 둥지를 튼 존재, 몽유병자처럼 영위하는 존재에서 새로운 것이 형성되기 시작했다. 삶을 향한 동경, 아니 그보다는 사랑을 향한 동경이 내 안에서 꽃을 피웠으며, 한동안 베아트리체를 향한 숭배로 해소할 수 있었던 성적 충동은 새로운 영상과 목표를 요구했다. 그것을 충족시킬 가능성은 여전히 보이지 않았다. 그 동경을 기만하고 학우들이 행복을 찾으려 한 아가씨들에게서 뭔가를 기대하기는 예전보다 더욱 불가능했다. 나는 다시 격렬하게 꿈을 꾸었으며, 밤보다 낮에 오히려 더 많은 꿈을 꾸었다. 표상들, 영상들, 소망들이 내 안에서 솟구쳐 나를 외부 세계로부터 멀리 데려갔다. 나는 주변의 실제 현실보다 내 안의 그런 영상들, 그런 꿈들이나 그림자들과 더 현실적으로 더 활발하게 교류했다.

거듭 반복되는 특정한 꿈이나 환상의 유희가 의미심장해졌다. 내게 가장 중요하고 삶에 가장 오래 영향을 미친 꿈은 대략 이런 내용이었다. 나는 고향 집으로 돌아갔다. 현관문 위에서 문장의 새가 푸른 바탕을 배경으로 노랗게 빛났다. 집에서 어머니가 나를 맞아 주셨다. 그러나 내가 집 안으로 들어가 어머니를 안으려 하자, 그것은 어머니가 아니라 한 번도 본 적 없는 인물이었다. 키가 크고 강인해 보였으며, 내가 그린 그림 속의 인물이나 막스 데미안과 닮았으면서도 달랐고, 강인하면서도 더없이 여성적이었다. 그 인물은 나를 바싹 가까이 끌어당겨서 가슴 떨리는 그윽한 사랑의 포옹으로 나를 감싸 안았다. 희열과 공포가 교차했고, 그 포옹은

신을 향한 예배이면서 범죄였다. 어머니에 대한 너무나 많은 기억들, 내 친구 데미안에 대한 너무나 많은 기억들이 나를 포옹한 그 인물 속에 깃들어 있었다. 그 인물의 포옹은 모든 경외심에 위배되는 것이었지만 더없는 행복이었다. 나는 때로는 깊은 행복감에 취해 그 꿈에서 깨어나기도 했고, 때로는 끔찍한 죄에서 벗어나듯 죽음의 공포와 양심의 가책에 시달리며 깨어나기도 했다.

그 완전히 내적인 형상은 내가 찾고 있던 신에 대한 외부의 암시와 나도 모르는 사이에 서서히 결합되었다. 그 결합은 점차 더 내밀하고 긴밀해졌으며, 나 자신이 그 예감에 찬 꿈속에서 아브락사스라는 이름을 부른 것을 감지하기 시작했다. 희열과 공포, 남자와 여자가 뒤섞여 있었으며, 더없이 신성한 것과 추악한 것이 한데 얽혀 있었고, 깊은 죄가 더없이 섬세한 무죄를 가르며 움찔했다. 내 사랑의 꿈의 형상이 그랬고, 아브락사스도 그랬다. 사랑은 처음에 내가 겁에 질려 느꼈던 것과 같은 동물적인 어두운 충동이 더 이상 아니었다. 또한 사랑은 내가 베아트리체의 그림에 바쳤던 것과 같은 경건하게 승화된 숭배도 더 이상 아니었다. 사랑은 그 두 가지 모두였다. 두 가지 모두인 동시에 그보다 훨씬 이상의 것이었다. 사랑은 천사의 영상이며 악마였고, 남자인 동시에 여자였고, 인간인 동시에 동물이었고, 최고의 선인 동시에 극단적인 악이었다. 이런 삶을 사는 것이 내게 주어진 본분인 듯 보였고, 이를 맛보는 것이 내 운명인 듯했다. 나는 운명을 갈망했고 운명을 두려워했지만, 운명은 언제나 내 곁에, 그리고 내 위에 있었다.

이듬해 봄에 나는 김나지움을 마치고 대학에 진학하기로

되어 있었다. 하지만 어디에서 무엇을 공부해야 할지 막막했다. 입술 위에 수염이 거뭇거뭇하게 자랐고, 나는 성인이었다. 그런데도 무엇을 어떻게 해야 할지 전혀 몰랐으며 추구하는 목적도 없었다. 다만 오직 한 가지, 내 안의 목소리, 꿈의 영상만은 확고했다. 나는 그것이 이끄는 대로 무조건 따라가는 것이 내 임무라고 느꼈다. 하지만 그것은 쉽지 않은 일이었고, 나는 날마다 저항했다. 내가 혹시 미친 게 아닐까 하는 생각이 자주 들었다. 내가 혹시 다른 사람들과는 다른 게 아닐까? 하지만 나는 다른 사람들이 하는 일을 할 수 있었고 못 하는 일도 없었다. 조금 노력하고 애쓰면 플라톤을 읽을 수 있었고 삼각법 문제를 풀거나 화학 분석도 이해할 수 있었다. 다만 못 하는 게 한 가지 있었다. 다른 학생들이 하는 것처럼 내 안에 어둡게 숨어 있는 목표를 끄집어내어 내 앞 어딘가에 그리는 일만은 할 수 없었다. 다른 학생들은 자신이 교수나 판사, 의사나 예술가가 되려 하는 것을 정확히 알고 있었으며, 그것이 얼마나 오래 걸릴지 그리고 어떤 이점을 가져올지도 알고 있었다. 나는 그것을 알지 못했다. 나도 아마 언젠가는 그런 인물이 되겠지만, 지금 내가 그것을 어찌 알겠는가. 어쩌면 앞으로 찾고 또 찾아야 할지도 모르는 일이었다. 여러 해 동안 찾아도 결국 아무것도 되지 못하고 목표에 이르지 못할 수도 있었다. 어쩌면 목표에 이르렀지만, 그것은 사악하고 위험하고 끔찍한 목표일 수도 있었다.

나는 오직 내 마음속에서 절로 우러나오는 삶을 살려 했을 뿐이다. 그것이 왜 그리 어려웠을까?

나는 내 꿈속에 나타나는 강렬한 사랑의 형상을 종종 그려 보려고 시도했다. 하지만 한 번도 성공하지 못했다. 만일 성공했더라면 그 그림을 데미안에게 보냈을 것이다. 그는 어디에 있었을까? 나는 그걸 알지 못했다. 다만 그가 나와 결합되어 있다는 것만을 알았다. 언제나 그를 다시 만날 수 있으려나?

베아트리체 시절에 몇 주, 몇 달 동안 찾아왔던 안락한 평온은 이미 오래전에 사라졌다. 그 당시 나는 안전한 섬에 이르러 평화를 찾았다고 생각했다. 하지만 항상 그런 식이었다. 어떤 상태가 정겹게 느껴지고 어떤 꿈이 기분 좋은가 싶으면 곧 다시 퇴색하면서 쓸모가 없어졌다. 그것을 아무리 애석하게 여겨도 아무 소용 없었다! 이제 나는 충족되지 않은 욕망, 종종 사납게 미쳐 날뛰도록 만드는 긴장된 기다림의 불길 속에서 살았다. 꿈속에서 본 연인의 영상이 종종 무척 생생하고 뚜렷하게 눈앞에 나타났다. 나 자신의 손보다도 더 뚜렷이 나타났다. 나는 그 영상과 이야기를 나누고 그 영상 앞에서 울음을 터뜨리고 그 영상에 저주를 퍼부었다. 그 영상을 어머니라 부르고 눈물을 흘리며 그 앞에 무릎을 꿇었다. 그 영상을 연인이라 부르며 모든 것을 충족시켜 줄 성숙한 입맞춤을 예감했다. 그 영상을 악마와 창녀, 흡혈귀와 살인자라고 불렀다. 그 영상은 더없이 다정한 사랑의 꿈과 방탕한 뻔뻔함으로 나를 유혹했다. 그 영상에게는 지나치게 좋고 귀중한 것도 없었으며, 지나치게 나쁘고 비천한 것도 없었다.

그해 겨울 내내 나는 뭐라 말로 표현하기 어려운 내면의 폭풍 속에서 살았다. 고독은 이미 오래전에 익숙해진 터라서 나를 압박하지 않았다. 나는 데미안과 새매와 내 운명이자

연인인 꿈속의 거대한 형상과 함께 살았다. 그 안에서 사는 것만으로도 충분했다. 모든 것이 크고 광활한 것을 주시했으며, 모든 것이 아브락사스를 가리켰기 때문이다. 그러나 그 꿈들 가운데 어느 것도, 내 생각들 가운데 어느 것도 내 뜻을 좇지 않았다. 나는 그 무엇도 불러낼 수 없었고 그 무엇에도 내 마음대로 색채를 부여할 수 없었다. 그것들은 와서 나를 데려갔으며, 나는 그것들의 지배를 받고 그것들이 조종하는 삶을 살았다.

나는 외면적으로는 안전했다. 나는 사람들을 두려워하지 않았다. 학우들도 그 점을 알아챘으며, 내게 은근히 존경심을 드러냈다. 그러면 나는 종종 미소 지었다. 나는 원하면 얼마든지 대부분의 학우들을 꿰뚫어 볼 수 있었고 그래서 이따금 그들을 깜짝 놀라게 할 수 있었다. 하지만 그러고 싶은 생각이 별로 아니 전혀 없었다. 나는 항상 나에게, 나 자신에게 열중해 있었다. 이제 제대로 한번 살아 보고 싶고 내 안의 뭔가를 세상에 주고 세상과 관계를 맺고 세상과 싸워 보고 싶은 절절한 갈망이 솟구쳤다. 이따금 저녁에 불안한 마음을 가누지 못하고 거리를 배회하며 밤이 이슥하도록 발길이 집으로 향하지 않으면, 이따금 이제야말로 내 연인을 만나게 될 거라는 생각이 들었다. 내 연인이 바로 옆 길모퉁이를 지나가겠지, 다음 창문에서 나를 부르겠지. 때로는 그 모든 것이 참을 수 없을 정도로 고통스럽게 여겨졌으며, 한번은 스스로 목숨을 끊을 생각까지 한 적도 있었다.

그 무렵 나는 특이한 피난처를 찾아냈다. 흔히 말하듯이 〈우연히〉 찾아냈다. 하지만 그런 우연은 존재하지 않는다. 누군가가 자신에게 꼭 필요하다고 생각하는 것을 찾아내게 되면, 그것은 우연에 의한 것이 아니다. 그 자신, 그 자신의 갈망과 필연이 그것으로 이끈 것이다.

나는 도시를 이리저리 거닐다가 교외의 작은 교회에서 울리는 오르간 소리를 두세 번 들었다. 하지만 그 소리에 걸음을 멈추지는 않았다. 다음번에 그 교회 옆을 지나가는데, 다시 오르간 소리가 들렸다. 바흐의 곡을 연주하고 있었다. 교회 문은 잠겨 있었다. 거의 인적 없는 골목길이어서, 교회 옆의 갓돌에 앉아 외투 깃을 세우고 음악에 귀를 기울였다. 크지는 않았지만 좋은 오르간이었다. 연주 솜씨가 무척 특이했는데, 의지와 끈기를 극히 개성 있고 독특하게 표현하는 것이 마치 기도하는 소리처럼 들렸다. 교회 안에서 오르간을 연주하는 남자가 그 음악 속에 보물이 숨겨져 있다는 것을 알고, 마치 자신의 생명이라도 되듯 그 보물을 얻기 위해 두드리고 애쓴다는 느낌이 들었다. 나는 기술적인 측면에서는 음악에 대해 그다지 많이 알지 못하지만, 그런 영혼의 표현은 어린 시절부터 본능적으로 이해했으며 내 안의 음악적인 것을 자명한 것이라 느꼈다.

이어서 음악가는 현대적인 것도 연주했는데, 레거[8]의 곡인 듯했다. 교회는 거의 어둠에 잠겨 있었고, 희미한 불빛 한 줄기만이 가까운 창문을 통해 비쳤다. 나는 음악이 끝날 때까지 기다렸다가, 오르간 연주자가 밖으로 나올 때까지 이리저리 서성였다. 아직 젊은 남자였지만 나보다는 나이가 많았다. 몸집이 땅딸막하고 다부져 보였다. 그는 무슨 언짢은 일이라도 있는 듯 서둘러 성큼성큼 그곳을 떠났다.

그때부터 나는 이따금 저녁 시간에 교회 앞에 앉아 있거

8 막스 레거Max Reger. 독일의 작곡가이자 지휘자이고 오르간 연주자.

나 이리저리 오락가락했다. 한번은 교회 문이 열려 있는 것을 발견하고는, 연주자가 위층의 희미한 가스등 불빛 아래서 오르간을 연주하는 동안 30분쯤 오들오들 떨며 행복하게 의자에 앉아 있었다. 나는 그가 연주하는 음악에서 그의 내면만을 들은 게 아니었다. 그가 연주하는 모든 것도 서로 통하며 비밀스럽게 관련 있는 듯했다. 그가 연주하는 모든 것에 신앙심과 헌신과 경건함이 깃들어 있었다. 하지만 교회 신도들과 성직자들처럼 경건한 게 아니라 중세의 순례자들이나 걸인들처럼 경건하다. 그것은 모든 종파를 넘어서는 세계 감정을 위해 가차 없이 헌신하는 경건함이었다. 그는 바흐 이전 대가들의 곡과 옛 이탈리아 작곡가들의 곡을 열심히 연주했다. 모든 곡이 같은 것을 말했고, 모든 곡이 음악가의 영혼 안에도 깃들어 있는 것을 말했다. 갈망, 세상과의 더없이 내밀한 만남과 세상과의 더없이 난폭한 재작별, 자신의 어두운 영혼을 향한 열렬한 귀 기울임, 헌신에의 도취, 경이로운 것에 대한 깊은 호기심.

그러다 언젠가 교회에서 나온 오르간 연주자의 뒤를 몰래 밟은 적이 있었다. 그가 외진 교외의 작은 술집으로 들어가는 게 보였다. 나는 자제하지 못하고 그를 쫓아 술집으로 들어갔다. 거기서 처음으로 그를 똑똑히 보았다. 그는 작은 술집 구석의 탁자에 앉아 있었다. 머리에는 검은 펠트 모자를 쓴 채 포도주 잔을 앞에 두고 있었다. 얼굴은 내가 예상했던 그대로였다. 못생기고 약간 거친 구석이 있었으며, 뭔가를 집요하게 찾는 듯 고집스러운 의지에 넘쳤다. 입 주변은 부드럽고 천진해 보였다. 남성적이고 강인한 면모는 모두 눈과 이마에 몰려 있었으며, 얼굴 아랫부분은 여리고 미숙하고 어딘지 유약하고 자제력이 없어 보였다. 극히 우유부단해 보이는 턱은 소년 같은 인상을 일깨우며 마치 이마와 눈빛에 항변하는 듯했다. 자부심과 적대감이 가득한 흑갈색 눈은 내 맘에 들었다.

나는 아무 말 없이 그의 맞은편에 앉았다. 우리 말고는 술집에 아무도 없었다. 그는 나를 쫓아 버리려는 듯 매섭게 노려보았다. 하지만 나는 동요하지 않고서 당당하게 그를 마주보았다. 이윽고 그가 퉁명스럽게 웅얼거렸다. 「뭐 땜에 나를 그리 날카롭게 쏘아보는 거요? 나한테 뭘 원하는 게요?」

「원하는 건 없습니다.」 나는 말했다. 「하지만 이미 당신에게서 많은 것을 받았습니다.」

그가 이맛살을 찌푸렸다.

「그렇다면 음악을 열광적으로 좋아하시나 보죠? 음악에 열광하는 건 욕지기나는 일이오.」

나는 그 말에도 끄떡하지 않았다.

「당신이 연주하는 음악을 자주 들었습니다. 교회에서 연주할 때 밖에서 들었어요. 하지만 당신을 귀찮게 할 생각은 없어요. 혹시 당신에게서 뭔가 특별한 것을 발견하지 않을까 하는 생각이 들더라고요. 그게 뭔지는 저도 모르겠습니다. 제 말에 신경 쓰지 마세요! 저는 교회에서 당신 음악을 들으면 됩니다.」

「난 항상 문을 걸어 잠그는데.」

「얼마 전엔 깜박 잊으셨습니다. 그래서 교회 안에 앉아 있었지요. 평소엔 밖에 서 있거나 갓돌에 앉아 있곤 하죠.」

「그래요? 다음번엔 안으로 들어와요. 안이 좀 더 따뜻해요. 그냥 문을 노크하면 됩니다. 하지만 세게 두드려요. 그리고 연주하는 동안에는 두드리지 말아요. 자, 어서 말해요. 무슨 말을 하고 싶은 거요? 아주 젊은 사람이군요. 김나지움 학생이나 대학생 같은데. 음악가요?」

「아닙니다. 그냥 음악을 즐겨 들을 뿐입니다. 하지만 당신이 연주하는 것과 같은 음악, 완전히 절대적인 음악, 인간이 천상과 지옥을 뒤흔드는 게 느껴지는 그런 음악만을 좋아하죠. 저는 그런 음악이 무척 마음에 듭니다. 그런 음악은 별로 도덕적이지 않아서 그런 것 같아요. 나머지 것들은 전부 도덕적입니다. 저는 그렇지 않은 것을 찾고 있어요. 도덕적인 것 때문에 늘 괴로움만 겪었거든요. 제 마음을 말로 표현하기가 어렵군요. 신이면서 동시에 악마인 신이 있어야 한다는 걸 아시나요? 그런 신이 있었다는 말을 들었어요.」

음악가는 챙이 넓은 모자를 뒤로 조금 젖히고는 넓은 이마를 가린 검은 머리카락을 쓸어 올렸다. 그러면서 나를 예리하게 바라보더니 내 쪽을 향해 탁자 위로 얼굴을 숙였다.

그는 긴장한 표정으로 목소리를 낮추어 물었다. 「당신이 말한 신의 이름이 무엇이오?」

「유감스럽게도 저는 그 신에 대해 아는 게 거의 없어요. 사실은 이름만 알 뿐입니다. 이름이 아브락사스이지요.」

누가 우리 말을 엿듣기라도 하는 듯 음악가는 경계하는 눈빛으로 주변을 둘러보았다. 그러더니 내게 바싹 다가와 속삭였다. 「그럴 줄 알았어요. 당신은 누구요?」

「김나지움 학생입니다.」

「아브락사스에 대해선 어떻게 알게 되었어요?」

「우연히 알게 되었지요.」

그가 탁자를 내리치는 바람에 그의 포도주 잔이 넘쳤다.

「우연이라고! 젊은 친구, 엿 같은 소리 그만하지요! 내 말 명심해요, 아브락사스를 우연히 알게 될 수는 없는 법이오. 아브락사스에 대해 당신에게 좀 더 이야기해 주지요. 내가 좀 알거든요.」

그는 입을 다물고 의자를 뒤로 밀었다. 내가 기대에 가득 찬 눈길로 바라보자, 그는 얼굴을 찡그렸다.

「여기서 말고! 다음 기회에. 자, 받아요!」

그러더니 입고 있던 외투 호주머니에 손을 집어넣어 군밤 몇 개를 꺼내 내게 던졌다.

나는 아무 말 없이 군밤을 받아먹었다. 흐뭇했다.

「그러니까!」 얼마 후 그가 속삭였다. 「그에 대해선 어떻게 알게 되었소?」

나는 망설이지 않고 말했다.

「저 혼자서 한참 헤매고 있을 때, 어린 시절의 친구가 생각났어요.」 나는 이야기했다. 「아마 그 친구는 아주 많이 알고 있을 거라고 생각합니다. 저는 그림을 그렸어요. 지구를 뚫고 나오는 새 그림이었죠. 그 그림을 친구한테 보냈어요. 얼마 후, 답장이 오지 않으려나 보다고 포기하고 있는데, 쪽지를 하나 받았어요. 그 쪽지에 이렇게 쓰여 있었어요. 〈새는 알을 깨고 나오려 힘겹게 싸운다. 알은 세계이다. 태어나려고 하는 자는 세계를 깨뜨려야 한다. 새는 신에게로 날아간다. 그 신의 이름은 아브락사스다.〉」

그는 아무 대꾸도 하지 않았다. 우리는 밤을 까서 포도주에 곁들여 먹었다.

「한 잔 더 할까요?」 그가 물었다.

「고맙지만 사양하겠습니다. 저는 술을 별로 좋아하지 않아요.」

그는 좀 실망한 듯 웃음을 터뜨렸다.

「좋을 대로 해요! 난 그렇지 않으니. 여기 좀 더 머무르겠소. 어서 가봐요!」

다음번에 오르간 연주가 끝나고 그와 함께 걸을 때, 그는 말이 별로 없었다. 그는 오래된 골목길에 있는 어느 고풍스럽고 웅장한 저택의 크고 좀 음침하고 삭막한 방으로 나를 데려갔다. 피아노를 빼면 음악을 암시하는 것은 전혀 눈에 띄지 않는 반면, 커다란 책장과 책상이 학자의 방 같은 분위기를 자아냈다.

「책이 많군요!」 나는 감탄했다.

「일부는 우리 아버지 서재에서 가져온 거요. 나는 아버지 집에 얹혀살고 있소. 그래요, 젊은 친구. 나는 어머니 아버지와 함께 살고 있지만, 그분들에게 당신을 소개할 수는 없소. 우리 집안에서는 내가 만나는 사람들을 탐탁지 않게 여기고 있어요. 말하자면 버린 자식이라고 할까. 우리 아버지는 대단히 존경스러운 분이지요. 이 도시의 저명한 목사이고 설교자거든요. 그리고 당신이 얼른 상황을 판단할 수 있도록 말하면, 나는 그분의 재능 많고 전도양양한 아드님이었는데 그만 탈선해서 반 미친 녀석이 되어 버렸지요. 원래 신학 대학에 다녔는데, 국가 고시를 코앞에 두고 그 잘난 학교를 때려치웠소. 사실 개인적으로는 여전히 그 학문을 연구하고 있지만 말이오. 사람들이 그때그때마다 어떤 신들을 생각해냈는지가 내게는 여전히 극히 중요한 관심사요. 그리고 지금은 음악가인데, 조만간 어디 작은 교회의 오르간 연주자 자리를 하나 얻게 되지 않을까 싶소. 그럼 다시 교회에서 일하게 되겠지요.」

나는 책장에 꽂혀 있는 책들을 훑어보았다. 책상 위의 작은 등불이 발하는 희미한 불빛 속에서 그리스어, 라틴어, 히브리어 제목들이 보였다. 그사이 그 남자는 어둠 속에서 벽 앞의 바닥에 엎드려 뭔가에 몰두해 있었다.

「이리 와요.」 잠시 후 그가 불렀다. 「이제 좀 철학을 해봅시다. 그러니까 입은 닥치고, 배를 깔고 엎드려 생각을 하자는 거요.」

그는 성냥을 그어 앞에 있는 벽난로의 종이와 장작에 불을 붙였다. 불꽃이 솟아올랐다. 그는 아주 꼼꼼하게 부채질을 해 불길을 살려 냈다. 나는 그와 나란히 해어진 양탄자에 엎드렸다. 그는 불을 뚫어지게 응시했다. 나도 불꽃에 사로잡혔다. 우리는 말없이 한 시간쯤 요동치는 장작불 앞에 배를 깔고 엎드려 불길이 타오르는 것을 바라보았다. 불길은 이글이글 타오르다 가라앉아서는 몸부림치며 가물거리고 꿈틀거리다가 마침내 조용히 바닥으로 침잠해 붉은빛을 발하며 생각에 잠겼다.

「불 숭배는 인간이 지금까지 생각해 낸 가장 어리석은 것이 아니었어.」 그러다 언젠가 그가 혼자 중얼거렸다. 그것 말고는 우리 두 사람 모두 한마디도 하지 않았다. 나는 불꽃을 뚫어져라 바라보며 꿈과 정적 속으로 깊이 침잠했다. 연기가 만들어 내는 형상들과 재가 빚어내는 영상들을 주시했다. 어느 순간 나는 소스라치게 놀랐다. 내 동지가 붉게 달아오른 장작에 송진 한 조각을 던져 넣자 작은 불꽃이 위로 빠르게 솟구쳐 올랐다. 그 불꽃 속에서 노란 새매 머리를 한 새가 보였다. 벽난로의 스러져 가는 불길 속에서 황금색으로 빛나는 실들이 그물을 이루어 알파벳과 영상들이 나타나고 얼굴, 동물, 식물, 벌레, 뱀에 대한 기억들이 떠올랐다. 내가 정신을 차리고 옆을 돌아보자, 그는 두 주먹으로 턱을 괸 채 완전히 넋을 잃고 재를 응시하고 있었다.

「이제 가야겠어요.」 내가 나지막이 말했다.

「그래, 어서 가요. 또 봅시다!」

그는 몸을 일으키지 않았다. 등불이 꺼져 버린 바람에, 나는 어두운 방과 컴컴한 복도와 층계를 간신히 더듬어서 마법에 걸린 고택을 빠져나왔다. 길에서 걸음을 멈추고 그 건물을 올려다보았다. 불 켜진 창문이 하나도 없었다. 대문 앞의 가스등 불빛 아래서 작은 황동 문패가 반짝였다.

〈피스토리우스, 주임 목사.〉 문패에 이렇게 쓰여 있었다.

기숙사에 도착해서 저녁 식사를 마치고 내 작은 방에 혼자 앉았을 때에야 비로소 아브락사스는 물론이고 피스토리우스에 대해서도 아무런 이야기를 듣지 못했다는 생각이 떠올랐다. 우리는 열 마디도 채 나누지 않았다. 하지만 나는 그를 방문한 일에 무척 만족했다. 게다가 그는 다음 기회에 아주 훌륭한 옛 오르간 음악, 북스테후데의 파사칼리아[9]를 한 곡 들려주겠다고 약속했다.

나는 미처 의식하지 못했지만, 우리가 함께 음울한 은둔자 처소의 벽난로 앞 바닥에 엎드려 있었을 때 오르간 연주자 피스토리우스는 내게 첫 가르침을 주었다. 불을 응시한 것은 내게 많은 도움이 되었다. 그 경험은 내 안에 항상 품고

9 디트리히 북스테후데는 바로크 시대 독일의 작곡가이자 오르간 연주자. 파사칼리아는 17세기 초엽 에스파냐에서 발생한 무곡.

있으면서도 사실 한 번도 보살피지 않은 여러 성향들을 확인시키고 강화시켰다. 나는 그 사실을 일부나마 서서히 깨닫게 되었다.

나는 이미 어렸을 때부터 항상 자연의 기묘한 형태들을 주시하는 성향이 있었다. 자세히 관찰하는 게 아니라 그 본래의 마법, 그 혼란스럽고 심오한 언어에 몰입했다. 단단하게 목질화한 긴 나무뿌리, 암석을 타고 흐르는 형형색색의 광맥, 물 위를 떠다니는 기름얼룩, 유리의 균열. 이런 비슷한 모든 것들이 이따금 내게 커다란 마법을 발휘했으며, 특히 물과 불, 연기, 구름, 먼지, 그리고 무엇보다도 눈을 감으면 보이는 빙글빙글 도는 색깔 무늬들이 그랬다. 피스토리우스를 처음 방문하고 나서 며칠 동안 그런 것들이 다시 떠오르기 시작했다. 그 후로 느낀 일종의 원기와 기쁨, 나 자신의 감정의 고조는 오로지 활활 타오르는 불을 오랫동안 응시한 덕분이라고 깨달았기 때문이다. 불꽃을 바라보는 것은 기이하게도 마음을 편안하고 풍요롭게 해주었다!

내 진정한 삶의 목적을 향한 여정에서 그때까지 겪은 얼마 안 되는 경험에 그 새로운 경험이 합세했다. 그런 형상들을 관찰하고 비합리적이고 혼란스럽고 기이한 자연 형태들에 몰입하다 보면, 그런 형상들을 존재하게 한 의지와 우리의 내면이 일치한다는 감정이 우리 안에서 움튼다. 우리는 그것들을 우리 자신의 기분으로, 우리 자신의 창조물로 여기고 싶은 유혹을 느낀다. 우리는 우리 자신과 자연 사이의 경계가 흔들리고 녹아내리는 것을 보고, 우리의 망막에 비친 형상들이 외부의 인상에서 오는 것인지 아니면 우리의 내면에서 오는 것인지 알지 못하는 상태에 이른다. 우리가 얼마나 창조적이며 우리의 영혼이 세계의 끊임없는 창조에 줄곧 얼마나 많이 참여하는지를 이 훈련만큼 쉽고 간단하게 알아낼 수 있는 방법은 이 세상 어디에도 없다. 더 정확히 말하면, 우리의 내면과 자연에서 활동하는 것은 바로 불가분의 동일한 신성이다. 만일 외부 세계가 붕괴한다면, 우리 가운데 한 명이 다시 일으켜 세울 수 있을 것이다. 산과 강, 나무와 잎새, 뿌리와 꽃, 자연의 모든 형성물들은 우리 안에 미리 만들어져 있으며 그 본성이 영원한 영혼에서 유래하기 때문이다. 우리는 그 영혼의 본성에 대해 알지 못하지만 대개는 사랑의 힘과 창조의 힘으로 느낀다.

여러 해가 지난 후에야 비로소 나는 그런 관찰 내용이 책에 입증되어 있는 것을 발견했다. 레오나르도 다빈치의 책이었는데, 그는 많은 사람들이 침을 뱉은 벽을 바라보는 것이 얼마나 좋고 얼마나 깊은 자극을 주는지에 대해 말한다. 레오나르도 다빈치는 축축한 벽의 얼룩 앞에서 피스토리우스와 내가 불을 바라보았을 때와 같은 감정을 느꼈다.

그다음에 만났을 때 오르간 연주자는 이렇게 설명했다.

「우리는 개성의 경계를 늘 너무 좁게 그리지요! 우리가 개인적이라고 분류하는 것, 다른 사람들과 다르다고 인식하는 것만을 늘 우리의 인품에 포함시키고 있어요. 하지만 우리는, 우리 모두는 세계를 이루는 모든 것으로 이루어져 있어요. 우리의 몸이 물고기를 지나 훨씬 더 멀리까지 거슬러 올라가는 진화의 계보를 품고 있듯이, 우리의 영혼도 지금까지 인간의 영혼 안에서 살았던 모든 것을 지니고 있지요. 그리스 사람이든 중국인이든 줄루족이든 마찬가지예요. 일찍이 존재했던 모든 신들과 악마들이 우리 안에 함께 있어요.

가능성으로, 소망으로, 탈출구로 존재하지요. 만일 인류가 어느 정도 재능은 타고났지만 결코 교육을 받지 못한 아이 하나만 남기고 모조리 멸종한다면, 그 아이는 만물의 모든 과정을 다시 찾아낼 거요. 신들, 악마들, 낙원, 계명과 금기, 신약 성서와 구약 성서, 모든 것을 다시 만들어 낼 수 있을 거란 말이오.」

「그렇다고 합시다.」 나는 이의를 제기했다. 「하지만 개개인의 가치는 도대체 어디 있지요? 우리 안에 이미 모든 것이 완성되어 있다면, 무엇 때문에 노력해야 하지요?」

「잠깐!」 피스토리우스가 격렬하게 외쳤다. 「당신이 단순히 세계를 품고 있느냐 아니면 세계를 품고 있다는 사실을 알기까지 하느냐, 여기에는 큰 차이가 있어요! 정신병자도 플라톤을 떠올릴 만한 생각을 해낼 수 있고, 헤른후트파 학교의 경건한 어린 학생도 그노시스파나 조로아스터에게 나타나는 심오한 신화적 관계에 대해 독창적인 생각을 펼칠 수 있어요. 하지만 그 어린 학생은 그것들 자체에 대해서는 아무것도 모르지요! 그것을 모르는 이상 나무나 돌, 기껏해야 짐승에 지나지 않아요. 하지만 인식의 불꽃이 최초로 희미하게 타오르게 되면 비로소 인간이 되지요. 직립 보행을 하고 새끼를 아홉 달 동안 배 속에 품고 있다고 해서, 저기 길거리를 오가는, 두 발로 걷는 모든 존재들을 설마 인간이라고 여기지는 않을 테죠? 그들 가운데 얼마나 많은 이들이 물고기나 양, 벌레나 거머리이고, 얼마나 많은 이들이 개미이고, 얼마나 많은 이들이 꿀벌인지 당신은 알고 있을 거요! 그런데 그들 모두 안에는 인간이 될 수 있는 가능성이 깃들어 있어요. 그들이 그 가능성을 예감하고 또 어느 정도 의식하는 법을 배워야만 비로소 그 가능성의 진정한 주인이 될 수 있지요.」

우리의 대화는 이런 식으로 흘러갔다. 그런 대화들이 완전히 새로운 것, 아주 깜짝 놀랄 만한 것을 내게 알려 주는 일은 드물었다. 하지만 모든 대화, 극히 진부한 대화조차도 내 안의 같은 지점을 마치 나지막이 줄기차게 망치질하듯 계속 두드렸다. 모든 대화가 나 자신을 형성하도록 도왔고, 모든 대화가 내가 허물을 벗고 알껍데기를 깨도록 도왔다. 그럴 때마다 나는 머리를 조금씩 더 위로, 조금씩 더 자유롭게 쳐들었다. 마침내 나의 노란 새가 세계의 껍데기를 부수고 아름다운 맹금의 머리를 치켜들 때까지.

우리는 자주 서로의 꿈 이야기도 나누었다. 피스토리우스는 꿈을 해석할 줄 알았다. 그 가운데 이런 기이한 꿈 해석이 내 기억에 남아 있다. 나는 꿈속에서 허공을 날 수 있었다. 그런데 힘차게 도약했는데 그만 몸을 잘 가누지 못해 허공에 내동댕이쳐졌다. 허공을 나는 느낌은 장엄했지만 내 의지와는 상관없이 상당히 높이 치솟는 순간 두려움으로 변했다. 그때 나는 숨을 멈추거나 내뿜으면서 올라가고 내려가는 것을 조절할 수 있음을 깨닫고 안도했다.

이 꿈에 대해 피스토리우스는 이렇게 말했다. 「당신을 날게 만드는 도약은 우리 모두가 갖고 있는 인류의 위대한 자산이오. 그것은 모든 힘의 뿌리와 연결되어 있다는 느낌을 일깨우는 동시에 곧 두려움에 젖게 만들지요! 그건 지독히 위험한 일이거든요! 그래서 대부분의 사람들은 나는 것을 기꺼이 포기하고 법률 규정이 이끄는 대로 인도를 걷는 쪽을 선호하지요. 하지만 당신은 그렇지 않아요. 능력 있는 젊은이라면 응당 그렇듯이, 당신은 계속 날고 있어요. 그리고 이봐요, 당신은 점차 마음대로 날게 되는 놀라움을 체험하게 될 거요. 당신을 잡아채는 커다란 보편적인 힘을 조종할 수 있는 당신만의 작고 섬세한 힘, 기관, 방향키를 얻게 될 거요! 그건 대단한 거요. 그게 없으면 자신의 의지와는 상관없이 허공을 떠도는 꼴이거든요. 예를 들어 광인들이 그렇지요. 그들은 인도를 걷는 사람들보다 더 심오한 것을 예감하지만, 그걸 조절할 수 있는 열쇠나 방향키가 없는 탓에 한없는 나락으로 추락하게 되지요. 그런데 싱클레어, 당신은 그 일을 해내고 있어요! 그것도 엄청 잘하고 있어요. 그걸 아직 모르겠어요? 당신은 새로운 기관, 호흡 조절 장치로 그걸 해내고 있어요. 이제 당신의 영혼이 저 깊은 곳에서 얼마나 〈개인적〉이 아닌지 알게 될 거요. 당신의 영혼이 그 조절 장치를 발명한 게 아니거든요! 조절 장치는 새로운 게 아니에요! 빌려 온 거죠. 그것은 수천 년 전부터 존재했어요. 물고기들의 평형 기관, 부레 같은 거죠. 그리고 오늘날에도 실제로 특이하고 보수적인 몇몇 물고기 종류들이 있는데, 그것들에겐 부레가 일종의 폐 역할을 해서 경우에 따라서는 정식으로 호흡에 이용되기도 하지요. 그러니까 당신이 꿈속에서 비행용 부레로 사용하는 폐와 아주 똑같아요!」

피스토리우스는 심지어 동물학 책을 한 권 가져와서 그 원시적인 물고기들의 이름과 그림을 보여 주기도 했다. 나는 초기 발달 단계의 기능이 내 안에 살아 있는 것을 느끼고 야릇한 전율에 휩싸였다.

제6장

야곱의 싸움

내가 그 별난 음악가 피스토리우스로부터 아브락사스에 대해 알게 된 내용을 여기에서 간단히 이야기할 수는 없다. 하지만 그에게서 배운 가장 중요한 것은 나 자신에게 이르는 여정에서 또 한 걸음 앞으로 내딛는 것이었다. 그 당시 나는 약 열여덟 살가량의 남다른 젊은이였다. 많은 면에서 조숙했지만, 다른 면들에서는 매우 뒤떨어지고 어설펐다. 이따금 나 자신을 다른 사람들과 비교해 보는 경우, 자부심을 느끼고 우쭐할 때도 많았지만 또 그만큼 기죽고 침울할 때도 많았다. 때로는 나 자신을 천재로 여기기도 하고 때로는 반 미치광이로 여기기도 했다. 나는 동년배들의 삶과 기쁨에 쉽게 어울리지 못했다. 그들과는 영영 갈라선 것 같아서, 내게는 삶의 문이 닫혀 있는 것 같아서, 나는 종종 자책과 근심으로 여위어 갔다.

자신도 완전히 괴짜였던 피스토리우스는 내게 스스로를 존중하는 마음과 용기를 갖도록 가르쳤다. 그는 나의 말, 나의 꿈, 나의 상상과 생각에서 항상 가치 있는 것을 찾아내었으며 항상 그것들을 진지하게 받아들이고 진중하게 논평함으로써 내게 모범을 보여 주었다.

「당신은 음악이 도덕적이 아니어서 좋다는 말을 언젠가 한 적이 있어요.」 그는 말했다. 「나는 그 말에 반대하지 않아요. 하지만 당신 스스로도 도덕주의자가 되어선 안 돼요! 자신을 다른 사람들과 비교하지 말아요. 자연이 당신을 박쥐로 만들었다면, 스스로 타조로 만들려고 해서는 안 돼요. 당신은 이따금 자신을 남다르게 여기고 대부분의 사람들과는 다른 길을 간다고 자책하고 있어요. 그런 습관은 버리도록 해요. 불을 보고 구름을 봐요. 예감들이 떠오르고 당신 영혼 안의 목소리가 말하기 시작하는 즉시, 그것들에게 당신 자신을 맡기도록 해요. 그리고 선생님이나 아버지나 어떤 신이 그것을 좋아하거나 마음에 들어 할지 묻지 말아요! 그런 질문을 함으로써 자신을 망가뜨리고, 걸어다니는 화석이 되고 말죠. 친애하는 싱클레어, 우리 신의 이름은 아브락사스요. 우리의 신은 신인 동시에 악마이고, 밝은 세계와 어두운 세계를 동시에 품고 있어요. 아브락사스는 당신의 그 어떤 생각이나 그 어떤 꿈도 반대하지 않아요. 이 점을 절대 잊지 말아요. 하지만 당신이 언젠가 흠 잡을 데 없는 평범한 사람이 되면, 아브락사스는 자신의 생각을 담아 요리할 수 있는 새로운 냄비를 찾아 당신 곁을 떠날 거요.」

내가 꾼 모든 꿈들 중에서 그 어두운 사랑의 꿈이 가장 충실한 꿈이었다. 나는 종종, 종종 그 꿈을 꾸었다. 나는 문장의 새 아래를 지나 오래된 우리 집에 들어가 어머니를 안으려 했다. 그런데 어머니 대신에 반은 남자이고 반은 어머니 같은 커다란 여자를 끌어안고 있었다. 나는 두려우면서도 동시에 그 여자를 향한 불타는 듯한 욕망에 이끌렸다. 내 친구에게도 그 꿈 이야기만큼은 결코 하지 못했다. 내 친구에게 다른 모든 것은 털어놓았지만 그 꿈만은 내 마음속에 혼자 간직했다. 그 꿈은 나의 은신처, 나의 〈비밀〉, 나의 피난처였다.

나는 가슴이 답답하면 피스토리우스에게 북스테후데의 옛 파사칼리아를 연주해 달라고 부탁했다. 그러고는 저녁의 어두운 교회에서, 자신 속으로 깊이 침잠해 자신에게 귀를 기울이는 그 특이하고 절절한 음악에 깊이 빠져들었다. 그 음악은 언제나 내 마음을 편하게 해주었으며 더욱더 영혼의 목소리에 따르도록 이끌어 주었다.

우리는 이따금 오르간 소리가 멎은 후에도 한동안 더 교회에 앉아, 희미한 빛이 첨두아치형의 창문으로 비쳐 들어서서히 스러지는 광경을 바라보았다.

「내가 한때 신학을 공부해서 목사가 될 뻔했다는 사실이 우습게 들리지요.」 피스토리우스가 말했다. 「하지만 그때 나는 다만 형식상의 잘못을 저질렀을 뿐이오. 성직자가 되는 것은 내 소명이고 내 목적이오. 다만 아브락사스를 알기 전에 너무 일찍 만족해서 나 자신을 야훼에게 바쳤을 뿐이지요. 아, 모든 종교는 아름다워요. 기독교의 성찬식에 참여하든 메카를 향해 순례를 떠나든 상관없이 종교는 영혼이오.」

「그렇다면,」 내가 말했다. 「당신은 실제로 목사가 될 수도 있었겠군요.」

「아니, 싱클레어, 그렇지 않아요. 만일 그랬다면 나는 거짓말을 해야 했을 거요. 우리의 종교는 마치 종교가 아닌 듯이 행해지고 있어요. 마치 이성의 일인 양 굴고 있어요. 나는 부득이한 경우에 어쩔 수 없이 가톨릭교도는 될 수 있을지 모르지만, 개신교 목사는 아니요! 실제로 신앙심이 깊은 몇몇 사람들은 말씀 하나하나에 지나치게 매달리고 있어요. 나는 그런 사람들을 알고 있죠. 그리스도가 내게는 인간이 아니라 영웅, 신화, 인류가 영원의 벽에 자신의 모습을 그려 놓은 어마어마한 그림자상이라는 말을 그런 사람들에게 할 수는 없어요. 그리고 한마디 현명한 말을 얻어듣거나 의무를 수행하거나 혹시 뭐라도 놓치지 않을까 하는 등등의 이유로 교회에 다니는 사람들도 있는데, 그런 사람들에게는 또 뭐라고 말해야겠소? 설마 그들을 교화시키라는 말은 아니겠지요? 난 그럴 생각이 전혀 없어요. 성직자는 교화시키려고 하지 않아요. 다만 성직자는 교인들, 자신하고 비슷한 사람들과 어울려 살면서, 우리가 우리의 신들을 만들어 내는 감정의 담당자이고 표현이려고 할 뿐이죠.」

피스토리우스는 말을 멈추었다. 그러더니 이렇게 말을 이었다. 「이보게 친구, 우리의 새로운 신앙, 지금 우리가 아브락사스라는 이름을 부여한 신앙은 멋진 거요. 우리에게 주어진 최고의 것이오. 하지만 아직은 젖먹이에 지나지 않아요! 아직 날개가 돋지 않았어요. 아, 아직은 고독한 종교이죠, 그것은 아직 진실한 것이 못 돼요. 종교는 공동의 것이 되어야 해요. 종교는 예배와 열광, 축제와 비밀 종교의식을 갖추어야 하지요…….」

그는 깊이 생각에 잠겨 자신 안으로 침잠했다.

「비밀 종교의식을 혼자서 또는 몇 명이 소규모로 할 수도 있지 않을까요?」 나는 망설이며 물었다.

「그럴 수 있지요.」 그가 고개를 끄덕였다. 「나는 이미 오래전부터 그렇게 하고 있어요. 내가 지금 드리는 예배에 대해 만일 사람들이 알게 된다면, 아마 몇 년은 교도소에서 콩밥

신세를 져야 할 거요. 하지만 나도 그게 올바른 방법이 아니라는 건 알고 있어요.」

피스토리우스가 느닷없이 내 어깨를 툭 치는 바람에 나는 움찔했다. 「이봐, 젊은이.」 그가 절실하게 말했다. 「당신에게도 비밀 종교의식이 있을 거요. 그리고 당신이 나한테 말하지 않은 꿈들을 꾼다는 것도 나는 알고 있어요. 그걸 굳이 알고 싶진 않아요. 하지만 이 말만은 해두고 싶군요. 그 꿈들을 실천하고 그 꿈들과 노닐고 그 꿈들을 위해 제단을 만드시오! 아직은 완벽하지 않을 테지만, 그것은 하나의 길이오. 우리가, 당신과 나와 다른 몇몇 사람이 언젠가 세상을 새롭게 개혁할지는 두고 봐야 할 거요. 하지만 우리는 날마다 우리 안에서 세상을 새롭게 개혁해야 해요. 그렇지 않으면 우리는 아무것도 이루지 못할 거요. 이 점을 명심해요! 싱클레어, 당신은 이제 열여덟 살이오. 길거리의 매춘부들을 쫓아다니지 말고 사랑의 꿈, 사랑의 소망을 가지도록 해요. 당신은 어쩌면 그것들을 두려워할 수도 있어요. 두려워하지 말아요! 그것들은 당신이 가지고 있는 최고의 것들이오! 내 말 믿어요. 나는 당신 나이에 사랑의 꿈들을 함부로 대하는 바람에 많은 것을 잃었어요. 그래서는 안 돼요. 아브락사스에 대해 안다면 더 이상 그런 일이 있어서는 안 되지요. 우리 안의 영혼이 바라는 그 어떤 것도 두려워해서는 안 되고 금지되었다고 생각해서도 안 돼요.」

나는 깜짝 놀라 이의를 제기했다. 「하지만 머릿속에 떠오르는 모든 것을 할 수는 없어요! 누군가가 밉살스럽다고 해서 죽일 수는 없잖아요.」

피스토리우스는 내게 바싹 가까이 다가왔다.

「경우에 따라서는 그럴 수도 있어요. 하지만 대부분은 잘못이죠. 내 말은 당신의 뇌리에 떠오르는 모든 것을 하라는 뜻이 아니에요. 그건 아니죠, 하지만 좋은 의도를 품은 생각들을 억지로 몰아내거나 이리저리 도덕에 뜯어 맞춰서 망가뜨리지 말라는 뜻이에요. 자신이나 다른 누군가를 십자가에 못 박는 대신, 장엄한 사상의 잔에 담긴 포도주를 마시며 제물의 신비를 생각할 수 있어요. 그런 행위들을 하지 않고도 자신의 충동과 이른바 유혹을 존중과 사랑으로 대할 수도 있지요. 그러면 그것들은 숨은 뜻을 드러내지요. 그것들에겐 모두 숨은 뜻이 있어요. 싱클레어, 언젠가 다시 미친 짓이나 죄 많은 생각이 떠오르면, 누군가를 죽이고 싶거나 또는 엄청나게 야비한 짓을 하고 싶어지면, 당신 안에서 그런 환상을 펼치는 것이 아브락사스라는 사실을 한순간 생각하도록 해요! 당신이 죽이고 싶은 사람은 절대 이러저러한 특정 인물이 아니요. 그 사람은 틀림없이 위장에 지나지 않을 거요. 우리가 어떤 사람을 미워한다면, 그 사람의 모습 속에서 우리 자신 안에 있는 무엇인가를 미워하는 거요. 우리 자신 안에 없는 것은 우리를 흥분시키지 않는 법이오.」

피스토리우스가 내 폐부를 그렇듯 깊숙이 찌르는 말을 한 적은 한 번도 없었다. 나는 뭐라고 대답할 말이 없었다. 하지만 그 무엇보다도 강하고 기이하게 내 마음을 울린 것은, 피스토리우스의 그런 충고가 이미 여러 해 전부터 내 마음속에 품고 다닌 데미안의 말과 일치한다는 사실이었다. 그 두 사람은 서로에 대해 전혀 모르면서 내게 같은 것을 말했다.

「우리가 눈으로 보는 것들은,」 피스토리우스는 목소리를 낮추어 말했다. 「우리 안에 있는 것과 같은 것들이오. 우리 안에 품고 있는 현실 말고 다른 현실은 존재하지 않아요. 그래서 대부분의 사람들이 그토록 비현실적으로 사는 거요. 외부의 형상들을 현실적인 것이라고 여기고, 자신 안의 본연의 세계에게 말할 기회를 주지 않기 때문이오. 그러면서 행복할 수도 있어요. 하지만 일단 다른 것을 알게 되면, 대부분의 사람들이 가는 길을 선택할 수 없게 되지요. 싱클레어, 대부분의 사람들이 가는 길은 쉽고, 우리가 가는 길은 어려워요. 우리 함께 이 길을 가봅시다.」

며칠 후, 나는 그를 두 번이나 기다렸다가 만나지 못한 참에 저녁 늦게 길거리에서 우연히 마주쳤다. 그는 차가운 밤바람에 밀려 외로이 길모퉁이를 돌아 나왔다. 완전히 술에 취해 비틀거렸다. 그를 부르고 싶지 않았다. 그는 나를 알아보지 못하고 곁을 스쳐 지나갔다. 마치 미지의 곳에서 들려오는 희미한 부름을 좇아 가듯이, 이글거리는 고독한 눈으로 뚫어져라 앞을 응시했다. 나는 그의 한 블록 뒤를 따라갔다. 그는 보이지 않는 줄에 이끌리듯 열광적이면서도 흐느적거리는 걸음걸이로 유령처럼 움직였다. 나는 슬픔에 잠겨 집으로, 구원받지 못한 내 꿈들에게로 돌아갔다.

〈이제 저런 식으로 자신 안의 세계를 새롭게 개혁하는군!〉 이런 생각과 동시에, 나는 그것이 저속하고 도덕적인 생각이라고 느꼈다. 내가 그의 꿈에 대해 무엇을 아는가? 어쩌면 술에 취한 그가 불안에 떠는 나보다 더 확실한 길을 갈지도 모르는데.

내가 그동안 한 번도 눈여겨보지 않은 학우가 학교에서 쉬는 시간에 주위를 맴도는 모습이 이따금 눈에 띄었다. 키가 작고 마르고 허약해 보이는 남학생이었는데, 눈빛과 행동이 좀 특이했다. 숱이 적은 금발은 붉은빛이 감돌았다. 어느 날 저녁 집으로 가는데 그가 골목에서 나를 기다리고 있었다. 내가 옆을 지나쳐 갈 때까지 그는 가만히 있다가 내 뒤를 쫓아와서는 우리 집 문 앞에서 걸음을 멈췄다.

「나한테 무슨 볼일 있어?」 나는 물었다.

「너랑 그냥 한번 이야기해 보고 싶었어.」 그가 소심하게 말했다. 「우리 조금 함께 걸으면 어떨까.」

나는 그를 따라가며, 그가 기대에 부풀어 몹시 흥분해 있는 것을 느꼈다. 그의 두 손이 파르르 떨렸다.

「너 심령술사야?」 그가 밑도 끝도 없이 불쑥 물었다.

「아냐, 크나우어.」 나는 웃으며 말했다. 「전혀 아냐. 왜 그런 생각을 하게 되었지?」

「아니면 접신론자야?」

「그것도 아냐.」

「에이, 그렇게 숨길 거 없잖아! 너한테서 뭔가 특별한 게 느껴져. 네 눈을 보면 알 수 있어. 틀림없어, 너 정령들과 교류하는 거 맞지. 이건 호기심에서 묻는 게 아냐, 싱클레어. 그건 아니라니까! 이봐, 나도 구도자라고. 나도 혼자야.」

「그럼, 이야기해 봐!」 나는 그를 부추겼다. 「나는 정령들에 대해선 전혀 아는 게 없어. 나는 내 꿈속에서 살고 있는데, 네가 그걸 느꼈나 보지. 다른 사람들도 꿈속에서 살지만, 자기 자신의 꿈속에서 살지는 않아. 그게 다른 점이지.」

「그래, 그럴 수도 있어.」 그가 속삭이듯 말했다. 「문제는 어떤 종류의 꿈속에서 사냐는 거지. 너 백주술(白呪術)에 대해 들어 본 적 있어?」

나는 한 번도 그런 말을 들어 본 적이 없었다.

「그건 자기 자신을 다스리는 법을 배우게 해줘. 불멸의 존재가 될 수도 있고 마법도 부릴 수 있어. 넌 아직까지 그런 훈련을 해본 적 없어?」

내가 그 훈련이라는 것에 호기심이 생겨 묻자, 그는 처음에 무슨 큰 비밀이라도 되는 듯이 굴었다. 그러다 내가 집에 가려고 발길을 돌리자 그제야 털어놓았다.

「예를 들어 나는 잠들고 싶거나 정신을 집중하고 싶을 때 그런 훈련을 해. 가령 어떤 낱말이나 이름, 기하학 도형 같은 것을 생각한 다음, 그것을 있는 힘껏 내 안으로 끌어들이는 생각을 해. 그것이 내 안에 있다고 느껴질 때까지 머릿속에 떠올리려고 하지. 그런 다음 그것을 목구멍으로 끌어내리는 생각을 해. 내가 그것으로 완전히 채워질 때까지 말이야. 그러면 나는 아주 단단해져서 무슨 일이 일어나도 끄떡없어.」

그가 무슨 말을 하는지 알 것 같았다. 하지만 그가 다른 할 말이 있다는 것도 직감적으로 느껴졌다. 그는 이상하게 흥분해서 조급하게 굴었다. 나는 그가 말문을 쉽게 열도록 도와주려 했다. 그러자 그는 원래 하고 싶었던 말을 금세 털어놓았다.

「너도 금욕하지?」 그가 쭈뼛거리며 물었다.

「그게 무슨 뜻이야? 지금 성적인 걸 말하는 거야?」

「그래. 2년 전 그 가르침에 대해 알게 된 후로 나는 금욕하고 있어. 그전에는 방탕한 짓을 했거든. 무슨 말인지 알겠지. 너 아직까지 여자랑 자본 적 없어?」

「없어.」 나는 말했다. 「내가 원하는 여자를 못 만났어.」

「그럼, 네가 원하는 여자라고 생각되는 여자를 만나면 함께 잘 거야?」

「그야 물론이지, 그 여자가 반대하지만 않는다면.」 나는 조금 조롱하는 어조로 말했다.

「이런, 하지만 그건 잘못된 길이야! 철저하게 금욕해야만 내면의 힘을 기를 수 있어. 난 그렇게 해봤어, 2년 동안. 2년하고 한 달 조금 넘게! 그건 정말 힘들어! 어떤 때는 더 이상 참을 수 없을 것만 같아.」

「이봐, 크나우어. 난 금욕이 그렇게 엄청나게 중요하다고는 생각하지 않아.」

「나도 알아.」 그는 내 말을 가로막았다. 「다들 그렇게 말해. 하지만 너는 좀 다를 줄 알았어. 더 높은 정신적인 길을 가려는 사람은 순수함을 유지해야 돼. 무슨 일이 있어도!」

「그래, 그럼 넌 그렇게 해! 하지만 난 이해가 안 가. 왜 성적 욕구를 억제하는 사람이 다른 사람들보다 〈더 순수하다〉는 거야. 아니면 너는 모든 생각과 꿈에서도 성적인 것을 몰아낼 수 있다는 말이야?」

그는 절망적인 표정으로 나를 바라보았다.

「아니, 그건 아냐! 맙소사. 하지만 그렇게 되어야 해. 밤마다 나는 나 자신에게도 말할 수 없는 꿈들을 꿔! 끔찍한 꿈을 꾼다고, 정말이야!」

피스토리우스가 한 말이 기억에 떠올랐다. 하지만 내가 그 말을 아무리 옳다고 여기더라도 다른 사람에게 전할 수는 없었다. 나 자신의 경험에서 우러나오지 않은 충고, 스스로도 아직 감당할 능력이 없는 충고를 다른 사람에게 해줄 수는 없는 노릇이었다. 나는 입을 다물었으며, 내게 충고를 구하는 사람에게 충고를 해주지 못하는 굴욕감을 맛보았다.

「난 해보지 않은 게 없어!」 크나우어가 옆에서 하소연했다. 「사람이 할 수 있는 건 모조리 해봤다고. 냉수, 눈, 체조, 달리기. 하지만 하나도 소용없어. 밤이면 밤마다 생각조차 해서는 안 되는 꿈을 꾸다가 깨어난다니까. 그리고 끔찍한 일은, 그동안 정신적으로 배운 모든 것을 그것 때문에 서서히 잃어버린다는 거야. 이젠 더 이상 집중도 안 되고 잠도 안 와. 침대에 누운 채로 밤을 꼬박 샐 때도 많아. 이대로는 오래 견디지 못할 거야. 그러다 결국 이 싸움을 감당하지 못하게 되면, 항복해서 다시 나 자신을 더럽히게 되면, 아예 싸워보지도 않은 다른 사람들보다 더 나쁜 사람이 되겠지. 무슨 말인지 알겠어?」

나는 고개를 끄떡였지만 뭐라고 대꾸할 말이 없었다. 차츰 따분하다는 생각이 들기 시작했다. 크나우어가 고통과 절망에 시달리는 걸 빤히 보면서도 내 마음이 그다지 동요하지 않은 것에 스스로도 깜짝 놀랐다. 나는 너를 도와줄 수 없어, 오로지 이런 느낌만 들었을 뿐이다.

「그러니까 내가 어떻게 해야 할지 전혀 알려 줄 수 없단 말이야?」 마침내 그가 지친 표정으로 처량하게 말했다. 「정말 아무것도? 틀림없이 무슨 방법이 있을 거야! 너는 어떻게 하고 있어?」

「너한테 아무 말도 해줄 수 없어, 크나우어. 이런 일은 서로 도와줄 수 없어. 나도 아무런 도움도 받지 못했어. 너 스스로 곰곰이 생각해서, 진정으로 네 본성에서 우러나오는 것을 하는 수밖에 없어. 다른 방법이 없어. 너 자신을 찾아내지 못한다면 정령도 찾아내지 못할 거야. 내 생각은 그래.」

그 키 작은 녀석은 낙담해서 갑자기 입을 다물고 나를 바라보았다. 그러더니 그의 눈빛이 별안간 증오심을 내뿜으며 이글거렸다. 그는 얼굴을 찌푸리며 사납게 외쳤다.「그래, 거룩한 성자 나셨군! 너라고 지저분한 짓 안 하겠어, 난 다 알아! 너는 현자인 척 굴면서, 보이지 않는 곳에서는 나나 다른 모든 사람들처럼 오물 속에서 뒹굴고 있어! 너는 돼지야, 나와 똑같이 돼지라고. 우리 모두는 돼지야!」

나는 그를 그대로 두고 그곳을 떠났다. 그는 내 뒤를 두세 걸음 따라오더니 걸음을 멈추고는 몸을 돌려 달려가 버렸다. 연민과 혐오감이 교차하면서 구역질이 치밀었다. 집에 돌아와 내 작은 방에서 내 그림 몇 장을 주위에 세워 놓고 더없이 간절하게 나 자신만의 꿈에 몰입할 때까지 그 감정을 떨쳐 버릴 수가 없었다. 그러자 곧바로 내 꿈이 다시 나타났다. 현관문과 문장, 어머니와 낯선 여인. 그 여인의 생김새가 아주 또렷이 보였고, 그날 저녁 당장 나는 그녀의 모습을 그리기 시작했다.

마치 꿈꾸듯이 비몽사몽 며칠을 보내고 그림이 완성되었을 때, 나는 저녁에 그것을 벽에 걸어 놓고 그 앞에 탁상용 등불을 켜놓았다. 그러고는 마치 결판이 날 때까지 맞서 싸워야 하는 정령을 마주한 듯 그 앞에 섰다. 그림은 전에 그린 얼굴과 비슷했고 내 친구 데미안과도 비슷했으며 몇 가지 점에서는 나하고도 비슷했다. 한쪽 눈이 다른 한쪽 눈보다 눈에 띄게 높이 있었고, 시선은 운명으로 가득 차서 나를 넘어 어딘가를 뚫어져라 응시했다.

그림 앞에 서 있는데, 얼마나 내적으로 긴장했는지 가슴 속까지 차가워졌다. 나는 그림에게 묻고 그림을 원망하고 그림을 애무하고 그림에게 기도했다. 나는 그림을 어머니라 부르고 연인이라 부르고 창녀와 매춘부라 부르고 아브락사스라 불렀다. 그사이에 피스토리우스의 말이 생각났다. 아니면 데미안의 말이었던가? 그 말을 언제 들었는지는 기억나지 않았지만, 어쨌든 다시 귀에 들리는 듯했다. 그것은 야곱과 하느님의 천사와의 싸움에 대한 말이었다. 〈저에게 축복해 주시지 않으면 놓아 드리지 않겠습니다.〉[10]

등불에 비친 그림 속의 얼굴은 내가 부를 때마다 달라졌다. 밝게 빛나기도 하고, 검게 어두워지기도 하고, 생기 없는 눈 위로 창백한 눈꺼풀을 감기도 하고, 눈꺼풀을 다시 떠서 불타는 눈길을 내비치기도 했다. 그것은 여자이고 남자이고 소녀이고 어린아이이고 짐승이었으며, 작은 얼룩으로 흐릿해졌다가는 다시 크고 뚜렷해졌다. 결국 나는 내면의 힘찬 외침을 좇아 두 눈을 감고 내 마음속에서 그림을 보았다. 그림이 더 힘차고 더 강력해 보였다. 나는 그림 앞에 무릎을 꿇으려 했지만, 그림이 내 마음속 깊숙이 들어와 마치 온전히 나 자신이 된 양 내게서 떨어지려 하지 않았다.

그때 봄날의 폭풍이 휘몰아치듯 어둡고 격렬한 바람 소리가 들려왔다. 나는 두려움에 질려 뭔가를 체험한다는 이루 형용할 수 없는 새로운 감정에 몸을 부르르 떨었다. 별들이 내 앞에서 빛을 발하고는 다시 스러졌다. 까맣게 잊었던 아득한 어린 시절까지, 아니 존재하기 이전 생성의 초기 단계까지 거슬러 올라가는 기억들이 물밀듯이 밀려와 앞서거니 뒤서거니 나를 스쳐 지나갔다. 그러나 내 생애를 아주 은밀

10 「창세기」 32장 27절. 〈그분은 동이 밝아 오니 이제 그만 놓으라고 했지만 야곱은 자기에게 복을 빌어 주지 않으면 놓아 드릴 수 없다고 떼를 썼다.〉

한 부분까지 반복하는 듯 보이는 기억들은 어제 오늘로 멈추지 않고 계속 나아가 미래를 비추었으며, 나를 오늘에서 잡아채어 새로운 삶의 형식들에게로 데려갔다. 그 삶의 형식들은 엄청나게 밝고 눈부셨지만, 나중에 그 어느 것도 정확히 기억나지 않았다.

나는 한밤중에 깊은 잠에서 깨어났다. 나는 옷을 입은 채로 침대에 가로로 누워 있었다. 불을 켜고는 뭔가 중요한 것을 생각해야 한다고 느꼈다. 그런데 지난 몇 시간 동안 무슨 일이 있었는지 아무 생각도 나지 않았다. 불을 켜자, 기억이 서서히 떠올랐다. 나는 그림이 어디 있는지 찾아보았다. 그림은 벽에도 걸려 있지 않았고 책상 위에도 없었다. 내가 그림을 태운 게 아닌가 싶은 기억이 어렴풋이 떠올랐다. 아니면 그림을 내 손바닥에 놓고 태워서 재를 먹은 것이 꿈이었을까?

극심한 불안감이 나를 안절부절 못하게 내몰았다. 나는 모자를 쓰고 뭔가에 쫓기듯이 집을 나서서 골목길을 지났다. 폭풍에 떠밀리듯 이 거리 저 거리 헤매고 광장들을 가로질렀다. 내 친구의 컴컴한 교회 앞에서 귀를 기울이고, 어두운 충동에 사로잡혀 무엇을 찾는지도 모르면서 찾고 또 찾았다. 나는 사창가가 있는 변두리를 지났다. 그곳엔 아직 군데군데 불이 켜져 있었다. 좀 더 멀리 교외로 벗어나자 새로 짓는 집들과 벽돌 더미가 보였다. 그 가운데 일부는 잿빛 눈에 덮여 있었다. 마치 몽유병자처럼 낯선 것에 떠밀려 그 황량한 곳을 배회하는데, 고향 도시의 신축 중이던 건물, 한동안 나를 괴롭히던 크로머에게 우리의 첫 번째 계산을 위해 불려 나갔던 건물이 생각났다. 그날 밤, 그 비슷한 건물이 거기 내 앞에 있었으며, 나를 향해 검은 문 구멍을 벌리고 하품을 했다. 그 구멍은 나를 안으로 잡아끌었다. 나는 그 구멍을 피하려다가 모래와 돌 더미에 발이 걸려 비틀거렸다. 나를 잡아끄는 충동이 더 강해졌다. 나는 그 안으로 들어가지 않을 수 없었다.

널빤지와 깨진 벽돌을 넘어 삭막한 공간으로 비틀비틀 걸어 들어갔다. 축축한 냉기와 돌 냄새가 칙칙하게 코를 찔렀다. 모래 더미가 뿌연 잿빛의 얼룩처럼 거기 있었다. 그 밖에는 온통 컴컴했다.

그 순간, 깜짝 놀란 목소리가 나를 불렀다. 「맙소사, 싱클레어, 너 어디서 나타난 거야?」

내 옆의 어둠 속에서 웬 사람 하나가 유령처럼 몸을 일으켰다. 키 작고 마른 녀석이었다. 모골이 송연한 가운데 자세히 보니 학우 크나우어였다.

「여기 어떻게 왔어?」 그가 흥분해서 미친 듯이 물었다. 「어떻게 나를 찾아냈냐고?」

나는 무슨 말인지 알아듣지 못했다.

「너를 찾아온 게 아니야.」 나는 반쯤 넋이 나가 말했다. 말 한 마디 한 마디가 힘들게, 얼어붙은 듯 무감각하고 무거운 입술 사이로 힘겹게 간신히 흘러나왔다.

크나우어는 멍하니 나를 바라보았다.

「날 찾아온 게 아니라고?」

「그래, 뭔가가 나를 이리로 잡아끌었어. 네가 나를 불렀지? 네가 나를 부른 게 분명해. 도대체 여기서 뭐하고 있는 거야? 이런 컴컴한 밤에.」

그는 가느다란 두 팔을 뻗어 발작적으로 나를 껴안았다.

「그래, 밤이야. 곧 아침이 오겠지. 아, 싱클레어, 너는 나를 잊지 않았어! 나를 용서해 줄래?」

「뭘 용서하라는 말이야?」

「아, 내가 너무 흉측하게 굴었어!」

그제야 우리의 대화가 기억났다. 4~5일 전이었을까? 그 후로 한평생이 지나간 듯했다. 그 순간 불현듯 모든 것을 깨달았다. 우리 사이에 있었던 일뿐만 아니라 왜 내가 이리로 왔으며 크나우어가 여기 외진 곳에서 무엇을 하려는지도.

「크나우어, 너 죽을 생각이었지?」

그는 추위와 두려움에 질려 오들오들 떨었다.

「그래, 죽으려고 했어. 정말로 죽을 수 있었는지는 모르겠어. 난 아침이 올 때까지 기다릴 생각이었어.」

나는 그를 건물 바깥으로 끌어내었다. 하루의 시작을 알리는 최초의 빛줄기가 이루 말할 수 없이 차갑고 무심하게 잿빛의 대기를 수평으로 비췄다.

나는 그의 팔을 잡고 한참을 잡아끌었다. 내게서 이런 말이 튀어나왔다. 「이제 그만 집으로 가. 그리고 아무한테도 말하지 마! 너는 길을 잘못 들었어. 길을 잘못 들었다고! 또 네가 생각하는 것처럼 우린 돼지도 아니야. 우리는 사람이야. 우리는 신들을 만들어서 신들과 싸우고 있어. 그리고 신들은 우리를 축복해 줘.」

우리는 침묵을 지키며 좀 더 걷다가 헤어졌다. 내가 집에 도착했을 때는 이미 날이 밝은 뒤였다.

성 ○○ 시에서 지내는 동안 가장 좋았던 것은 피스토리우스와 함께 오르간이나 벽난로 앞에서 보낸 시간이었다. 우리는 아브락사스에 대한 그리스어 서적을 함께 읽었다. 피스토리우스는 베다 경전의 번역본 몇 구절을 내게 읽어 주었으며, 신성한 〈옴*Om*〉[11]을 발음하는 법도 가르쳐 주었다. 그러는 동안 나를 내적으로 길러 준 것은 그런 학문적인 지식이 아니라 오히려 그 반대의 것이었다. 내게 도움이 된 것은, 나 자신 안에서 앞을 향해 나아가고 나 자신의 꿈과 생각과 예감을 더욱 신뢰하게 되고 내 안에 품고 있는 힘에 대해 더욱 잘 알게 된 것이었다.

피스토리우스와 나는 온갖 방식으로 서로를 잘 이해했다. 내가 정신을 집중해서 그를 생각하기만 하면, 그가 직접 오든지 아니면 인사말을 보낼 것을 확신할 수 있었다. 데미안에게 그랬듯이 나는 피스토리우스가 곁에 없어도 그에게 뭔가를 물을 수 있었다. 오로지 그의 모습을 명료하게 떠올리고는 내 질문을 집중적으로 생각해서 그에게 보내기만 하면 되었다. 그러면 그 질문에 쏟아 부은 영혼의 힘이 대답이 되어 그대로 내 안으로 돌아왔다. 다만 내가 머릿속에 떠올린 것은 피스토리우스라는 인물도, 막스 데미안이라는 인물도 아니었다. 그것은 내가 꿈꾸고 그림으로 그린 모습, 내가 불러내야 했던 내 악령의 꿈의 형상, 남자인 동시에 여자인 꿈의 형상이었다. 이제 그것은 내 꿈속이나 종이의 그림으로만 살아 있는 게 아니라 나 자신의 고양된 모습과 이상으로 내 안에 살고 있었다.

자살에 실패한 크나우어가 나를 대하는 태도는 특이하고 때로는 희극적이기도 했다. 무엇인가가 나를 그에게로 보냈던 그날 밤 이후로, 그는 충실한 하인이나 개처럼 내게 매달

11 『베다』 이래 힌두교에서 중시하는 성스러운 음절.

렸으며 자신의 인생을 내 인생에 붙들어 매려했고 맹목적으로 나를 좇아다녔다. 그는 참 기이하기 짝이 없는 질문과 소원을 안고 나를 찾아왔으며 정령들을 보고 싶어 했고 카발라[12]를 배우고 싶어 했다. 나는 그런 일들에 대해 전혀 모른다고 아무리 설득해도 내 말을 믿으려 하지 않았다. 그는 내가 모든 걸 할 수 있다고 믿었다. 그런데 이상한 일이었다. 내 안에서 뭔가 매듭을 풀어야 할 일이 있으면 그가 종종 그 기이하고 어리석은 질문을 안고 찾아왔으며, 그의 종잡을 수 없는 발상과 관심사는 내게 종종 해결의 실마리가 되고 자극을 주었다. 나는 종종 그가 성가셔서 무뚝뚝하게 쫓아 버렸지만, 무엇인가가 내게 그를 보냈다는 것을 감지했다. 또한 내가 그에게 준 것은 그에게서 두 배가 되어 내게로 돌아왔다. 그도 내게 안내자이고 길이었다. 그는 자신이 구원의 길을 찾는 황당한 책들과 글들을 내게 가져왔는데, 그것들은 내가 순간적으로 깨달은 것 이상으로 많은 것을 내게 가르쳐 주었다.

나중에 내가 느끼지 못하는 사이 그 크나우어는 내 길에서 사라져 갔다. 그와는 논쟁할 필요가 없었다. 하지만 피스토리우스는 달랐다. 성 ○○ 시에서의 학창 시절이 막바지에 이를 무렵, 나는 그 친구와 함께 특이한 것을 체험했다.

악의 없는 사람들도 살면서 한두 번 경건함이나 고마움의 미덕과 갈등을 빚기 마련이다. 누구나 한 번은 아버지와 선생님들에게서 떨어져 나가는 걸음을 내디딜 수밖에 없고, 누구나 고독의 가혹함을 맛보지 않을 수 없다. 물론 대부분의 사람들은 그걸 참아 내지 못하고 금방 다시 숨을 곳을 찾아

12 중세 유대교의 신비주의.

기어든다. 나는 내 부모님과 두 분의 세계, 내 아름다운 어린 시절의 〈밝은〉 세계와 격렬하게 싸우며 결별한 것이 아니라, 거의 눈에 띄지 않게 서서히 두 분에게서 멀어지고 낯설어졌다. 애석하게도 고향을 방문할 때마다 종종 쓰라린 시간을 보내곤 했다. 하지만 그런 감정은 가슴속 깊은 곳까지 파고들진 않았으며 그런대로 견딜 만했다.

그러나 우리가 습관에 의해서가 아니라 자발적인 충동에 의해서 사랑과 존경심을 바친 곳, 우리가 더없이 진심으로 제자였고 친구였던 곳에서, 우리 안의 주도적인 흐름이 사랑하는 사람에게서 멀어지려 하는 것을 갑자기 깨닫게 되면, 그것은 가혹하고 두려운 순간이 된다. 그러면 친구와 스승을 거부하는 모든 생각이 우리 자신의 심장에 독침을 겨누고, 그러면 모든 거부의 일격이 우리 자신의 얼굴을 후려친다. 그러면 스스로 보편타당한 윤리관을 지녔다고 믿는 사람에게 〈배신〉이나 〈배은망덕〉 같은 말들이 수치스러운 야유와 낙인처럼 떠오른다. 그러면 깜짝 놀란 가슴은 겁에 질려 어린 시절 미덕들의 정다운 골짜기로 도망쳐 돌아가며, 그 관계도 결렬되어야 하고 그 유대도 끊겨야 하는 것을 믿지 못한다.

내 안의 감정은 시간이 흐르면서 서서히 내 친구 피스토리우스를 무조건 인도자로 인정하는 것에 반발했다. 내 청소년기의 가장 중요한 몇 개월 동안 나는 그와의 우정, 그의 충고, 그의 위로, 그와의 친밀한 관계를 체험했다. 신이 그를 통해 내게 말했고, 나의 꿈들이 그의 입을 통해 내게로 돌아오고 정화되고 해석되었다. 그는 나 자신에게 이르는 용기를 내게 선물했다. 아아, 그런데 나는 이제 그를 향한 반감이 서서히 커져 가는 것을 느꼈다. 그의 말이 지나치게 설교조로 들렸으며, 그가 나의 일부만을 완전히 이해한다는 느낌이 들었다.

우리 사이에 싸움이나 불쾌한 언쟁은 없었고, 따로 결별하거나 관계를 청산하는 일도 없었다. 다만 나는 그에게 단 한 마디, 사실 아무런 악의 없는 단 한 마디만을 말했을 뿐이다. 하지만 그것은 우리 사이의 환상이 형형색색의 유리 조각들로 산산조각 난 순간이었다.

얼마 전부터 뭔지 모를 예감이 내 가슴을 답답하게 짓눌렀다. 그러던 어느 일요일 그의 낡은 서재에서 그것은 뚜렷한 감정으로 다가왔다. 우리는 불 앞의 바닥에 엎드려 있었고, 그는 그동안 연구한 비밀 종교의식과 종교 형식들에 대해 이야기했다. 그는 그것들에 대해 깊이 생각했으며 그것들이 앞으로 어떻게 될지 예측하는 데 열중했다. 하지만 내가 보기에 그 모든 것들은 삶에 중요하다기보다는 호기심을 자극하는 흥밋거리에 지나지 않았다. 내게는 현학적인 소리로 들렸고, 옛 세계들의 폐허를 피곤하게 뒤지는 소리로 들렸다. 갑자기 그런 모든 방식, 신화 예찬, 전래된 신앙 형태들을 모자이크처럼 짜 맞추는 놀이에 대한 혐오감이 치밀었다.

「피스토리우스,」 내가 불쑥 말했다. 나 자신도 깜짝 놀랄 정도로 심하게 악의적인 말투였다. 「꿈 이야기나 다시 들려주지그래요. 밤에 진짜로 꾼 꿈 이야기 말이에요. 당신이 지금 하고 있는 말들은, 그러니까 뭐랄까, 고리타분하기 짝이 없어요!」

그는 내게서 그런 식의 말을 들은 적이 한 번도 없었다. 내가 그를 향해 날려서 그의 심장을 맞힌 화살은 바로 그 자신의 무기고에서 나왔다는 것을 그 순간 나 자신도 번개처럼 빠르게 깨닫고 수치심과 두려움을 느꼈다. 그가 이따금 반어적으로 자책하던 말을 내가 이제 더욱 뾰족하게 다듬어 악의적으로 그를 향해 날린 것이다.

피스토리우스는 순간적으로 그것을 감지하고 곧바로 입을 다물었다. 나는 두려운 마음으로 그를 주시했으며 그의 얼굴이 끔찍하게 창백해지는 것을 보았다.

무거운 침묵이 길게 흐른 후, 그가 새 장작을 불에 올려놓으며 조용히 말했다. 「맞는 말이오, 싱클레어. 당신은 영리한 친구요. 이젠 그런 고리타분한 것들로 당신을 귀찮게 하는 일은 없을 거요.」

피스토리우스는 매우 침착하게 말했지만, 그가 상처받아 괴로워하는 게 느껴졌다. 내가 무슨 짓을 한 건가!

나는 눈물이 나올 것만 같았다. 진심으로 그에게 다가가 용서를 구하고 내 애틋하게 고마운 마음과 사랑을 전하고 싶었다. 감동적인 말들이 머릿속에 떠올랐다. 하지만 그 말들은 입 밖으로 나오지 않았다. 나는 그대로 엎드린 채 불을 주시하며 침묵을 지켰다. 그도 침묵을 지켰다. 우리는 그렇게 엎드려 있었고, 불길은 서서히 사그라져 꺼져 갔다. 스러져 가는 불꽃과 더불어, 다시는 돌아오지 않을 아름답고 친밀한 것이 잦아들어서 사라져 가는 게 느껴졌다.

「혹시 내 말을 잘못 이해하지 않았을까 걱정이 되는군요.」 이윽고 내가 중압감을 이기지 못해 메마른 목소리로 말했다. 내 목이 잠겨 있었다. 하나 마나 한 어리석은 말이 마치 신문 연재 소설을 낭독할 때처럼 입술 사이에서 기계적으로 흘러나왔다.

「당신 말을 아주 정확하게 이해했어요.」 피스토리우스는 나지막이 말했다. 「당신 말이 옳아요.」 그는 잠시 뜸을 들이더니 다시 느릿느릿 말을 이었다. 「사람들 사이에서 오갈 수 있는 옳은 말이오.」

아니, 아니에요. 내 마음속의 목소리가 외쳤다. 내가 틀렸어요! 하지만 나는 아무 말도 할 수가 없었다. 그 시시한 한 마디로 그의 본질적인 약점, 그의 고민과 상처를 지적했다는 것을 나는 알고 있었다. 그가 스스로를 믿지 못하는 점을 건드린 것이다. 그의 이상은 〈고리타분〉했으며, 그는 과거를 향한 구도자였고 낭만주의자였다. 피스토리우스가 내게 했던 역할을 자기 자신에게는 할 수 없고 내게 주었던 것을 자기 자신에게는 줄 수 없다는 것을 불현듯 나는 뼈저리게 느꼈다. 그는 한동안 나를 인도했지만, 나는 인도자인 그를 넘어 그를 두고 떠나야 했다.

누가 알겠는가, 어떻게 그런 말이 나올 수 있었는지! 나는 결코 나쁜 뜻으로 한 말이 아니었고, 또 그런 불행한 결말에 이를 줄은 전혀 예상하지 못했다. 그 말을 입 밖에 내는 순간 나 자신이 무슨 말을 하는지도 몰랐다. 그저 조금 재치 있고 조금 심술궂은 시시한 생각을 좇았을 뿐인데, 그것이 운명이 되고 말았다. 내가 경솔하게 조금 야비한 짓을 저질렀는데, 그에게는 그것이 심판이 되었다.

아, 그때 나는 피스토리우스가 화를 내고 자신을 변호하고 내게 고함치기를 얼마나 바랐던가! 그는 전혀 그러지 않았다. 나 자신이 그 모든 것을 마음속으로 해야 했다. 그는 할 수만 있었다면 기꺼이 미소 지었을 것이다. 무엇보다도 그가 미소를 짓지 못하는 것에서 얼마나 큰 타격을 입었는지 잘 알 수 있었다.

피스토리우스는 내 일격을, 주제넘고 배은망덕한 제자의 일격을 묵묵히 받아들였으며, 말없이 내가 옳다고 시인하고 내 말을 운명으로 인정했다. 그럼으로써 나로 하여금 나 자신을 증오하게 만들었으며, 내 무분별함을 수천 배 더 크게 확대시켰다. 나는 공격을 가하면서 방어 능력이 있는 강자를 친다고 생각했다. 그런데 사실은 조용히 감내하는 사람, 무방비 상태로 말없이 항복하는 사람을 친 것이었다.

우리는 서서히 꺼져 가는 불길 앞에 오랫동안 엎드려 있었다. 붉게 빛나는 형상 하나하나가, 고부라지는 장작의 재 하나하나가 행복하고 아름답고 풍요로웠던 시간들을 기억 속에 불러내었으며, 피스토리우스에 대한 의무를 소홀히 한 죄를 더욱더 높이 쌓아 올렸다. 마침내 더 이상은 견딜 수가 없었다. 나는 일어나서 그곳을 나왔다. 그의 방문 밖에서 오래도록, 컴컴한 층계에서 오래도록, 그리고 또 집 밖에서 오래도록 서서 기다렸다. 그가 혹시 뒤쫓아 오지 않을까 기다렸다. 그러다 걸음을 옮겼으며, 저녁이 될 때까지 시내와 교외, 공원과 숲을 몇 시간 동안 싸돌아다녔다. 그때 처음으로 내 이마에 카인의 표식이 있다는 것을 느꼈다.

그러다 아주 서서히 곰곰이 생각하기 시작했다. 내 모든 생각은 나를 비난하고 피스토리우스를 변호하려는 의도에서 출발했다. 그런데 모조리 정반대의 결과로 끝났다. 나는 내 성급한 말을 천만번 후회하고 취소할 각오가 되어 있었다. 하지만 내 말은 사실이었다. 이제야 비로소 나는 피스토리우스를 이해하고, 그의 모든 꿈을 눈앞에 짜 맞추어 볼 수 있었다. 그의 꿈은 사제가 되어 새로운 종교를 선포하고 찬

양과 사랑과 숭배의 새로운 형식들을 정립하고 새로운 상징들을 구축하는 것이었다. 하지만 그에게는 그럴 힘도 없었고 그런 직분도 없었다. 그는 과거의 것에 지나치게 안주했으며 옛날의 것에 대해 지나치게 정확히 알고 있었다. 그는 이집트, 인도, 미트라스 신[13]과 아브락사스에 대해 너무 많이 알았다. 그의 사랑은 지구가 이미 본 형상들에 묶여 있었다. 그와 동시에 그는 새로운 것은 새롭고 달라야 하며, 새로운 땅에서 샘솟아야지 박물관과 도서관에서 만들어져서는 안 된다는 것을 마음속 깊이 잘 알고 있었다. 그가 이미 내게 해주었듯이, 어쩌면 그의 직분은 사람들이 자기 자신에게 이르도록 도와주는 것이었을 수 있다. 전대미문의 것, 새로운 신을 사람들에게 부여하는 것은 그의 직분이 아니었다.

누구에게나 〈직분〉이 있지만 그 누구도 자신의 직분을 스스로 선택하고 규정하고 임의로 수행할 수는 없다는 인식이 여기에서 갑자기 맹렬한 불꽃처럼 나를 불태웠다. 새로운 신들을 원하는 것은 잘못이었다. 세계에 뭔가 새로운 것을 부여하려는 것은 완전히 잘못이었다! 각성한 인간에게는 자기 자신을 찾고 자신의 내면을 확고하게 다지고 결국 어디에 이르든지 간에 자신만의 길을 계속 앞으로 더듬어 나가는 것, 그 한 가지 말고 다른 의무는 결코, 결코, 결코 없었다. 이러한 인식이 나를 깊이 뒤흔들었고, 그것은 내가 그 체험에서 얻은 결실이었다. 나는 종종 미래의 형상들을 그려 보았으며, 언젠가 부여받을지 모를 역할들, 가령 시인이나 예언가나 화가 같은 역할들을 꿈꾸었다. 그 모든 것은 아무것도 아니었다. 나는 시를 쓰거나 설교를 하거나 그림을 그리

13 로마 제국에서 널리 숭배되었던 미트라스교의 신.

기 위해 존재하지 않았다. 나도 그 밖의 다른 누구도 그런 이유로 존재하는 것은 아니었다. 그 모든 것은 다만 부수적으로 생겨날 뿐이었다. 모든 사람에게 진정한 소명은 자기 자신에게 이르러야 하는 오직 한 가지 소명밖에는 없다. 그 소명이 시인이나 광인, 예언가나 범죄자로 끝날 수도 있다. 이것은 그 자신의 책무가 아니며 결국 중요한 것도 아니었다. 그 자신의 책무는 임의의 운명이 아닌 자기 자신의 운명을 찾아내어 그 운명을 자신 안에서 흐트러짐 없이 끝까지 살아 내는 것이었다. 나머지 모든 것은 어설픈 것이고 벗어나려는 시도였으며, 대중이 꿈꾸는 이상으로의 도피, 순응, 자신의 내면에 대한 두려움일 뿐이었다. 새로운 영상이 두려우면서도 성스럽게 내 앞에 떠올랐다. 이미 수백 번 예감했고 어쩌면 종종 입 밖에 내어 말했을지는 모르지만, 직접 몸으로 체험하기는 그때가 처음이었다. 나는 자연이 던진 주사위였다. 불확실성을 향해, 어쩌면 새로움을 향해, 어쩌면 무(無)를 향해 던진 주사위. 태고의 깊이에서 던진 이 주사위를 작용하게 하고 그 의지를 내 안에서 느끼고 완전히 나의 의지로 만드는 것, 오로지 그것만이 나의 소명이었다. 오로지 그것만이!

나는 이미 많은 고독을 맛보았다. 그런데 이제 더욱 깊은 고독이 있으며 그것을 피할 수 없다는 것을 예감했다.

나는 피스토리우스와 화해하려는 시도를 하지 않았다. 우리는 여전히 친구로 남아 있었지만 예전 같은 관계는 아니었다. 우리는 그것에 대해 딱 한 번 이야기를 나누었다. 아니, 사실은 피스토리우스 혼자 그 이야기를 꺼냈다. 그는 말했다. 「당신도 알겠지만, 내 소망은 사제가 되는 거요. 무엇보다도 우리가 많은 것을 예감하는 새로운 종교의 사제가 되고 싶었지요. 하지만 난 절대로 그런 사제가 되지 못할 거요. 내 입으로 완전히 고백하지는 않았지만, 나 스스로 그 사실을 잘 알고 있고 사실은 이미 오래전부터 잘 알고 있었소. 그 대신 나는 다른 방식으로 사제로서의 일을 하게 될 거요. 아마 오르간이나 아니면 그 밖의 다른 길이 있을 거요. 하지만 나는 나 스스로 아름답고 성스럽게 느끼는 것, 가령 오르간 음악이나 비밀 종교의식, 상징, 신화 같은 것에 의해 항상 둘러싸여 있어야 해요. 나는 그런 것이 필요하고 그런 걸 포기하고 싶지 않아요. 그것이 바로 내 약점이죠. 싱클레어, 그런 소망들을 품어서는 안 된다는 걸 나 스스로 이따금 깨닫곤 해요. 그런 건 전부 사치이고 약점이라는 걸 이따금 깨닫지요. 내가 아무런 요구 사항 없이 온전히 운명에 순응하는 편이 더 숭고하고 더 올바른 길일 거요. 하지만 난 그렇게 할 수 없어요. 그것은 바로 내가 할 수 없는 유일한 것이지요. 아마 당신이라면 언젠가 해낼 수 있을지도 모르겠어요. 그건 어려운 일이에요. 이봐요, 이 세상에 존재하는 진실로 어려운 유일한 일이죠. 난 종종 그렇게 되는 꿈을 꾸었지만 그럴 능력이 없어요. 그게 두려워요. 나는 완전히 알몸으로 외롭게 서 있을 수는 없어요. 나도 약간의 온기와 먹이를 필요로 하고 때로는 같은 족속의 친근함을 느끼고 싶어 하는 가련하고 나약한 개에 지나지 않아요. 정말로 자신의 운명 이외에는 아무것도 바라지 않는 사람에겐 같은 족속이란 게 존재하지 않아요. 그는 완전히 혼자이고 그의 주변엔 오로지 차가운 우주만이 있을 뿐이오. 겟세마네 동산에서 예수가 바로 그랬지요. 기꺼이 십자가에 못 박힌 순교자들이 있었지만, 그들도 영웅은 아니었어요. 그들도 자유롭지 못했고, 그들도 좋아하는 것, 친밀한 것을 원했어요. 그들에겐 본보기가 있었고 이상이 있었어요. 오직 운명만을 원하는 사람에게는 본보기도 이상도 없는 법이죠. 좋아하는 것도 위안이 되는 것도 없지요! 본디 이런 길을 가야 할 거요. 나나 당신 같은 사람들은 무척 고독하긴 하지만 우리에겐 서로가 있어요. 우리는 다른 사람들과 다르고 세상에 반기를 들고 특이한 것을 원한다는 은밀한 쾌감을 맛보지요. 하지만 이 길을 끝까지 가려 한다면 그것도 버려야 할 거요. 혁명가나 본보기, 순교자이려고 해서도 안 돼요. 그것은 상상을 초월하는 일이오.」

그렇다, 그것은 상상을 초월하는 일이었다. 하지만 그것을 꿈꿀 수는 있었고 미리 느낄 수도 있었고 예감할 수도 있었다. 완전한 정적이 감도는 순간 나는 몇 번 그것을 느꼈다. 그러면 나 자신을 들여다보고 내 운명의 영상이 크게 부릅뜬 눈을 보았다. 그 눈은 지혜로 넘칠 수도 있었고 광증으로 넘칠 수도 있었다. 사랑을 발산할 수도 있었고 깊은 악의를 발산할 수도 있었다. 그건 아무래도 상관없었다. 그중의 어떤 것도 선택해서는 안 되며 어떤 것도 원해서는 안 되었다. 오로지 자기 자신만을, 오로지 자신의 운명만을 원할 수 있었다. 피스토리우스는 내가 거기에 이를 수 있도록 한동안 내 안내자로서의 역할을 했다.

그 무렵 나는 눈먼 사람처럼 사방을 헤매고 다녔다. 내 안에서 폭풍이 휘몰아쳤으며, 내가 내딛는 걸음마다 위험이 따랐다. 내 앞을 가로막은 끝없는 어둠 말고는 아무것도 보이지 않았다. 지금까지의 모든 길이 그 어둠 속으로 흘러들어 깊이 가라앉았다. 데미안을 닮은 안내자의 모습이 내 안에 떠올랐으며, 그의 눈에는 내 운명이 서려 있었다.

나는 종이에 이렇게 메모했다. 〈안내자가 저를 두고 떠났나이다. 저는 완전히 어둠 속에 갇혀 있습니다. 저 혼자서는 한 발자국도 뗄 수가 없사옵니다. 저를 도와주소서!〉

나는 그 종이를 데미안에게 보낼 생각이었지만 결국 그만두었다. 그 종이를 보내려고 할 때마다 왠지 유치하고 부질없는 짓으로 여겨졌다. 하지만 나는 그 짧은 기도문을 외워서 종종 혼자 마음속으로 암송했다. 그 기도문은 한시도 나를 떠난 적이 없었다. 나는 기도가 무엇인지 서서히 알 것 같았다.

내 김나지움 시절이 막을 내렸다. 졸업 후의 한가로운 시간을 이용해 여행을 하기로 되어 있었다. 그것은 아버지의 생각이었다. 그런 다음 대학에 진학할 예정이었다. 어떤 학과를 선택할지는 아직 미정이었다. 우선 한 학기 동안 철학 강의를 들을 수 있는 허가를 받은 상태였다. 나는 다른 어떤 강의를 들었어도 만족했을 것이다.

제7장

에바 부인

방학 동안 나는 막스 데미안이 예전에 어머니와 함께 살던 집을 한번 찾아가 봤다. 한 노부인이 정원을 거닐고 있었다. 나는 노부인에게 말을 걸어, 그 집이 노부인의 소유임을 알게 되었다. 나는 데미안 가족에 대해 물었다. 노부인은 그들을 잘 기억하고 있었다. 하지만 그들이 지금 어디 사는지는 알지 못했다. 노부인은 내가 관심이 많은 걸 알아채고는 나를 집 안으로 데리고 들어갔다. 그러고는 가죽 앨범을 꺼내 와 내게 데미안의 어머니 사진을 보여 주었다. 나는 데미안의 어머니에 대한 기억이 거의 없었다. 하지만 그 작은 사진을 보는 순간 심장이 멎는 것만 같았다. 내가 바로 꿈속에서 보았던 모습이었다! 바로 그녀였다. 키가 크고 거의 남성적인 여인의 모습. 아들과 닮았으면서도 모성적인 면과 엄격한 면과 깊이 정열적인 면을 갖추고 있었다. 아름답고 매혹적이었다. 아름다우면서도 가까이 범접할 수 없었으며, 악령인 동시에 어머니였고 운명인 동시에 연인이었다. 바로 그녀였다!

내 꿈속의 영상이 이 지상에 살고 있다는 것을 알았을 때, 마치 요동치는 기적을 체험하는 것만 같았다! 그런 모습의 여인, 내 운명의 특징을 지닌 여인이 존재하다니! 그녀는 어디에 있을까? 어디에? 그런데 그녀는 바로 데미안의 어머니였다.

그 일이 있은 직후에 나는 여행길에 올랐다. 참 별난 여행이었다! 나는 이곳에서 저곳으로, 생각나는 대로, 쉬지 않고 줄곧 그 여인을 찾아 옮겨 다녔다. 그녀를 연상시키고 그녀를 떠올리게 하고 그녀를 닮은 모습들만 만나는 날들이 있었다. 복잡하게 얽힌 꿈속에서처럼 그런 날들은 낯선 도시의 골목길로, 기차역으로, 기차 안으로 나를 유혹했다. 그렇게 찾아다니는 것이 얼마나 부질없는 짓인지를 깨닫는 날들도 있었다. 그러면 나는 어딘가 공원이나 호텔의 정원이나 대합실에 하릴없이 앉아서 내 안을 들여다보며 내 안의 영상을 생생하게 살려 내려고 했다. 하지만 그 영상은 수줍어하며 내 앞에서 달아났다. 나는 도통 잠을 이루지 못했으며, 낯선 고장을 지나는 기차 안에서 잠깐씩 졸곤 했다. 한번은 취리히에서 어떤 여자가 내 뒤를 쫓아왔다. 예쁘장했지만 조금 뻔뻔스러운 여자였다. 나는 공기를 대하듯 그녀를 거들떠보지 않고 그대로 걸음을 재촉했다. 다만 한 시간이라도 다른 여자에게 관심을 보이느니 차라리 그 자리에서 죽는 게 나았다.

내 운명이 나를 끌어당기는 게 느껴졌고, 머지않아 내 운명이 이루어질 것이 느껴졌다. 그런데도 내가 아무것도 할 수 없다는 사실이 너무 초조해서 미칠 것만 같았다. 언젠가 어느 기차역에서, 아마 인스브루크 역이었을 것이다, 막 출발하는 기차의 차창에서 그녀를 연상시키는 모습을 보고 며칠 동안 너무 불행했다. 그러자 그 모습이 갑자기 밤에 다시 꿈에 나타났다. 나는 그 여인을 찾아다니는 일이 무의미하다는 부끄럽고 삭막한 감정을 느끼며 잠에서 깨어났고 그 길로 집으로 돌아갔다.

몇 주 후 나는 H 대학에 등록했다. 모든 것이 실망스러웠다. 내가 수강한 철학사 강의는 대학생들의 행실만큼이나 알맹이 없고 대량 생산된 상품처럼 획일적이었다. 모든 게 틀에 박힌 듯 천편일률적이었으며, 너도나도 모두들 똑같이 행동했다. 소년 같은 얼굴을 붉게 상기시킨 명랑함은 우울하게도 인스턴트 제품처럼 공허해 보였다! 하지만 나는 자유로웠고 온종일 나 자신을 위해 살았다. 교외의 낡은 집에서 조용히 호젓하게 지냈으며, 내 책상 위에는 니체의 책 몇 권이 놓여 있었다. 나는 니체와 함께 살며 그의 영혼의 고독을 느끼고 그를 끊임없이 몰아친 운명을 냄새 맡고 그와 더불어 괴로워하고, 또 그토록 냉엄하게 자신의 길을 간 사람이 있었다는 사실에 행복해했다.

언젠가 저녁 늦은 시간에 가을바람을 맞으며 시내를 배회하는데 여기저기 술집에서 대학생 동아리 모임의 노랫소리가 들려왔다. 열린 창문으로 담배 연기가 뭉클뭉클 새어 나오고 노랫소리가 우렁차게 울려 퍼졌다. 크게 쩌렁쩌렁 울렸지만 활기도 생기도 없이 단조로웠다.

나는 어느 길모퉁이에 서서 귀를 기울였다. 두 술집에서 정확히 훈련된 청춘의 명랑함이 밤을 향해 울려 퍼졌다. 어디에나 유대감이 있었고, 어디에서나 함께 모여 앉아 있었고, 어디에서나 운명을 내려놓고 따스한 패거리의 품속으로 도망쳤다!

내 뒤쪽에서 두 남자가 천천히 다가와 나를 지나쳐 갔다.

그들이 나누는 대화의 일부가 내 귀에 들렸다.

「꼭 흑인 마을에 있는 청년들의 집 같지 않아요?」 한 남자가 말했다. 「모든 게 똑같아요. 심지어는 문신까지도 유행이라니까요. 자, 봐요. 저게 젊은 유럽이지요.」

그 목소리가 기이하게도 내게 뭔가를 상기시켰다. 귀에 익은 목소리였다. 나는 어두운 골목길로 두 사람의 뒤를 따라갔다. 한 명은 키 작고 우아한 일본인이었다. 가로등 아래서 그의 누르스름한 얼굴이 미소를 지으며 빛나는 게 보였다.

그때 상대방 남자가 다시 말을 이었다.

「그거야, 당신네 일본도 사정은 마찬가지일 겁니다. 패거리를 쫓아다니지 않는 사람들은 어디서나 보기 드물죠. 이곳에도 몇 명 있어요.」

그 말 한 마디 한 마디가 내 마음을 반가운 놀라움으로 채웠다. 내가 아는 사람이었다. 바로 데미안이었다.

그 바람 부는 밤에 나는 데미안과 일본인의 뒤를 쫓아 어두운 골목길을 누볐으며, 그들의 대화에 귀를 기울이고 데미안 목소리의 울림을 즐겼다. 그 목소리는 예전 그대로였다. 예전처럼 근사하게 자신감에 넘치고 침착했으며 나를 지배하는 힘이 있었다. 이제 모든 게 좋았다. 데미안을 찾아낸 것이다.

도시 변두리의 어느 막다른 길에 이르러 일본인이 작별 인사를 하고 현관문을 열었다. 데미안은 길을 되돌아왔다. 나는 걸음을 멈추고 길 한복판에 서서 그를 기다렸다. 나를 향해 다가오는 그의 모습을 두근거리는 가슴으로 바라보았다. 그는 밤색 레인코트 차림에 가느다란 지팡이를 한 팔에 걸고서 반듯한 자세로 경쾌하게 걸어왔다. 걸음걸이에 전혀 변화가 없었으며, 일정한 속도로 내 바로 앞까지 다가와서는 모자를 벗고 눈에 익은 환한 얼굴, 단호한 입과 특이하게 넓고 훤칠한 이마를 보여 주었다.

「데미안!」 나는 외쳤다.

그가 내게 손을 내밀었다.

「네가 왔구나, 싱클레어! 너를 기다리고 있었어.」

「내가 여기 있는 걸 알고 있었어?」

「정확히 안 건 아니지만, 틀림없이 그러길 바랐을 거야. 오늘 저녁에야 비로소 널 봤어. 네가 저녁 내내 우리 뒤를 따라왔잖아.」

「그럼 나를 금방 알아봤단 말이야?」

「물론이지. 네 모습이 변하긴 했어. 하지만 네겐 표식이 있잖아?」

「표식이라고? 무슨 표식?」

「네가 아직 기억하고 있을지 모르겠는데, 예전에 우린 그걸 카인의 표식이라고 불렀어. 그건 우리의 표식이야. 너는 항상 그 표식을 가지고 있었어. 그래서 나는 네 친구가 되었지. 그런데 지금은 그 표식이 더욱 뚜렷해졌어.」

「난 몰랐어. 아니, 사실은 알고 있었어. 데미안, 언젠가 네 모습을 그린 적이 있는데, 그 그림이 나하고 닮아서 놀랐거든. 그게 표식이었을까?」

「그게 표식이었어. 네가 와서 좋구나! 우리 어머니도 기뻐하실 거야.」

나는 깜짝 놀랐다.

「네 어머니? 네 어머니도 여기 계시는 거야? 나를 전혀 모르실 텐데.」

「아, 알고 계셔. 네가 누군지 말씀드리지 않아도 금방 알아보실걸. 네 소식을 들은 지 너무 오래되었어.」

「아, 여러 번 편지를 쓰려고 마음먹었지만 쓰지 못했어. 얼마 전부터 너를 곧 만날 거 같은 느낌이 들더라고. 날마다 널 만나길 기대했어.」

데미안은 내 팔짱을 끼고 나와 함께 걸었다. 그에게서 평온함이 흘러나와 나에게로 스며들었다. 우리는 금세 예전처럼 이야기를 나누었다. 학창 시절, 견진례를 위한 수업 시간, 그리고 언젠가 방학 중의 그 불행했던 만남을 떠올렸다. 다만 우리 둘을 처음으로 긴밀하게 맺어 준 프란츠 크로머에 대한 이야기만은 이번에도 화제에 오르지 않았다.

우리는 의식하지 못하는 사이 기이하고 예감에 가득 찬 대화 깊숙이 빠져들었다. 우리는 데미안이 일본인과 나눈 대화를 떠올리며 대학 생활에 대한 이야기를 하다가, 그것과는 아주 동떨어진 듯 보이는 다른 것으로 화제를 옮겼다. 하지만 그것은 데미안의 말을 통해 내적으로 밀접하게 연결되었다.

데미안은 유럽 정신과 이 시대의 징후에 대해 이야기했다. 곳곳에서 동맹이 맺어지고 패거리가 결성되지만, 자유와 사랑은 어디에서도 찾아볼 수 없다는 것이었다. 대학생 연합과 합창단에서부터 국가들에 이르기까지 이런 모든 유대 관계는 강제로 형성되었거나, 두려움과 공포와 당혹감에서 비롯된 것일 뿐이라고 그는 말했다. 그 안을 들여다보면 부패하고 낡아서 붕괴하기 일보 직전이라는 것이었다.

「유대 관계는 멋진 일이지.」 데미안은 말했다. 「하지만 지금 사방에서 번성하고 있는 것은 전혀 멋지지 않아. 진정한 유대 관계는 개개인이 서로에 대해 아는 것에서 새롭게 생겨나 한동안 세계를 변화시킬 거야. 지금 존재하는 유대 관계라고 하는 것은 패거리를 짓는 것에 불과해. 사람들은 서로가 서로를 두려워하는 탓에 서로에게로 도망치고 있어. 신사들은 신사들끼리, 노동자들은 노동자들끼리, 학자들은 학자들끼리! 그런데 왜 그들은 두려워하는 걸까? 인간은 자기 자신과 일치하지 않을 때만 두려워하는 법이거든. 그들은 결코 자기 자신을 믿지 못했기 때문에 두려워하고 있어. 순전히 자신 안의 미지의 것을 두려워하는 사람들만이 모인 공동체! 그들 모두는 자신들의 삶의 법칙이 언제부턴가 더 이상 유효하지 않으며 자신들이 낡은 규범에 따라 살고 있다는 것을 느끼고 있어. 그들의 종교도 윤리도 그 무엇도 우리가 필요로 하는 것에 걸맞지 않아. 백 년 이상 유럽은 오로지 연구하고 공장을 세우기만 했어! 그들은 한 인간을 죽이는 데 몇 그램의 화약이 필요한지는 정확히 알면서도, 신에게 어떻게 기도해야 하는지는 몰라. 한 시간을 어떻게 즐겁게 보낼 수 있는지조차 몰라. 대학생들이 즐겨 찾아가는 술집을 한번 보라고! 또는 돈 많은 사람들이 찾아가는 유흥업소를 보든지! 희망이 없어! 친애하는 싱클레어, 그런 것들에서는 명랑한 것이 생길 수 없어. 그렇게 겁에 질려 모이는 사람들은 두려움과 악의에 가득 차 있어. 서로가 서로를 절대 믿지 않아. 그들은 더 이상 이상이라고 할 수 없는 이상에 매달리면서 누구든 새로운 이상을 제시하기만 하면 돌로 쳐 죽이고 있어. 서로 충돌하는 게 느껴져. 서로 충돌할 거야. 내 말 믿어. 조만간 충돌할 거라고! 물론 그것들은 세상을 〈개선하지〉 않을 거야. 노동자들이 공장주를 때려죽이거나 또는 러시아와 독일이 서로 총부리를 겨눈다 해도 겨우 주인만 바뀔 뿐이라고. 그래도 아주 헛된 일만은 아니겠지. 그것은 오늘날의 이상들이 무가치하다는 것을 보여 주고 석기시대의 신들을 소탕할 거야. 현재 있는 이 세계는 죽을 거야. 몰락할 거라고. 그렇게 될 거야.」

「그럼 우리는 어떻게 되지?」 나는 물었다.

「우리? 아, 우리도 아마 함께 몰락하겠지. 그들은 우리 같은 사람들도 때려죽일 수 있거든. 다만 우리는 그것으로 끝장나지 않아. 우리가 남기는 것이나 아니면 우리 가운데 살아남은 이들을 중심으로 미래의 의지가 모여들 거야. 우리 유럽이 한동안 기술과 학문의 장터에서 목이 쉬도록 소리를 질러 대는 바람에 들리지 않던 인류의 의지가 드러날 거야. 그러면 그 인류의 의지가 오늘날의 공동체, 국가와 민족, 협회와 교회의 의지와는 결코 그 어느 곳에서도 같지 않다는 사실이 드러나겠지. 자연이 인간에게 원하는 것은 오히려 개개인 안에, 너와 나의 안에 쓰여 있어. 예수 안에 쓰여 있었고, 니체 안에 쓰여 있었어. 현재의 공동체들이 붕괴해야만, 그 유일하게 중요한 흐름들이 힘을 발휘할 수 있는 여지가 생겨날 거야. 물론 그 흐름들은 날마다 다르게 보일 수 있지만 말이야.」

밤늦은 시간에 우리는 강변의 어떤 정원 앞에서 걸음을 멈췄다.

「우리는 여기 살아.」 데미안이 말했다. 「며칠 내로 한번 들러! 우린 네가 찾아오기를 기다리고 있어.」

나는 기쁨에 넘쳐 그새 서늘해진 밤을 가르고 먼 길을 걸어 집으로 돌아갔다. 대학생들이 여기저기서 시끄럽게 떠들며 집을 향해 비틀비틀 걸음을 옮겼다. 나는 그동안 그들이 즐거워하는 우스꽝스러운 방식과 내 고독한 삶 사이의 대립을 자주 느꼈다. 그러면서 때로는 마음이 허전하기도 했고 때로는 그것을 조롱하기도 했다. 하지만 그것이 나와는 얼마나 상관없는 것이고 그 세계가 내게는 얼마나 멀리 사라진 것인지를 그날처럼 평온한 마음으로 은밀히 힘차게 느낀 적은 없었다. 고향 도시의 관리들이 생각났다. 그 늙고 품위 있는 신사들은 지복의 낙원에 대한 추억처럼 술집에서 보낸 대학 시절의 기억에 매달렸으며, 가령 시인이나 낭만주의자들이 어린 시절을 숭배하듯 학창 시절의 사라진 〈자유〉를 숭상했다. 어디서나 똑같았다! 본연의 책임을 지라는 독촉을 받고 본연의 길을 가라는 채근을 받을까 두려워서, 그들은 어디서나 〈자유〉와 〈행복〉을 등 뒤 어딘가에서 찾았다. 몇 년 동안 거나하게 술을 마시며 흥청망청 지내다가 안전한 피난처로 기어들어 국가에 봉사하는 엄숙한 나리가 된 것이다. 그렇다, 썩었다. 우리 주변은 썩어 빠졌다. 그나마 대학생들의 이런 어리석음은 수많은 다른 일들에 비하면 덜 어리석고 덜 나쁜 것이었다.

그러나 내가 멀리 떨어진 집에 돌아와 침대에 누웠을 때, 이런 모든 생각들은 어디론가 사라졌으며 내 모든 감각은 설레는 마음으로 그날이 내게 선사한 커다란 약속에 매달렸다. 내가 원하기만 하면 당장 내일이라도 데미안의 어머니를 만날 수 있었다. 대학생들이 술집에서 죽치며 얼굴에 문신을 하든 말든, 세상이 썩어 문드러져서 몰락하기를 기다리든 말든, 나하고 무슨 상관이랴! 나는 오로지 내 운명이 새로운 모습으로 나를 향해 오기만을 기다렸다.

나는 아침 늦게까지 푹 잤다. 새날이 마치 들뜬 경삿날처럼 밝아 왔다. 그런 날은 어린 시절 크리스마스 이후로 처음이었다. 마음은 초조하고 혼란스러웠지만 두려움은 전혀 없었다. 나를 위해 중요한 날이 밝았다는 것을 느낄 수 있었다. 나는 주변의 세계가 변한 것을 눈으로 보고 느꼈다. 주변의 세계는 기대에 차 있었으며 의미심장하고 경사스러웠다. 사락사락 내리는 가을비도 아름답고 고요했으며 즐겁고 장중한 음악이 넘치는 축제 날 같았다. 생전 처음으로 외부 세계가 내 내면 세계와 완벽하게 조화를 이루었다. 이제 영혼의 축제 날이고 이제 살아야 할 보람이 있었다. 그 어떤 집도 쇼윈도도 골목길의 얼굴도 나를 방해하지 않았다. 모든 게 원래 있어야 하는 그대로였지만, 평범하고 익숙한 것의 공허한 얼굴을 하고 있지 않았다. 모든 게 기대에 찬 자연이었으며, 경외하는 마음으로 운명을 맞이할 채비를 갖추고 있었다. 어린 소년이었을 때 나는 크리스마스나 부활절 같은 아주 경사스런 날 아침에 세상을 그렇게 보았다. 이 세상이 아직도 그렇듯 아름다울 수 있다는 것을 미처 알지 못했다. 나는 내 안에 깊이 침잠해 살면서 외부 세계에 대한 감각을 잃어버렸다고 체념하는 것에 익숙해져 있었다. 빛나는 색채의 상실은 필연적으로 어린 시절의 상실과 관련 있으며, 말하자면 이 고운 빛을 포기해야만 영혼의 자유와 씩씩함을 얻을 수 있다고 여겼다. 그런데 이제 그 모든 것이 다만 깊이 파묻혀 어둠에 덮여 있었을 뿐이며, 어린 시절의 행복을 포기하고 자유를 택한 사람도 세상이 환히 빛나는 것을 보고 어린아이처럼 내적 전율을 맛볼 수 있음을 깨닫고 황홀했다.

간밤에 막스 데미안과 헤어진 교외의 정원에 다시 찾아갈 시간이 다가왔다. 비에 젖은 잿빛의 키 큰 나무들 뒤에 아담한 집이 한 채 숨어 있었다. 집은 밝고 아늑해 보였으며, 커다란 유리 벽 너머에서 관목들이 꽃을 피웠고 번쩍이는 창문들 너머 어두운 벽에는 그림들이 걸리고 책들이 꽂혀 있었다. 현관문을 지나자 곧장 작고 따사한 홀에 이르렀다. 검은 옷에 하얀 앞치마를 두른 늙은 하녀가 말없이 나를 맞아들여 외투를 받아 들었다.

하녀는 나를 홀에 혼자 두고 나갔다. 나는 방 안을 둘러보았고, 그 즉시 내 꿈 한복판에 있었다. 방문 위쪽의 거무스름한 나무 벽에 걸린 검은 테의 유리 액자 안에 눈에 익은 그림이 들어 있었다. 세계의 껍데기를 힘차게 뚫고 나오는, 황금빛 새매 머리의 내 새. 나는 깊이 감동받아 그대로 서 있었다. 마치 그때까지 행하고 체험한 모든 것이 그 순간 실현되고 답이 되어 내게로 돌아온 듯 기쁘면서도 마음이 아렸다. 수많은 형상들이 번개처럼 빠르게 내 영혼을 스쳐 지나가는 것이 보였다. 현관문 아치 위에 낡은 석조 문장이 있는 고향집, 그 문장을 그리는 소년 데미안, 크로머라는 적의 사악한 손아귀에 걸려들어 두려움에 떨던 소년 시절의 나, 작은 기숙사 방의 조용한 책상에서 동경하던 새를 그리던 청소년 시절의 나, 자신의 실타래가 만들어 낸 그물에 걸린 영혼. 모든 것, 그 순간에 이르기까지의 모든 것이 내 안에서 다시 울려 퍼지고 내 안에서 긍정되고 응답받고 시인받았다.

나는 촉촉이 젖은 눈으로 내 그림을 응시하고 내 마음속을 읽었다. 그때 시선이 아래로 향했다. 새 그림 아래 열린 문에 검은 옷차림의 키 큰 여인이 서 있었다. 바로 그녀였다.

나는 한마디도 할 수 없었다. 그 아름답고 존경스러운 여인은 자신의 아들처럼 영적인 의지로 충만하고 시간과 나이를 초월한 듯한 얼굴로 나를 향해 친절하게 미소 지었다. 그녀의 눈길은 성취였고 그녀의 인사는 귀향을 뜻했다. 나는 말없이 그녀에게 두 손을 내밀었다. 그녀는 힘차고 따스한 두 손으로 내 두 손을 붙잡았다.

「싱클레어군요. 금방 알아봤어요. 어서 와요!」

그녀의 목소리는 깊고 따뜻했다. 나는 그 목소리를 달콤한 포도주처럼 들이마셨다. 그러고는 눈길을 들어 그녀의 고요한 얼굴과 깊이를 헤아릴 수 없는 검은 눈, 생기 넘치는 성숙한 입, 표식이 찍힌 위엄 있고 훤한 이마를 바라보았다.

「지금 얼마나 기쁜지 모릅니다!」 나는 그녀의 손에 입 맞추며 말했다. 「지금까지 줄곧 세상을 헤매다가 이제야 집에 돌아온 것 같습니다.」

그녀는 어머니처럼 미소 지었다.

「집에는 절대로 돌아가지 못해요.」 그러고는 상냥하게 말했다. 「하지만 친밀한 길들이 마주치는 곳에서 잠시 온 세상이 고향처럼 보이죠.」

이 말은 내가 그녀에게로 가는 길에 느꼈던 것을 표현했다. 그녀의 목소리와 그녀의 말은 아들의 것과 매우 비슷하면서도 완전히 달랐다. 모든 것이 더 성숙했고 더 따뜻했고 더 자명했다. 하지만 예전에 막스가 그 누구에게도 소년의 인상을 주지 않았듯이, 그의 어머니도 결코 다 자란 아들을 둔 어머니처럼 보이지 않았다. 얼굴과 머리카락에 어린 숨결이 무척 젊고 산뜻했으며, 황금빛 피부는 주름살 하나 없이 팽팽했고, 입술은 생기가 넘쳤다. 실제 모습이 꿈속의 모습보다 더욱 당당했다. 그녀 곁에 있음은 사랑의 행복이었고,

그녀의 눈길은 성취였다.

그것은 나의 운명이 내게 다가온 새로운 모습이었다. 더 이상 엄격하지도 않았고 더 이상 고독하게 만들지도 않았다. 아니, 그것은 성숙했으며 즐거움으로 넘쳤다! 나는 어떤 결정도 내리지 않았고 어떤 맹세도 하지 않았다. 나는 목적지에 이르렀다. 앞으로 갈 길이 멀리 찬란하게 모습을 드러내는 높은 길목에 이르렀다. 그 길은 약속의 땅을 향해 뻗어 있었으며, 가까이 다가온 행복의 나무의 우듬지 그늘에 덮여 있었고, 가까이 다가온 온갖 즐거움의 정원들에 의해 서늘했다. 앞으로 어떻게 되든 상관없이, 나는 이 세상에서 그 여인을 알게 되고 그녀의 목소리를 들이마시고 그녀 가까이에서 숨을 쉴 수 있어서 더없이 행복했다. 그녀가 내게 어머니이던 연인이던 여신이던 내 곁에 있기만 하다면야! 내 길이 그녀의 길 가까이에 있기만 하다면야!

그녀는 내 새매 그림을 가리켰다.

「저 그림으로 싱클레어가 우리 막스를 얼마나 기쁘게 한지 알아요.」 그녀는 사려 깊게 말했다. 「그리고 나도 무척 기뻤어요. 우리는 싱클레어를 기다렸어요. 저 그림이 왔을 때, 우리는 싱클레어가 우리를 향해 오는 중이라는 걸 알았죠. 싱클레어가 어린 소년이었을 때, 우리 아들이 어느 날 학교에서 돌아와 이렇게 말했어요. 이마에 표식이 있는 애가 있는데, 틀림없이 내 친구가 될 거야. 그 아이가 싱클레어였죠. 그동안 많이 힘들었을 거예요. 하지만 우리는 싱클레어를 믿었어요. 언젠가 방학에 집에 돌아왔을 때 막스를 다시 만난 적이 있죠. 그때 싱클레어는 열여섯 살쯤 되었을 거예요. 막스가 내게 그 이야기를 했지요 ─」

나는 그녀의 말을 끊었다. 「이런, 막스가 그 이야기를 했다고요! 그땐 가장 비참한 시절이었어요!」

「그래요, 그때 막스가 이런 말을 하더라고요. 이제 싱클레어에게 몹시 힘든 일이 닥칠 거야. 싱클레어는 또다시 사람들 모임으로 도망치려 하고 있어. 심지어 술집까지 드나들고 있어. 하지만 그렇게는 안 될 거야. 싱클레어의 표식이 밖으로 드러나 있지는 않지만 은밀히 그를 불태우고 있거든. 실제로 그렇지 않았나요?」

「네, 맞아요. 정확히 그랬어요. 그러다 베아트리체를 만났고, 그러다 마침내 다시 인도자가 나타났어요. 이름이 피스토리우스였죠. 어째서 내 소년 시절이 막스에게 그토록 묶여 있었고 어째서 내가 막스에게서 벗어나지 못했는지 그제야 똑똑히 깨닫게 되었어요. 친애하는 부인, 사랑하는 어머니, 그때 저는 차라리 제 손으로 목숨을 끊어야겠다는 생각을 자주 했어요. 이 길은 누구에게나 그렇게 힘든가요?」

그녀는 한 손으로 공기처럼 가볍게 내 머리카락을 쓰다듬었다.

「태어나는 건 언제나 힘든 일이에요. 싱클레어도 잘 알잖아요, 새가 알을 깨고 나오려고 얼마나 애쓰는지. 지난 일을 돌아보고 그 길이 정말로 그토록 힘들었는지 스스로에게 물어봐요. 오로지 힘들기만 하던가요? 아름답기도 하지 않던가요? 그보다 더 아름답고 더 쉬운 길이 있었을 거 같아요?」

나는 고개를 가로저었다.

「힘들었어요.」 나는 잠결에서처럼 말했다. 「그 꿈이 나타나기까지는 힘들었어요.」

그녀는 고개를 끄떡이며 예리한 눈빛으로 바라보았다.

「그래요, 누구나 자신의 꿈을 찾아내야 해요. 그러면 길이 쉬워지지요. 하지만 언제까지나 계속되는 꿈은 없어요. 어떤 꿈이든 새로운 꿈에 밀려나기 마련이죠. 어떤 꿈도 붙잡으려고 해서는 안 돼요.」

나는 깜짝 놀랐다. 그건 경고였을까? 방어였을까? 하지만 아무래도 상관없었다. 나는 목적지를 묻지 않고 그녀가 이끄는 대로 따라갈 각오가 되어 있었다.

「제 꿈이 얼마나 오래 계속될지는 모르겠어요.」 나는 말했다. 「그냥 영원히 계속되기를 바랄 뿐이죠. 저의 운명은 새 그림 아래서 저를 어머니처럼, 연인처럼 맞아 주었어요. 저는 오로지 저의 운명에 속할 뿐, 그 밖의 누구에게도 속하지 않아요.」

「그 꿈이 싱클레어의 운명인 한 그 꿈에 충실해야 해요.」 그녀는 진지하게 단언했다.

왠지 모를 슬픔과 더불어 마법에 걸린 듯한 이 순간에 이대로 죽고 싶다는 간절한 소망이 치밀었다. 눈물이 — 눈물을 흘린 지 그 얼마나 오래되었던가! — 한없이 샘솟아서 나를 휘몰아치는 게 느껴졌다. 나는 홱 몸을 돌려 창가에 다가가 몽롱한 눈으로 화분의 꽃을 넘어 저 멀리를 바라보았다.

등 뒤에서 그녀의 목소리가 들렸다. 그 목소리는 차분하게 들렸으며, 넘실거리는 포도주 잔처럼 다정함이 듬뿍 담겨 있었다.

「싱클레어, 아직 어린아이군요! 싱클레어의 운명은 싱클레어를 사랑해요. 싱클레어가 충실하기만 한다면, 그 운명은 언젠가는 꿈꾸는 대로 완전히 싱클레어의 것이 될 거예요.」

나는 마음을 다스려 다시 그녀에게로 얼굴을 돌렸다. 그녀가 내게 손을 내밀었다.

「내겐 친구들이 몇 명 있어요.」 그녀는 미소를 지으며 말했다. 「몇 명 안 되지만 아주 절친한 친구들이죠. 그 친구들은 나를 에바 부인이라고 불러요. 싱클레어도 원한다면 나를 그렇게 부르도록 해요.」

그녀는 나를 문으로 안내해 문을 열고는 정원을 가리켰다. 「저기 밖에 막스가 있어요.」

나는 얼이 빠져 얼떨떨한 상태로 키 큰 나무들 아래 서 있었다. 그 어느 때보다 정신이 더 깨어 있었는지 아니면 더 꿈을 꾸고 있었는지 알 수 없었다. 나뭇가지에서 빗방울이 살며시 떨어졌다. 나는 강변을 따라 멀리까지 이어지는 정원으로 천천히 걸어갔다. 마침내 데미안이 보였다. 그는 사방이 트인 정자에서 웃통을 벗은 채로 거기 매달린 샌드백을 두드리며 권투 연습을 하고 있었다.

나는 흠칫 놀라 걸음을 멈췄다. 데미안은 아주 근사해 보였다. 넓은 가슴, 단단하고 남성적인 머리. 치켜든 두 팔은 강하고 힘차 보였으며 근육이 팽팽했다. 엉덩이와 어깨와 팔의 관절에서 마치 찰랑거리는 샘물처럼 움직임이 솟아 나왔다.

「데미안!」 나는 외쳤다. 「거기서 뭐 하고 있어?」

그가 유쾌하게 웃음을 터뜨렸다.

「훈련하는 중이야. 그 작은 일본인하고 레슬링을 한판 붙기로 약속했거든. 그 친구가 고양이처럼 날쌘데다가 여간 음흉해서 말이야. 하지만 나를 당해 내진 못할걸. 그 친구에게 아주 작은 굴욕을 빚졌어.」

그는 셔츠와 재킷을 입었다.

「우리 어머니를 벌써 만난 모양이지?」 그가 물었다.
「그래, 데미안. 참 멋진 분이시더라고! 에바 부인! 그 이름이 완벽하게 어울려. 모든 존재의 어머니 같으셔.」
그가 한순간 생각에 잠겨 내 얼굴을 바라보았다.
「너 벌써 그 이름을 알고 있어? 이봐, 대단한데. 어머니가 처음 만난 자리에서 그 이름을 알려 준 사람은 네가 처음이거든.」
그날부터 나는 아들이며 형제처럼 또한 애인처럼 그 집을 드나들었다. 대문을 닫고 들어서면, 그렇다, 정원의 키 큰 나무들이 멀리서 시야를 채우면, 나는 마음이 풍요롭고 행복했다. 밖에는 〈현실〉이 있었다. 밖에는 거리와 집, 사람과 시설, 도서관과 강의실이 있었다. 하지만 그 집 안에는 사랑과 영혼이 있었고, 동화와 꿈이 살고 있었다. 그런데도 우리는 결코 세상과 격리되어 살지 않았다. 우리는 종종 생각과 대화를 통해 세상 한복판에서 살았다. 다만 다른 차원에서 살았을 뿐이다. 우리를 대다수 사람들과 갈라놓는 것은 어떤 경계가 아니라 세상을 보는 다른 방식이었다. 우리의 과제는 세상에 하나의 섬, 어쩌면 하나의 본보기를 제시하는 것, 어쨌든 다른 가능성을 예고하는 삶을 사는 것이었다. 오랫동안 고독하게 살아온 나는 완벽한 혼자 있음을 맛본 사람들 사이에서 가능한 공동체를 알게 되었다. 이젠 더 이상 행복한 사람들의 식탁, 유쾌한 사람들의 잔치로 돌아가기를 갈망하지 않았다. 다른 사람들이 함께 있는 것을 보아도 이젠 더 이상 질투와 향수에 시달리지 않았다. 그리고 〈표식〉을 지닌 사람들의 비밀을 서서히 전수받았다.
우리, 표식을 지닌 이들이 세상 사람들의 눈에는 당연히 기이한 사람들, 심지어는 위험한 미치광이로 보일 수 있었다. 우리는 깨어난 사람들 아니면 깨어나고 있는 사람들이었다. 우리의 노력은 점점 더 완벽하게 깨어 있음을 지향하는 반면에, 다른 사람들의 노력과 행복 추구는 자신들의 의견, 자신들의 이상과 의무, 자신들의 삶과 행복을 집단의 것에 점점 더 단단히 옭아매는 것을 지향했다. 거기에도 노력은 있었고 거기에도 힘과 위대함은 있었다. 그러나 우리 표식을 지닌 자들은 새로운 것, 고립된 것, 미래의 것을 향한 자연의 의지를 나타낸다고 생각되는 반면에, 다른 사람들은 기존의 것을 고수하려는 의지 속에서 살았다. 그들에게 인류는 — 그들 역시 우리처럼 인류를 사랑했다 — 보존하고 보호해야 하는 완성된 것이었다. 우리에게 인류는 우리 모두가 찾아가고 있는 먼 미래였다. 어떤 모습인지 아무도 알지 못하고 그 법칙이 어디에도 쓰여 있지 않은 먼 미래.

에바 부인, 막스와 나, 그리고 매우 다양한 방식의 구도자들이 우리 모임을 이루었다. 우리 모임에 좀 더 적극적인 사람들도 있었고 좀 더 소원한 사람들도 있었다. 그들 중에는 남다른 목표를 세우고 특별한 길을 걸으며 특별한 견해와 의무를 신봉하는 사람들도 있었다. 그들 가운데에는 점성술사와 카발라교도도 있었고 또 똘스또이 백작을 추종하는 사람도 있었다. 여리고 소심하고 상처받기 쉬운 온갖 사람들, 새로운 종파의 추종자들, 인도 요가의 애호가들, 채식주의자들 등등의 사람들이 있었다. 사실 우리는 제각기 서로 상대방의 비밀스런 삶의 꿈을 존중한다는 점 말고는 그들 모두와 어떤 정신적인 공통점도 없었다. 과거에 신들과 새로운 이상들을 추구했던 인류의 행적을 좇는 사람들이 우리와 제일 가까웠다. 그들이 탐구하는 것은 종종 내 친구 피스토리우스를 상기시켰다. 그들은 책을 가져와 우리에게 고대 언어로 쓰인 텍스트들을 번역해 주고 옛 상징들과 제의들의 그림들을 보여 주었다. 그리고 인류가 지금까지 소유했던 모든 이상들이 무의식적인 영혼의 꿈들, 미래의 가능성들에 대한 예감을 더듬더듬 쫓아갔던 인류의 꿈들로 이루어졌음을 우리에게 알려 주었다. 그래서 우리는 기독교의 여명이 트기 전까지 고대를 지배했던 수없이 많은 기이한 신들의 무리를 섭렵했다. 또 고독하게 신앙에 몰두하는 자들의 종파도 있으며 종교들이 이 민족에서 저 민족으로 전수되는 과정에서 변화한 것도 알게 되었다. 우리는 이렇게 수집한 모든 것을 토대로 우리의 시대와 현재의 유럽을 비판했다. 현재의 유럽은 엄청난 노력을 기울여 인류의 막강한 새로운 무기들을 만들어 냈지만, 결국 정신을 심각하게 황폐화시키기에 이르렀다. 유럽은 전 세계를 얻은 대가로 영혼을 상실했기 때문이다.

또한 우리 모임에는 특정한 희망과 구원론을 신봉하는 신도들도 있었다. 유럽을 개종하려는 불교도들과 똘스또이 추종자들과 또 다른 종파들도 있었다. 우리와 비교적 가까운 사람들은 그런 이론들을 귀 기울여 들었지만 그 어느 것도 상징 이상의 것으로는 받아들이지 않았다. 장차 미래를 어떻게 일굴 것인가 하는 걱정은 우리 표식을 지닌 사람들의 몫이 아니었다. 우리에게는 모든 종파, 모든 구원론이 처음부터 죽은 것이었고 무용지물이었다. 우리는 제각기 온전히 자기 자신이 되는 것만이 우리의 의무이고 운명이라고 느꼈다. 우리 각자 안에서 작용하는 자연의 싹에 완전히 부응해 그 뜻에 맞게 살고, 불확실한 미래에 무슨 일이 일어나든 전부 받아들일 각오를 다지는 것만이 우리의 의무이고 운명이었다.

입 밖에 내어 말하든 말하지 않든, 우리 모두는 새로운 것의 출현과 현재하는 것의 붕괴가 이미 피부로 감지할 수 있을 정도로 가까이 왔음을 뚜렷이 느꼈기 때문이다. 데미안은 이따금 이렇게 말했다. 「앞으로 무슨 일이 일어날지는 예측할 수 없어. 유럽의 영혼은 아스라이 오래전부터 사슬에 매여 있는 짐승과도 같아. 그 짐승이 사슬에서 풀려나 처음으로 움직이게 되면, 절대 유쾌하지 않을 거야. 하지만 사람들이 그토록 오래전부터 거짓말로 둘러대고 마비시켜 온 영혼의 진실한 곤궁이 드러나게 되면, 아무리 온갖 수단과 방법을 동원해도 소용없을걸. 그러면 우리의 뜻을 펼칠 날이 오고, 사람들이 우리를 필요로 하는 날이 올 거야. 안내자나 새로운 입법자로서가 아니라 — 우리가 새로운 법을 겪는 일은 더 이상 없을 거야 — 길을 함께 가다가 운명이 부르는 곳에서 멈춰 설 각오가 되어 있는 사람들로서 우리를 필요로 할 거야. 이봐, 사람들은 모두 자신들이 추구하는 이상이 위협받게 되면 전혀 믿어지지 않는 일을 불사할 각오가 되어 있어. 하지만 새로운 이상, 어쩌면 위험하고 으스스한 새로운 성장의 움직임이 문을 두드리면 아무도 나서지 않아. 그때 우리 몇몇 사람이 나서서 함께 길을 가게 될 거야. 그걸 위해 우리에겐 표식이 새겨져 있어. 두려움과 증오심을 일깨우며 당시의 인류를 비좁은 목가적 삶으로부터 위험한 넓은 세상으로 몰고 가기 위한 표식이 카인에게 새겨져 있던 것처럼 말이지. 인류의 행로에 영향을 미친 사람들은 모두, 예외

없이 모두 오로지 운명을 받아들일 각오가 되어 있었기 때문에 그럴 수 있었고 그런 행적을 남길 수 있었어. 모세와 부처님도 그랬고, 나폴레옹과 비스마르크도 그랬어. 누군가 어떤 흐름에 이바지하고 어떤 좌표에 의해 움직일지는 스스로 선택할 수 없어. 비스마르크가 사회 민주주의자들을 이해하고 그들의 요구를 들어주었다면, 영리한 정치가였겠지만 운명적인 남자는 되지 못했을 거야. 나폴레옹, 카이사르, 로욜라,[14] 모두가 그랬어! 항상 생물학적으로 생각하고 발전사적으로 생각해야 해! 지표면의 격변이 수생 동물을 육지로, 육상 동물을 물속으로 내몰았을 때, 운명을 받아들일 준비가 되어 있었던 표본들만이 유례없는 새로운 일을 완수하고 새롭게 적응해 자신들의 종(種)을 구할 수 있었어. 그런 표본들이 자신들의 종에서 기존의 것을 보존하는 보수주의자로서 탁월했는지 아니면 괴짜이며 혁명가로서 탁월했는지는 알 수 없어. 그들은 준비가 되어 있었고, 그래서 자신들의 종을 새로운 발전으로 인도해 구할 수 있었지. 우린 그걸 알고 있어. 그래서 우리도 준비를 하려는 거야.」

이런 대화를 나누는 자리에 에바 부인도 종종 함께 있었지만, 이런 식으로 직접 대화에 끼어들지는 않았다. 각자 자신의 생각을 표명하는 우리 모두에게 그녀는 신뢰와 이해심으로 가득 찬 경청자요, 메아리였다. 마치 모든 생각이 그녀에게서 흘러나와 그녀에게로 되돌아가는 듯 보였다. 그녀 가까이에 앉아서 이따금 그녀의 목소리를 듣고 그녀를 에워싼 성숙함과 영혼의 분위기에 동참하는 것이 내게는 행복이

14 이그나티오스 데 로욜라. 가톨릭 수도회인 예수회를 창립한 에스파냐의 수도사.

었다.

내 안에서 무슨 변화가 일어나면, 음울하거나 새로운 일이 생기면, 그녀는 즉시 알아챘다. 내가 잠을 자면서 꾸는 꿈들이 마치 그녀의 계시인 듯 느껴졌다. 나는 그녀에게 종종 내 꿈 이야기를 했다. 그러면 그녀는 그것을 당연하고 자연스럽게 받아들였으며, 그녀가 분명하게 이해하지 못할 특이한 일은 존재하지 않았다. 한동안 나는 우리가 낮에 나눈 대화를 본뜬 듯한 꿈들을 꾸었다. 온 세상이 혼란에 휩쓸린 가운데 나는 혼자서나 아니면 데미안과 함께 가슴 졸이며 커다란 운명을 기다리는 꿈을 꾸었다. 운명은 감추어져 있었지만, 어딘지 모르게 에바 부인의 모습을 하고 있었다. 에바 부인에게 선택받느냐 아니면 거부당하느냐, 그것이 운명이었다.

그녀는 이따금 미소를 머금고 말했다. 「싱클레어의 꿈은 그게 전부가 아니에요. 싱클레어는 꿈의 제일 좋은 부분을 잊었어요.」 그러면 그 부분이 다시 생각났고, 내가 어떻게 그걸 잊을 수 있었는지 이해하지 못하는 일도 있었다.

나는 때때로 만족하지 못하고 욕망에 시달렸다. 그녀를 바로 지척에서 바라보면서도 팔로 안을 수 없다는 사실을 더는 참을 수 없을 것만 같았다. 그녀는 그것도 즉시 알아차렸다. 내가 한번은 며칠 동안 모습을 나타내지 않다가 혼란스런 표정으로 다시 찾아갔을 때, 그녀는 나를 한쪽으로 불러내어 말했다. 「싱클레어 스스로가 믿지 않는 소망에 매달려서는 안 돼요. 나는 싱클레어가 무얼 원하는지 알고 있어요. 싱클레어는 그 소망을 단념하든지, 아니면 제대로 완전히 소망할 수 있어야 해요. 싱클레어가 소망이 이루어질 것을 마음속으로 굳게 확신하고 간구한다면, 언젠가는 이루어질 거예요. 하지만 싱클레어는 소망하고는 금방 다시 후회해요. 그러면서 두려워하고 있어요. 그 모든 것을 극복해야만 해요. 내가 동화를 한 편 들려줄게요.」

그녀는 별을 사랑하게 된 젊은이의 이야기를 들려주었다. 그 젊은이는 바닷가에 서서 두 손을 뻗어 별을 연모하고 그 별의 꿈을 꾸고 그 별만을 생각했다. 하지만 그는 인간이 별을 포옹할 수 없다는 것을 알고 있었거나 아니면 알고 있다고 생각했다. 그는 이루어질 가망이 없는 데도 별을 사랑하는 것이 자신의 운명이라 여겼다. 그리고 이런 생각으로부터 체념하고 말없이 충직하게 고통받는 삶의 문학을 만들어 냈으며, 그 고통이 자신을 더 나은 사람으로 승화시키고 정화시켜 줄 것이라고 믿었다. 하지만 그의 모든 꿈은 별을 향해 있었다. 그는 또다시 한밤중에 바닷가의 높은 절벽 위에 서서 별을 바라보며 별을 향한 사랑에 불탔다. 그러다 그리움이 절정에 이른 순간 별을 향해 몸을 날려 허공으로 뛰어들었다. 몸을 날리는 순간에도 이런 생각이 번개처럼 빠르게 뇌리를 스쳤다. 내 사랑은 이루어질 수 없어! 그는 해변에 떨어져 산산이 부서졌다. 그는 사랑하는 법을 몰랐다. 몸을 날리는 순간에 사랑이 이루어질 것을 굳건하게 확실히 믿을 수 있는 영혼의 힘이 있었더라면, 그는 높이 올라가 별과 하나가 되었을 것이다.

「사랑을 간구해서는 안 돼요.」 그녀는 말했다. 「사랑을 요구해서도 안 돼요. 사랑은 자기 자신 안에서 확신에 이를 수 있는 힘을 갖추어야 해요. 그러면 사랑은 더 이상 상대에게 끌려가는 것이 아니라 상대를 끌어당기지요. 싱클레어의 사랑은 내게 끌려오고 있어요. 그 사랑이 언젠가 나를 끌어당기면, 그때 가겠어요. 나는 선물을 주지 않아요. 나를 가져가 주길 원해요.」

그 다음번에 그녀는 또 다른 동화를 내게 들려주었다. 가망 없는 사랑을 하는 남자의 이야기였다. 그는 완전히 자신의 영혼 속으로 움츠러들어서 사랑 때문에 불타 죽는다고 생각했다. 그에겐 세상이 사라지고 없었다. 그의 눈에는 푸른 하늘과 초록빛 숲도 보이지 않았고, 졸졸 흐르는 시냇물 소리도 들리지 않았으며, 하프 소리도 울리지 않았다. 모든 게 침몰했으며, 그는 가난하고 비참해졌다. 하지만 그의 사랑은 점점 자라났고, 그는 사랑하는 아름다운 여인을 포기하기보다는 차라리 죽어서 썩어 없어지길 바랐다. 그는 그 사랑이 자신 안의 다른 모든 것을 불태워 버린 걸 느꼈다. 그 사랑은 점점 막강해져서 끌어당기고 또 끌어당겼다. 그 아름다운 여인은 따라오지 않을 수 없었다. 그녀는 따라왔고, 그는 두 팔을 활짝 벌려 그녀를 끌어안았다. 하지만 그녀가 그의 앞에 섰을 때 그녀는 완전히 변해 있었다. 그는 자신이 잃어버린 온 세상이 끌어당겨진 것을 보고 느끼며 전율했다. 그녀는 그의 앞에 서서 그에게 자신을 맡겼다. 하늘과 숲과 시내, 모든 것이 새로운 빛깔로 찬란하게 활기에 넘쳐 그에게 다가와 그의 것이 되고 그의 언어를 말했다. 그는 단순히 한 여인을 얻는 대신 온 세상을 마음속에 품게 되었다. 하늘의 모든 별이 그의 안에서 밝게 빛났으며 그의 영혼을 기쁨으로 반짝이게 했다. 그는 사랑했고, 사랑하면서 자기 자신을 발견했다. 그러나 대부분의 사람들은 사랑하면서 자기 자신을 잃어버린다.

에바 부인을 향한 사랑이 내 삶의 유일한 내용인 것 같았다. 하지만 내 사랑은 날마다 모습을 달리했다. 내 존재가 이끌리는 대상은 그녀 자신이 아니며 그녀는 내 내면의 상징일 뿐이고 나를 내 안으로 더욱 깊이 인도하려 한다는 느낌이 이따금 확실하게 들었다. 그녀의 말은 종종 내 마음을 움직이는 간절한 질문들에 대한 내 무의식의 답변처럼 들렸다. 그러다 그녀 곁에서 관능적인 욕망으로 뜨겁게 달아올라 그녀의 손길이 닿은 물건들에 입을 맞추는 순간들이 있었다. 관능적인 사랑과 정신적인 사랑, 현실과 상징이 서서히 중첩되었다. 그러다 내 방에서 조용히 간절하게 그녀를 생각하면, 그녀의 손이 내 손안에 있고 그녀의 입술이 내 입술을 스치는 듯 느껴지기도 했다. 또는 그녀 곁에 앉아 그녀의 얼굴을 바라보며 그녀와 이야기를 나누고 그녀의 목소리를 들으면서도, 그녀가 현실인지 꿈인지 분간되지 않는 순간들도 있었다. 나는 어떻게 사랑을 영원히 불멸의 것으로 간직할 수 있는지 예감하기 시작했다. 그리고 책을 읽으면서 새로운 깨달음을 얻으면, 그 깨달음은 마치 에바 부인의 키스처럼 느껴졌다. 그녀는 내 머리를 쓰다듬고 나를 향해 성숙하고 향기로운 따사함이 듬뿍 담긴 미소를 지었다. 그러면 나 자신 안에서 한 걸음 앞으로 나아갔을 때와 같은 느낌이 들었다. 내게 중요했고 운명이었던 모든 것이 그녀의 모습으로 나타날 수 있었다. 그녀는 나의 모든 생각으로 변할 수 있었고, 나의 모든 생각은 그녀로 변할 수 있었다.

나는 부모님 곁에서 크리스마스 연휴를 보내기가 두려웠다. 2주일 동안이나 에바 부인과 멀리 떨어져 지내는 건 틀림없이 고통스러울 것이기 때문이었다. 그런데 고통스럽지 않았다. 고향 집에서 그녀를 생각하는 건 멋진 일이었다. 나는 H 시로 돌아와서도, 그녀의 감각적인 현존에 얽매이지 않는 자유를 즐기고 싶어 이틀 동안 그녀의 집을 찾지 않았다. 또한 새롭게 비유적인 방식으로 그녀와의 합일을 성취하는 꿈을 꾸었다. 그녀는 바다였고, 나는 물살이 되어 그 바다 속으로 흘러들었다. 그녀는 별이었고, 나 자신도 별이 되어 그녀를 향해 갔다. 우리는 만나서 서로에게 이끌렸다고 느꼈으며 서로의 곁에 머물렀다. 가까이에서 소리를 내며 원을 그리고 환희에 차서 영원히 서로의 주변을 맴돌았다.

그러고 나서 처음으로 다시 그녀를 방문했을 때, 나는 그 꿈 이야기를 들려주었다.

「아름다운 꿈이군요.」 그녀는 조용히 말했다. 「그 꿈을 실현해 봐요!」

이른 봄의 어느 날이었다. 나는 그날을 결코 잊지 못한다. 홀에 들어서자, 창문이 활짝 열려 있었고 진한 히아신스 향기가 온화한 대기에 실려 방 안에 진동했다. 홀에 아무도 보이지 않아서, 나는 막스 데미안의 서재를 향해 층계를 올라갔다. 살짝 노크하고는 평소의 습관대로 대답을 기다리지 않고서 방 안에 들어섰다.

방 안은 어두웠고, 커튼이 모두 드리워져 있었다. 작은 옆방으로 통하는 문이 열려 있었다. 그곳은 막스가 화학 실험실로 이용하는 곳이었다. 거기에서 비구름 사이로 비치는 봄날의 밝고 하얀 햇살이 어른거렸다. 나는 방 안에 아무도 없는 줄 알고서 커튼 하나를 옆으로 젖혔다.

그러자 커튼이 드리워진 창문 가까이 등받이 없는 걸상에 앉아 있는 막스 데미안의 모습이 보였다. 몸을 웅크리고 앉아 있었는데 이상하게도 평소와 달라 보였다. 그런 광경을 예전에 한 번 체험한 적이 있다는 직감이 그 순간 번개처럼 뇌리를 스쳤다! 두 팔은 미동 없이 축 늘어지고 두 손은 무릎에 놓여 있었다. 앞으로 살짝 숙이고 두 눈을 크게 뜬 얼굴은 죽은 사람처럼 멍하니 생기가 없었다. 작은 빛줄기 하나가 마치 유리 조각에 비치듯 눈동자에 흐릿하게 반사되었다. 창백한 얼굴은 자신 안에 침잠해 있었으며 완전히 경직되어 아무런 표정도 없었다. 마치 사원의 정문을 장식한 태고의 동물 가면 같았다. 그는 숨을 쉬지 않는 듯했다.

지난 기억이 떠오르면서 온몸에 소름이 끼쳤다. 그런, 정확히 그런 모습을 예전에 한 번 본 적이 있었다. 여러 해 전 내가 아직 어린 소년이었을 때. 그때도 두 눈이 저렇게 내면을 향해 굳어 있었고, 두 손이 저렇게 생기 없이 나란히 놓여 있었으며, 파리 한 마리가 그의 얼굴을 기어갔다. 그리고 그때, 아마 6년 전일 것이다, 그는 저렇게 늙고 저렇게 시간을 초월한 듯 보였다. 얼굴의 주름살 하나하나까지도 그때와 똑같았다.

나는 두려움에 사로잡혀 살며시 방을 나와 층계를 내려갔다. 홀에서 에바 부인을 만났다. 그녀는 안색이 창백하고 피곤해 보였다. 그런 모습은 처음이었다. 그림자 하나가 창문을 스치면서 눈부신 하얀 햇살이 별안간 사라졌다.

「막스에게 갔다 왔어요.」 나는 얼른 속삭이듯 말했다. 「무슨 일이 있었어요? 막스가 잠을 자고 있는지 아니면 침잠했는지 잘 모르겠어요. 저런 모습을 전에도 한 번 본 적이 있어요.」

「설마 그 아이를 깨우지는 않았겠죠?」 그녀가 조급하게 물었다.

「네, 막스는 제 소리를 듣지 못했어요. 저는 얼른 방을 도로 나왔어요. 에바 부인, 막스에게 무슨 일이 있는지 말씀해 주시겠어요?」

그녀는 손등으로 이마를 훔쳤다.

「걱정 말아요, 싱클레어. 그 아이한테는 아무 일도 없어요. 안으로 침잠했을 뿐이에요. 오래 걸리지 않을 거예요.」

그때 마침 비가 내리기 시작했는데도 그녀는 자리에서 일어나 정원으로 나갔다. 나는 따라가서는 안 될 것 같은 느낌이 들었다. 그래서 홀을 오락가락하며 정신을 마비시킬 것 같은 강렬한 히아신스 향기를 맡고, 문 위에 걸린 내 새 그림을 뚫어져라 바라보고, 그날 아침 그 집을 채운 기이한 그림자를 가슴 조이며 들이마셨다. 이게 뭘까? 무슨 일이 일어난 걸까?

곧 에바 부인이 돌아왔다. 그녀의 검은 머리카락에 빗방울이 맺혀 있었다. 그녀는 안락의자에 앉았다. 온몸에 피곤이 내려앉아 있었다. 나는 그녀 옆으로 다가가 몸을 굽혀 그녀의 머리카락에 맺힌 물방울에 입 맞췄다. 그녀의 눈은 밝고 고요했지만 물방울에선 눈물 같은 맛이 났다.

「제가 막스에게 가볼까요?」 나는 속삭이듯 물었다.

그녀는 희미하게 미소 지었다.

「어린애같이 굴지 말아요, 싱클레어!」 그녀는 스스로 강박 관념에서 벗어나려는 듯 큰 소리로 나무랐다. 「이제 그만 가봐요. 나중에 다시 오도록 해요. 지금은 싱클레어와 이야기할 수 없어요.」

나는 그 집을 뛰쳐나와서 시내를 벗어나 산을 향해 걸었다. 가느다란 빗방울이 비스듬히 내 얼굴을 후려졌다. 구름이 무겁게 짓눌려 겁에 질린 듯 낮게 흘러갔다. 산 아래는 바람이 별로 불지 않았지만 높은 곳에서는 폭풍이 휘몰아치는 듯했다. 태양이 간간히 강철 같은 잿빛 구름을 뚫고 창백한 빛을 잠깐 반짝 내비쳤다.

누르스름한 옅은 구름이 하늘 멀리에서 몰려와 잿빛 구름의 벽 앞에 고였다. 불과 몇 초 만에 바람이 노란색과 푸른색에서 거대한 새의 형상을 만들어 냈다. 새는 푸른색의 혼돈을 뚫고 나와 크게 날갯짓하며 하늘로 사라졌다. 그 후 폭풍이 울부짖는 소리가 들리고 우박 섞인 비가 후드득 쏟아졌다. 폭풍우 휘몰아치는 풍경 위로 천둥이 우르릉 쾅쾅 엄청나게 섬뜩한 소리를 잠깐 내뱉었다. 곧이어 다시 한 줄기 햇살이 비치고, 갈색의 숲 너머 가까운 산 위에서 창백한 눈이 비현실적으로 흐릿하게 빛을 발했다.

몇 시간 후 내가 비바람에 흠뻑 젖어 돌아갔을 때, 데미안이 직접 현관문을 열어 주었다.

그는 나를 위층의 자기 방으로 데려갔다. 실험실 안에서 가스 불꽃이 타오르고 종이가 여기저기 널려 있었다. 뭔가 일을 하고 있었던 듯싶었다.

「앉아.」 그가 나에게 자리를 권했다. 「피곤해 보여. 날씨 한번 고약하지. 실컷 바깥을 돌아다닌 모양이군. 곧 차를 내올 거야.」

「오늘 무슨 일인가가 벌어지고 있어.」 나는 망설이며 입을 열었다. 「단순한 비바람이 아닐 수도 있어.」

데미안은 캐묻듯이 나를 바라보았다.

「뭘 본 모양이구나?」

「그래, 구름 속에서 한순간 뚜렷한 형상을 보았어.」
「어떤 형상이었는데?」
「새였어.」
「새매? 그 새 맞아? 네가 꿈속에서 본 새?」
「맞아, 내 새매였어. 노랗고 엄청나게 컸는데 검푸른 하늘로 날아갔어.」
데미안은 숨을 깊이 내쉬었다.
노크 소리가 났다. 늙은 하녀가 차를 내왔다.
「차 마셔, 싱클레어. 네가 그 새를 우연히 본 게 아닐까?」
「우연히? 그런 걸 우연히 볼 수도 있어?」
「좋아, 우연은 아냐. 뭔가 의미가 있어. 그게 뭔지 알아?」
「아니 몰라. 다만 뭔가 충격적인 사건, 운명의 한 걸음을 뜻한다는 것만 느껴져. 우리 모두에게 관계되는 거 같아.」
데미안은 조급하게 방 안을 오락가락했다.
「운명의 한 걸음이라고!」 그가 큰 소리로 외쳤다. 「지난밤에 나도 같은 꿈을 꿨어. 그리고 어머니도 어제 이상한 예감이 드셨대. 너랑 같은 말씀을 하시더라고. 나는 사다리를 타고 나무인지 탑인지를 올라가는 꿈을 꿨어. 위에 올라가자 사방이 환히 보였어. 광활한 평원이었는데, 도시들과 마을들이 불타고 있었어. 아직은 전부 이야기할 수 없어. 아직 모든 게 분명하지 않거든.」
「그 꿈이 너를 가리키는 거야?」 나는 물었다.
「나? 물론이지. 누구든 자신과 관계없는 꿈은 꾸지 않아. 하지만 나 혼자에게만 관계되는 건 아니야. 그건 네 말이 맞아. 나는 나 자신의 영혼의 움직임을 알려 주는 꿈들과 아주 드물긴 하지만 인류 전체의 운명을 암시하는 꿈들을 상당히 정확하게 구분할 수 있거든. 그런 꿈들은 별로 꾼 적이 없어. 그리고 꿈이 앞날을 예언해서 그 예언이 들어맞았다고 말할 수 있는 경우는 지금까지 단 한 번도 없었어. 그런 꿈들은 해석하기 어려워. 하지만 나 혼자에게만 해당되지 않는 뭔가를 꿈꿨다는 것만은 분명히 알 수 있어. 내가 과거에 꾸었던 다른 꿈들과 관련 있고 그 꿈들의 연장이거든. 싱클레어, 나는 그런 꿈들에서 전에 너한테 말한 적이 있는 예감들을 얻게 돼. 우리는 우리의 세상이 정말 썩었다는 걸 알고 있어. 그렇다고 세상의 멸망이나 그 비슷한 걸 예언할 이유는 없어. 하지만 내가 몇 년 전부터 꾸는 꿈들로 미루어 보아서, 낡은 세계가 붕괴하는 날이 점점 가까이 다가온다는 생각이나 아니면 느낌이 들어. 그거야 네가 원하는 대로 표현해도 좋아. 처음에는 아주 흐릿하고 희미한 예감이었지만, 갈수록 점점 더 분명하고 뚜렷해지고 있어. 나와도 관련 있는 끔찍한 큰 사건이 다가오고 있다는 것밖엔 아직은 아무것도 몰라. 싱클레어, 우리는 전에 이따금 말했던 것을 체험하게 될 거야! 세계가 새로워지려 하고 있어. 죽음의 냄새가 나고 있어. 죽음 없이 새로운 것은 가능하지 않아. 내가 생각했던 것보다 더 끔찍해.」 나는 너무 놀라서 그를 멍하니 바라보았다.

「그 꿈을 전부 이야기해 줄 수 없어?」 내가 머뭇거리며 말했다.

그는 고개를 가로저었다.

「안 돼.」

문이 열리고 에바 부인이 들어왔다.

「여기 함께 있었구나! 애들아, 무슨 슬픈 일이 있는 건 아니지?」

그녀는 피곤을 완전히 떨쳐 버렸는지 활기차 보였다. 데미안이 그녀에게 미소를 지었다. 그녀는 겁에 질린 아이들을 대하는 어머니처럼 우리에게 다가왔다.

「우린 슬퍼하지 않아요. 어머니, 다만 이 새로운 징조들이 무얼 뜻하는지 수수께끼를 조금 풀어 보려고 했을 뿐이에요. 하지만 그건 중요하지 않아요. 지금 오게 될 일은 불시에 들이닥칠 거예요. 그러면 우리가 알아야 할 일을 알게 되겠죠.」

하지만 나는 울적해졌다. 작별 인사를 하고 혼자 홀을 지나오는데 히아신스 향기가 맥없이 시들해져서 시체 냄새를 풍기는 듯했다. 그림자 하나가 우리를 뒤덮었다.

제8장
종말의 시작

나는 원하는 대로 여름 학기에도 H 시에 머물 수 있었다. 우리는 집 안을 벗어나 강변의 정원에서 거의 모든 시간을 보냈다. 일본인은 레슬링 경기에서 완패한 뒤 떠났고, 똘스또이 추종자도 종적을 감췄다. 데미안은 말을 한 마리 길렀는데 매일 끈기 있게 말을 탔다. 그래서 나는 그의 어머니와 단둘이 있을 때가 많았다.

나는 내 삶의 평화로움에 이따금 깜짝깜짝 놀라곤 했다. 혼자 지내고 체념하고 고통과 힘겨운 싸움을 벌이는 것에 이미 오랫동안 익숙해 있어서, H 시에서의 그 몇 개월은 오로지 아름답고 쾌적한 일들과 감정들에 에워싸여 마법에 걸린 듯 편안하게 살 수 있는 꿈속의 섬처럼 여겨졌다. 그것은 우리가 생각했던 새롭고 더 고매한 공동체의 전조라는 예감이 들었다. 이따금 그 행복을 넘어 깊은 슬픔이 나를 사로잡았다. 그것이 영원히 계속될 수 없다는 것을 잘 알았기 때문이다. 풍요로움과 아늑함 속에서 숨 쉬는 것은 내 몫이 아니었다. 내게는 고통과 분주함이 필요했다. 나는 어느 날 이 아름다운 사랑의 정경에서 깨어나 다시 다른 사람들의 차가운 세계에서 홀로, 혈혈단신으로 서게 될 것을 느꼈다. 그 세계에서 내게는 오로지 고독이나 싸움만이 있을 뿐 평화나 동고동락은 없었다.

그러면 나의 운명이 아직은 이 아름답고 고요한 표정을 띠고 있는 게 기뻐서, 나는 곱절로 다정하게 에바 부인의 곁을 파고들었다.

그 여름의 몇 주일이 경쾌하고 빠르게 지나갔고, 여름 학기도 벌써 끝나가고 있었다. 이별이 코앞으로 다가왔지만, 나는 그 생각을 해서는 안 되었고 또 하지도 않았다. 나비가 꿀을 머금은 꽃에 달라붙듯 나는 그 아름다운 날들에 매달렸다. 그것은 내 인생이 처음으로 뜻을 이루고 유대 관계를 맺었던 행복의 시간이었다. 앞으로 어떻게 될 것인가? 나는 다시 싸우고 그리움을 견디고 꿈을 꾸며 혼자 지낼 것이었다.

그러던 어느 날, 이런 예감이 너무 강렬하게 휘몰아친 바람에 에바 부인을 향한 나의 사랑이 별안간 고통스럽게 불타올랐다. 맙소사, 이제 머지않아 그녀의 모습을 더는 보지 못하고, 집 안을 울리는 그녀의 침착하고 차분한 발소리도 더는 듣지 못하고, 내 탁자 위에는 그녀의 꽃도 더는 놓여 있지 않겠지! 나는 무엇을 이루었지? 그녀를 얻는 대신, 그녀를 쟁취해서 영원히 내 품에 끌어안는 대신, 나는 꿈을 꾸고 아늑함에 젖어 들었다. 그녀가 내게 진정한 사랑에 대해 했던 모든 말들이 뇌리에 떠올랐다. 수많은 섬세한 경고의 말들, 수많은 나직한 유혹의 말들, 어쩌면 약속들. 나는 그것으로 무엇을 이루었는가? 아무것도! 아무것도 이루지 못했다!

나는 내 방 한가운데 서서 온 의식을 집중해 에바를 생각했다. 영혼의 힘을 한데 모아서 그녀로 하여금 내 사랑을 느끼게 하고 그녀를 내게 끌어당기려고 했다. 그녀는 내게 와야 했고 내 포옹을 갈구해야 했으며, 내 입맞춤은 그녀의 성숙한 사랑의 입술을 지칠 줄 모르고 파고들어야 했다.

나는 선 채로 팽팽하게 긴장했다. 이윽고 내 손가락과 발이 차가워지기 시작했다. 내게서 힘이 빠져나가는 게 느껴졌다. 뭔가가, 뭔가 밝고 차가운 것이 내 안에서 잠시 동안 단단하게 똘똘 뭉쳤다. 한순간 마음속에 수정을 품고 있는 듯한 느낌이 들었다. 나는 그것이 나의 자아라는 것을 알았다. 차가움이 가슴까지 차올랐다.

그 두려운 긴장에서 깨어났을 때 뭔가가 다가오는 것이 느껴졌다. 나는 죽도록 피곤했지만 환희에 불타는 마음으로, 방에 들어오는 에바를 맞이할 채비를 했다.

그때 말발굽 소리가 달가닥달가닥 긴 도로를 따라 들려왔다. 그 소리는 점점 더 세차게 가까워지더니 별안간 멈추었다. 나는 창가로 달려갔다. 데미안이 말에서 내리는 모습이 보였다. 나는 층계를 뛰어 내려갔다.

「무슨 일이야, 데미안? 어머니는 아무 일 없지?」

데미안은 내 말을 귀담아듣지 않았다. 그의 얼굴은 몹시 창백했으며 이마 양쪽에서 땀이 볼을 타고 줄줄 흘러내렸다. 그는 가쁜 숨을 몰아쉬는 말의 고삐를 정원 울타리에 동여매고는 내 팔을 잡고 함께 거리를 따라 내려갔다.

「너 소식 들었어?」

나는 아무 소식도 듣지 못했다.

그는 내 팔을 꼭 누르며 연민에 가득 찬 음울하고 특이한 눈빛으로 나를 돌아보았다.

「그래, 이 친구야. 이제 시작이야. 너도 러시아와의 팽팽한 긴장 관계에 대해서는 잘 알고 있잖아 —」

「뭐라고? 전쟁이 터진 거야? 설마 전쟁이 실제로 벌어질 줄은 생각도 못 했어.」

주변에 아무도 없었는데도 데미안은 소리 죽여 말했다.

「아직 선전 포고를 하지는 않았어. 하지만 전쟁이야. 내 말 믿어. 지금까지 이 일로 너를 괴롭히고 싶지 않았어. 하지만 그 후로 세 번이나 새로운 징조들을 보았어. 그러니까 세계 멸망도 지진도 혁명도 아니야. 전쟁이 터질 거라고. 넌 앞으로 그것이 어떻게 강타하는지 보게 될 거야! 거기에 사람들은 환희로 응답할 거야. 다들 벌써부터 이제나저제나 전쟁이 터지기만을 고대하고 있어. 그만큼 삶이 무미건조해진 거지. 하지만 넌 앞으로 보게 될 거야, 싱클레어, 이것은 다만 시작에 불과해. 어쩌면 전쟁이 크게 벌어질 수도 있어. 아주 크게. 하지만 그것도 시작일 뿐이야. 새로운 것이 시작되고, 옛것에 매달리는 사람들에게 새로운 것은 끔찍할 거야. 넌 어떻게 할 거야?」

나는 당황했다. 모든 게 아직은 낯설게 들리고 현실감이 들지 않았다.

「모르겠어. 넌?」

데미안은 어깨를 으쓱했다.

「동원령이 떨어지는 즉시 입대할 거야. 나는 소위야.」

「네가 소위라고? 그런 줄 전혀 몰랐어.」

「그래, 그건 내가 세상에 적응하는 방식 중의 하나였어. 너도 알지, 나는 밖으로 사람들 눈에 띄는 걸 좋아하지 않아. 그래서 틈을 보이지 않으려고 늘 좀 지나칠 정도로 많이 신경을 썼지. 아마 일주일 후면 나는 벌써 전쟁터에 있을걸.」

「이럴 수가 ―」

「이봐, 친구. 너무 감상적으로 받아들이지 말라고. 산 사람들을 향해 발사 명령을 내리는 게 내게 근본적으로 무슨 재미가 있겠어. 하지만 그건 부수적인 문제라고. 이제 우리 모두 커다란 수레바퀴에 휩쓸리게 될 거야. 너도 마찬가지지. 넌 틀림없이 징집될 거야.」

「데미안, 그럼 네 어머니는?」

15분 전에 있었던 일이 그제야 다시 생각났다. 세상이 얼마나 변했는가! 그 더없이 달콤한 영상을 불러내려고 얼마나 안간힘 썼던가. 그런데 이제 별안간 운명이 위협적인 섬뜩한 탈을 새롭게 쓰고 나를 바라보았다.

「우리 어머니? 아, 어머니 걱정은 할 필요 없어. 어머니는 안전해. 오늘날 이 세상 그 누구보다도 안전해. 너 우리 어머니를 그렇게나 사랑하는 거야?」

「데미안, 너도 알고 있었어?」 그가 크게 소리 내어 껄껄 웃음을 터뜨렸다.

「꼬마야! 물론 알고 있었지. 어머니를 에바 부인이라고 부르면서 어머니를 사랑하지 않은 사람은 여태껏 아무도 없었거든. 그건 그렇고, 어떻게 된 거야? 너 오늘 어머니나 나를 불렀지, 맞지?」

「그래, 내가 불렀어. 에바 부인을 불렀어.」

「어머니가 그걸 느끼셨어. 느닷없이 네게 가보라고 하시더라고. 그때 마침 어머니에게 러시아에 대한 소식을 말씀드리고 있었거든.」

우리는 발길을 돌렸으며 더 이상은 별로 말하지 않았다. 데미안은 말의 고삐를 풀고 말에 올라탔다.

나는 내 방으로 올라갔을 때에야 비로소 내가 얼마나 지

쳤는지 느꼈다. 데미안이 가져온 소식 때문이기도 했지만 그 전의 긴장감이 훨씬 더 많은 피로를 몰고 왔다. 그런데 에바 부인이 내가 부르는 소리를 들었다니! 내가 마음속의 생각으로 에바 부인에게 이른 것이다. 만일 사정이 허락했다면 에바 부인이 직접 왔을 것이다. 이 모든 것이 얼마나 기이한가. 그리고 실제로 얼마나 아름다운가! 이제 전쟁이 발발할 것이다. 우리가 그토록 자주 이야기했던 일이 이제 시작될 것이다. 데미안은 그런 일들에 대해 이미 많이 알고 있었다. 이제 세상의 흐름이 어딘가에서 더 이상 우리 곁을 스쳐 지나가지 않는다니 얼마나 기이한가. 이제 갑자기 세상의 흐름이 우리의 심장 한복판을 관통하고, 모험과 거센 운명이 우리를 부르고, 세상이 우리를 필요로 하는 순간이 온다니. 세상이 변하려고 하는 순간이 지금 아니면 머지않아 온다니. 데미안의 말이 옳았다. 그것을 감상적으로 받아들여서는 안 되었다. 다만 내가 〈운명〉이라는 그처럼 고독한 일을 그처럼 많은 사람들과 함께, 온 세상과 함께 겪는다는 점만이 기묘했다. 그렇다면 좋다!

나는 준비되어 있었다. 저녁에 시내를 걷는데 곳곳에서 흥분이 들끓었다. 사방에서 〈전쟁〉이라는 말이 귓전을 울렸다!

나는 에바 부인의 집으로 갔다. 우리는 정자에서 저녁을 먹었다. 내가 유일한 손님이었다. 아무도 전쟁이라는 말을 입에 올리지 않았다. 다만 저녁 늦게, 내가 그 집을 나오기 직전에, 에바 부인이 말했다. 「친애하는 싱클레어, 당신은 오늘 나를 불렀어요. 내가 왜 직접 가지 못했는지는 잘 알 거예요. 하지만 잊지 말아요, 싱클레어는 이제 부르는 법을 알게 되었어요. 표식을 지닌 사람이 필요하면 언제든지 다시 부르도록 해요!」

에바 부인은 자리에서 일어나 어스름한 정원을 가로질러 앞장섰다. 그 비밀스러운 여인은 침묵하는 나무들 사이를 품위 있고 당당하게 걸었다. 그녀의 머리 위에서 수없이 많은 작은 별들이 다정하게 반짝였다.

이제 이 이야기의 끝에 이르렀다. 상황은 빠르게 진행되었다. 곧 전쟁이 일어났고 데미안은 떠났다. 은회색 외투를 걸친 군복 차림의 모습이 묘하게 낯설었다. 나는 그의 어머니를 집까지 바래다주었다. 나도 곧바로 그녀와 작별했다. 그녀는 내 입술에 키스하고 나를 잠시 꼭 안아 주었다. 가까이에서 그녀의 커다란 눈이 내 눈 속으로 힘차게 불타올랐다.

모든 사람이 마치 한 형제가 된 것 같았다. 모두들 조국과 명예를 들먹였다. 하지만 그들 모두는 한순간 운명의 적나라한 얼굴을 보았다. 젊은 남자들이 병영을 나와 기차에 올라탔다. 나는 많은 얼굴들에서 표식을 보았다. 우리의 표식은 아니었지만 사랑과 죽음을 뜻하는 아름답고 품위 있는 표식이었다. 나도 생전 처음 보는 사람들의 포옹을 받았으며, 그것을 이해하고 기꺼이 응답했다. 그들은 도취 상태에서 그런 행동을 했다. 운명의 의지를 따른 것은 아니었다. 하지만 도취는 신성했으며, 그들 모두가 흔들어 깨우는 듯한 눈길로 운명의 눈을 잠시 들여다본 것에서 유래했다.

겨울이 성큼 코앞으로 다가왔을 즈음 나도 입대했다.

총격전이 흥분되고 놀랍긴 했지만 처음에는 모든 것이 실망스러웠다. 과거에 나는 이상을 위해 살 수 있는 사람이 왜 그토록 적은가 하는 문제에 대해 많은 생각을 했다. 그런데 이제 많은 사람들이, 아니 모든 사람들이 이상을 위해 죽을 수 있다는 것을 눈으로 보았다. 다만 그것은 개인적인 이상, 자유로운 이상, 스스로 선택한 이상이어서는 안 되었다. 누군가에게 넘겨받은 공동의 이상이어야 했다.

하지만 시간이 흐르면서 내가 사람들을 과소평가했다는 것을 깨달았다. 임무와 공동의 위험이 사람들을 그토록 획일화시켰는데도, 나는 많은 이들, 살아 있는 이들과 죽어 가는 이들이 장엄하게 운명의 의지에 다가가는 모습을 보았다. 많은, 아주 많은 이들이 공격의 순간뿐만 아니라 언제나 뭔가에 조금 홀린 듯한 아득하고 단호한 눈빛을 하고 있었다. 그 눈빛은 목적을 추구하는 것이 아니라 뭔가 엄청난 것에 완전히 헌신한다는 것을 뜻했다. 그들은 무엇을 생각하고 믿든지 간에 각오가 되어 있었다. 그들은 쓸모 있었으며, 그들에 의해 미래가 형성될 것이었다. 세상이 전쟁과 영웅정신, 명예와 그 밖의 낡은 이상들에 더욱 완강하게 집착하는 듯 보일수록, 외견상 인간성을 외치는 모든 목소리가 더욱 멀게 비현실적으로 들릴수록, 그 모든 것은 오로지 표면에 지나지 않았다. 외면적이고 정치적인 전쟁의 목적에 대한 질문이 표면에 불과한 것과 마찬가지였다. 저 깊은 곳에서 뭔가가 생성되고 있었다. 새로운 인간성 같은 것이. 나는 많은 사람들을 볼 수 있었고 그 가운데 일부는 바로 내 옆에서 죽었는데, 그들은 증오와 분노, 살해와 파괴가 대상에 결부되어 있지 않다는 사실을 직감적으로 느꼈다. 아니, 대상들도 목적들만큼이나 완전히 우연에 의한 것이었다. 근원적인 감정들, 극히 사나운 감정들조차 적을 향한 것이 아니었다. 그들의 잔혹한 행위는 내면의 발산, 내적으로 분열된 영혼의 발산에 지나지 않았다. 그 영혼은 미친 듯이 날뛰며 죽이고 파괴하고 죽어서 새로 태어나기를 원했다. 거대한 새가 알을 깨고 나오려 힘겹게 싸웠으며, 그 알은 세계였고 세계는 산산이 부서져야 했다.

이른 봄의 어느 날 밤, 우리가 점령한 농장 앞에서 나는 보초를 섰다. 바람이 기분 내킬 때마다 제멋대로 시큰둥하게 불었고, 플랑드르의 높은 하늘 위로는 구름의 군대가 말을 타듯 빠른 속도로 지나갔다. 그 뒤 어딘가에 달이 있을 것 같은 예감이 들었다. 나는 이미 온종일 불안감에 시달린 터였다. 왠지 마음이 심란했다. 이제 어두운 초소에서 나는 그때까지 내 인생의 정경들, 에바 부인과 데미안을 간절한 마음으로 생각했다. 포플러나무에 기대서서 하늘의 움직임을 주시했다. 하늘에서 밝은 빛이 은밀히 반짝 비친 뒤를 이어 커다란 형상들이 샘솟듯이 줄줄이 나타났다. 내 맥박이 이상하게 약해지고 피부가 비바람에 무감각해지고 내면이 번쩍 깨어나는 것에서 나는 인도자가 내 주변에 있음을 감지했다.

구름 속에 커다란 도시가 보였다. 그 도시에서 수백만 명의 사람들이 물밀듯이 몰려나와 광활한 지역으로 무리 지어 퍼져 나갔다. 그들 아래 한가운데에 강력한 신의 형상이 나타났다. 머리카락에서 별들이 번득였다. 산맥처럼 거대한 그 형상은 에바 부인과 닮아 있었다. 사람들의 행렬이 거대한 동굴 속으로 사라지듯 그 형상 안으로 사라져 종적을 감추었다. 여신이 바닥에 웅크리고 앉았고, 여신의 이마에서 반점이 밝고 은은한 빛을 발했다. 꿈이 여신을 덮치는 듯 보였다. 여신은 눈을 감았고, 거대한 얼굴이 고통으로 일그러졌다. 여신이 별안간 날카롭게 소리를 질렀다. 그러자 여신의 이마에서 별들이 튀어나왔다. 수천의 빛나는 별들이 찬란한 아치와 반원을 그리며 검은 하늘 너머로 날아올랐다.

별 하나가 낭랑한 소리를 내며 내게로 곧장 쏜살같이 날아와 나를 찾는 듯했다. 그러더니 울부짖으며 수많은 섬광이 되어 산산이 부서졌다. 그 바람에 나는 번쩍 들어 올려졌다가 다시 바닥에 내동댕이쳐졌다. 세계가 우레 같은 소리를 내며 내 위로 무너져 내렸다.

나는 포플러나무 근처에서 발견되었다. 온몸이 상처투성이였고 흙으로 덮여 있었다.

나는 지하실에 누워 있었고, 머리 위에서 포성이 요란했다. 나는 수레에 누워 있었고, 빈 들판을 덜커덩거리며 지났다. 대부분은 잠을 자거나 의식이 없었다. 하지만 깊이 잠들수록, 뭔가가 나를 끌어당긴다는 것을 더욱 강렬하게 느꼈다. 나를 지배하는 모종의 힘을 따라가고 있다는 것이 강렬하게 느껴졌다.

나는 마구간의 밀짚 위에 누워 있었다. 주변은 어두웠고 누군가가 내 손을 밟았다. 하지만 나의 내면은 계속 가려 했고 나를 더욱 강하게 잡아끌었다. 나는 다시 수레에 누워 있었고, 나중에 들것 아니면 사다리에 실렸다. 내가 어디론가 가라는 명령을 받았다는 느낌이 갈수록 더욱 강해졌고, 마침내 그곳에 가겠다는 열망 말고는 아무런 느낌도 없었다.

드디어 목적지에 이르렀다. 밤이었다. 나는 완전히 정신이 들었으며, 조금 전까지만 해도 내 안의 충동과 열망을 강렬하게 느꼈다. 이제 나는 홀의 바닥에 깔린 매트리스에 누워 있었다. 내가 바로 그곳으로 불려 왔다는 느낌이 들었다. 나는 주위를 둘러보았다. 내 매트리스 바로 옆에 또 하나의 매트리스가 있었고, 거기에 누군가가 누워서 몸을 앞으로 숙이고 나를 바라보았다. 이마에 표식이 있었다. 막스 데미안이었다.

나는 말을 할 수 없었다. 그도 말할 수 없었거나 아니면 말하려 하지 않았다. 그는 나를 바라보기만 했다. 그의 머리 위쪽 벽에 걸린 등불의 빛이 그의 얼굴을 비추었다. 그는 내게 미소 지었다.

그는 내 눈을 한없이 오래 응시했다. 그러더니 천천히 얼굴을 내 쪽으로 들이밀었고 우리는 서로 거의 맞닿았다.

「싱클레어!」 그가 속삭이듯 말했다.

나는 눈짓으로 그의 말을 알아듣는다는 표시를 했다.

그가 다시 미소 지었다. 연민이 어린 듯한 미소였다.

「꼬마야!」 그가 미소를 머금고 말했다.

이제 그의 입이 내 입에 닿을 듯 말 듯 가까이 있었다. 그가 나지막이 말을 이었다.

「프란츠 크로머를 기억해?」 그가 물었다.

나는 그에게 눈을 깜박이며 미소 지었다.

「꼬마 싱클레어, 내 말 잘 들어! 나는 떠나야 해. 크로머나 아니면 다른 일로 아마 네가 나를 다시 필요로 하는 날이 언젠가 올지도 몰라. 그래서 네가 불러도, 나는 말이나 기차를 타고 허둥지둥 달려오지 않을 거야. 그러면 네 안에 귀를 기울여 봐. 내가 네 안에 있는 것을 알게 될 거야. 무슨 말인지 알겠어? 그리고 또 한 가지! 에바 부인이 말했어, 만일 너한테 나쁜 일이 닥치면 에바 부인이 내게 해준 키스를 너에게 전해 주라고 했어……. 눈을 감아, 싱클레어!」

나는 순순히 눈을 감았다. 피가 조금 맺혀 있는 내 입술을 살짝 스치는 입맞춤이 느껴졌다. 그리고 나는 잠이 들었다.

아침에 누군가가 나를 깨웠다. 상처에 붕대를 감아야 한다는 것이었다. 나는 마침내 정신이 완전히 들었을 때 얼른 옆의 매트리스를 돌아보았다. 거기에는 한 번도 본 적 없는 낯선 사람이 누워 있었다.

붕대를 감는 일은 고통스러웠다. 그 후로 내게 일어난 모든 일이 고통스러웠다. 하지만 이따금 열쇠를 찾아서 나 자신 안으로 침잠하면, 운명의 형상들이 어두운 거울 속에서 잠들어 있는 곳으로 완전히 침잠하면, 검은 거울 위로 몸을 굽히기만 하면 된다. 그러면 나 자신의 모습이 보인다. 나의 친구이면서 인도자인 그와 똑같은 모습이.

역자 해설

젊은이들에게 보내는 편지

헤르만 헤세 인생의 새로운 출발로서의 『데미안』

『데미안』은 헤르만 헤세의 인생이 격변과 혼돈 속에서 새로운 출발을 모색하던 시기의 산물이다. 『데미안』이 쓰인 무렵, 헤세는 외부적으로뿐만 아니라 개인적으로도 심각한 위기에 직면해 있었다. 당시는 제1차 세계 대전이 전 세계적으로 포악하게 기승을 부리고 있던 때였다. 헤세는 전쟁 초반부터 모든 전쟁의 만행을 혐오하고 과도한 민족주의를 반대하는 의견을 표출한 까닭에, 언론의 격렬한 비판과 증오의 표적이 되어 매국노라는 비난을 받고 정신적으로 많은 상처를 입은 상태였다. 또한 1915년부터 전쟁 포로 후원 센터에서 과도하게 일한 여파로 이미 심신이 지친 데다가 설상가상으로 1916년 3월 부친의 갑작스러운 죽음과 더불어 부인 마리아 베르누이의 정신 분열증 증세, 셋째 아들 마르틴의 뇌막염 발병은 견디기 어려운 극심한 충격을 안겨 주었다. 헤세는 정신적 위기에 직면해, 1916년 5월부터 이듬해 12월까지 카를 구스타프 융의 동료이자 제자인 심리 치료사 요제프 베른하르트 랑에게 정신 치료를 받았다. 그 경험은 헤세를 정신 분석의 세계로 이끌어 주는 계기가 되었을 뿐만 아니라, 헤세의 인생이 당시 새롭게 방향을 정립하도록 도와주고 이후에도 계속 헤세의 삶과 문학에 지속적인 영향을 미쳤다.

특히 1917년 프랑스의 베르됭과 솜 강변에서 벌어진 치열한 전투에서 백만 명 이상의 사람들이 무참하게 목숨을 잃은 후, 헤르만 헤세는 『데미안』을 집필하기에 이른다. 그해 9월과 10월 사이 불과 몇 주 만에 스위스 베른에서 쓰인 이 소설은 예술적인 창작력과 정신 분석의 만남이 빚어낸 값진 결실이다. 그러나 헤세는 전쟁이 끝나고 반년이 지난 1919년 6월 『데미안』을 실명이 아니라 에밀 싱클레어라는 가명으로 처음 발표한다. 그는 어느 무명 젊은 작가의 작품이라며 출판업자 자무엘 피셔에게 『데미안』의 출판을 의뢰한다. 그리고 그 젊은 작가가 중병에 걸렸으며 이름을 밝히길 원하지 않아 에밀 싱클레어[1]라는 가명으로 발표하기로 했다고 말한다. 『데미안』은 1919년 문학잡지 『노이에 룬트샤우*Neue Rundschau*』에 일부 발표된 뒤를 이어 단행본으로 출간되어 폭풍과 같은 반향을 불러일으켰다. 그리고 그해 헤세는 에밀 싱클레어를 대신해 앞날이 촉망되는 젊은 시인에게 주어지는 폰타네 신인 문학상을 받았다.

그러나 1920년 중반 독일 작가 오토 플라케Otto Flake와 스위스 문학 비평가 에두아르트 코로디Eduard Korrodi는 정밀한 문체 분석을 통해 『데미안』의 작가가 헤세임을 밝혀냈고, 에두아르트 코로디는 「노이에 취르허 차이퉁*Neue*

1 〈에밀 싱클레어Emil Sinclair〉라는 이름은 독일의 외교관이자 작가였던 이자크 폰 싱클레어Isaac von Sinclair(1775~1815)에서 따온 것이다.

Zürcher Zeitung』지를 통해 헤세에게 『데미안』의 실제 작가임을 실토할 것을 요구했다. 그렇지 않아도 헤세는 출판업자 피셔와 당시 그를 치료하던 심리 치료사 랑을 비롯한 몇몇 친구들에게 이미 개인적으로 그 사실을 토로한 뒤였으며, 그해 7월에 잡지 『비보스 보코*Vivos voco*』를 통해 자신이 『데미안』의 실제 작가임을 공식적으로 알리고 폰타네 신인 문학상을 반납했다. 그에 이어 『데미안』은 4쇄부터 헤르만 헤세의 이름으로 발행되었으며 헤세 생전에 93쇄 발행되었다.

헤세는 〈에밀 싱클레어〉라는 가명을 이미 제1차 세계 대전 동안 평화주의적인 경고의 글이나 전쟁에 반대하는 글, 또는 단편소설을 신문과 잡지에 발표할 때 사용했다. 그는 이 가명을 새롭게 다시 사용한 이유를, 〈나이 든 아저씨의 낯익은 이름으로 젊은이들을 놀라게 하고 싶지 않았으며〉, 또 젊은 세대가 그 당시 이미 마흔 살에 이른 〈늙은 아저씨〉의 이야기를 진지하게 받아들이지 않고 무시했을 것이기 때문이라고 말했다. 다른 한편으로는 헤세 스스로 『데미안』을 계기 삼아 예술적인 변혁을 꾀해 새롭게 출발하고 싶었기 때문이기도 했다. 그는 자신이 어쩌다 인기 있는 통속 작가가 되었는지는 모르겠지만, 그 역할이 전혀 마음에 들지 않는다고 심리 치료사 랑에게 토로했다. 하지만 『데미안』을 통해 그 마땅찮은 역할에서 벗어나 익명으로 남아 있으려는 시도는 결국 실패로 돌아갔다. 그런데도 『데미안』은 사회적 혼돈과 가치 상실의 시대에 새로운 사회를 구상하고 새로운 인간상을 추구하며 문학적으로 새 출발을 기획한 헤세 자신에게 매우 중요한 결정적인 작품으로 남았다. 『데미안』을 계기로 헤르만 헤세는 정신적 위기에서 벗어나 자신 안의 〈데미안〉을 좇아 자신의 운명을 더욱 깊이 있게 살아 내는 작가로서의 인생을 새롭게 출발했다. 1919년부터 1962년까지 수많은 독자들의 편지에 대한 헤세 자신의 답변에서 『데미안』이 그의 인생에서 얼마나 중요한 위치를 차지하는지 명백히 확인할 수 있다.

시대를 비치는 거울 『데미안』

『데미안』은 제1차 세계 대전 직후 출간되자마자 비평가들과 독자들의 열광적인 반응을 불러일으켰다. 주인공 에밀 싱클레어의 절실한 내면 묘사, 청소년기의 심층 심리학에 대한 깊은 조예, 치열하게 자신의 길을 찾아가는 새로운 인간상은 많은 이들의 주목을 끌고 감탄을 자아냈다. 당시 오스트리아의 유명 작가였던 슈테판 츠바이크Stefan Zweig는 〈완벽한 서술 능력을 보여 주는 순수 문학의 본보기〉라고 칭송했으며, 토마스 만Thomas Mann은 훗날 1948년 미국 번역본의 서문에서 〈『데미안』을 처음 읽었을 때의 전율에 가까운 감동을 결코 잊을 수 없다〉라고 회고했다. 그는 『데미안』을 〈더없이 정확하게 시대의 정곡을 찌르고, 지극히 심오한 삶의 선포자가 자신들 가운데서 나타났다고 믿고 고마워한 젊은이들을 열광시킨 문학〉이라고 일컬었으며, 18세기 후반 유럽 전역의 젊은이들을 열광의 도가니로 몰아넣었던 요한 볼프강 폰 괴테의 『젊은 베르테르의 슬픔』에 견주었다.

이러한 열렬한 반응은 당시 제1차 세계 대전 후의 절망적이고 참담한 시대 상황과 깊이 맞물려 있다. 전쟁의 포화 속에서 수많은 젊은이들이 애꿎게도 목숨을 잃고 사지를 절단당하고 정신적 충격에서 헤어나지 못하고 방황했다. 『데미안』의 발간 시점은 이처럼 수많은 젊은이들이 전쟁의 혹독한 상흔을 안고 돌아와 삶의 새로운 방향과 의미를 찾는 시점과 정확하게 일치했으며, 『데미안』은 삶의 방향과 가치관 상실, 혼돈과 변혁의 와중에서 정신적으로 방황하던 수많은 젊은이들에게 희망의 메시지를 던져 주었다. 이 소설에서 헤세는 〈인간은 제각기 누구나 자연의 소중하고 유일무이한 시도〉라며, 인간 개개인의 가치를 중히 여기고 스스로 소망하고 꿈꾸는 바를 실현할 것을 촉구했다. 당시 많은 젊은이들이 『데미안』을 읽고서 깊은 감동을 받았으며, 주변의 속박에서 벗어나 영혼의 자유로움을 추구하고 오로지 자기 자신의 길을 갈 수 있는 용기와 희망을 얻었다. 그들은 주인공 에밀 싱클레어에게서 자신의 모습을 보고 자신의 고뇌와 갈등을 읽고 자신을 에밀 싱클레어와 동일시했다. 당시 『데미안』이 거둔 커다란 성공과 엄청난 반향은 바로 이처럼 시대의 아픔과 고뇌를 정확하게 짚어 내어 절실하고 생생하게 묘사했기 때문이었다.

삶은 저마다 자기 자신에게로 이르는 길

에밀 싱클레어의 젊은 날의 이야기는 오로지 자신의 내면에 충실해서 자기 자신에게로 이르는 길을 가라는 메시지를 전한다. 싱클레어는 〈모든 인간의 삶은 저마다 자기 자신에게로 이르는 길이고, 길을 가려는 시도이며, 하나의 좁은 길에 대한 암시〉라고 말한다. 그 길은 결코 평탄하고 순조로운 길이 아니라 자신과의 힘겹고 지난한 긴 싸움의 여정이다. 싱클레어는 지난 삶을 돌아보기에 앞서 말한다.

나는 오직 내 마음속에서 절로
우러나오는 삶을 살려 했을 뿐이다.
그것이 왜 그리 어려웠을까?

그런데도 우리는 우리의 삶을 충실하고 의의 있게 살아내기 위해서는 그 어려운 길을 가야 한다. 우리 모두는 인간이 되라고 자연이 내던진 존재이기 때문이다. 결국 인간으로서의 삶을 살 것인지 아니면 개구리나 도마뱀이나 개미로 머무를 것인지는 우리에게 달린 문제이다. 우리의 진정한 소명과 삶의 의의는 오로지 우리의 자아를 찾아내어 그 자아를 남김없이 살아 내는 데 있다.

모든 사람에게 진정한 소명은 자기 자신에게 이르러야 하는 오직 한 가지 소명밖에는 없다. 그 소명이 시인이나 광인, 예언가나 범죄자로 끝날 수도 있다. (……) 그 자신의 책무는 임의의 운명이 아닌 자기 자신의 운명을 찾아내어 그 운명을 자신 안에서 흐트러짐 없이 끝까지 살아 내는 것이었다. 나머지 모든 것은 어설픈 것이고 벗어나려는 시도였으며, 대중이 꿈꾸는 이상으로의 도피, 순응, 자신의 내면에 대한 두려움일 뿐이었다. (……) 나는 자연이 던진 주사위였다. 불확실성을 향해, 어쩌면 새로움을 향해, 어쩌면 무(無)를 향해 던진 주사위. 태고의 깊이에서 던진 이 주사위를 작용하게 하고 그 의지를 내 안에서 느끼고 완전히 나의 의지로 만드는 것, 오로지 그것만이 나의 소명이었다. 오로지 그것만이!

진정으로 자기 자신에게 이르려는 사람은 때로는 세상과 대립하며 외로움과 절망감에 시달리기도 하고 때로는 방향을 잃고 어둠 속을 헤매며 악의 세계를 관통하기도 한다. 알을 깨고 나오려고 힘겹게 싸우는 새의 이미지는 이 지난하고 고통스러운 길에 대한 고도의 집약된 상징이다. 주인공 에밀 싱클레어는 자기 자신에 이르러야 하는 사명을 완수하기 위해서 자신을 둘러싸고 있는 껍데기를 뚫고 새롭게 태어나야 한다. 싱클레어가 단단한 껍데기를 깨고 내면의 무한한 세계를 찾아가는 혹독한 여정에서 막스 데미안은 중요한 길잡이 역할을 한다. 데미안은 싱클레어에 비해 처음부터 자신의 사명과 운명을 의식하고 자신의 자아를 좇아 사는, 자아가 강한 완벽한 인물로 묘사된다. 그는 싱클레어가 밝음의 세계와 어둠의 세계 사이에서 길을 잃고 방황하는 시점에 때맞추어 나타나, 싱클레어를 이끌어 주는 훌륭한 본보기로서의 역할을 수행한다. 그는 세상을 인위적으로 선한 세계와 악한 세계로 나누어 선한 쪽만을 인정하는 것은 잘못되었다고 말한다. 우리 안에 존재하는 어두운 충동, 악마에게 떠넘긴 나머지 절반도 인정해야 하며 선과 악을 통합하는 완전한 인격체로서의 인간으로 거듭날 것을 주장한다. 이 말은 허용된 밝은 세계와 금지된 어두운 세계 사이에서 방황하던 싱클레어의 눈을 새롭게 뜨게 해주는 계기가 된다.

오르간 연주자 피스토리우스 역시 선과 악을 동시에 포함하는 신 아브락사스에 대해 알려 주며 한동안 싱클레어의 길을 안내하는 역할을 맡아 한다. 처음에 길을 찾지 못해 방황하던 싱클레어는 이런 일련의 체험과 사유 단계를 거치며, 혼란스러운 내면을 정돈하고 자신의 삶을 스스로 이끌어 나가는 데 성공한다. 결국 그는 자신의 내면의 명령을 좇아 자기 자신과 일치하는 삶을 사는 인간, 진정한 자유와 책임을 의식하고 자아를 실현하는 성숙한 인간으로 성장한다.

이처럼 주인공이 권위적이고 인습적인 주변 세계의 강요를 떨쳐 버리고 다양한 체험과 성찰, 방황과 갈등을 통해 자신의 진정한 내면에 이르는 자아실현의 과정을 묘사한다는 점에서, 『데미안』은 전통적인 독일 교양 소설의 맥을 잇는다. 전형적인 교양 소설은 어린 주인공이 외부 세계와의 다양한 경험과 체험을 통해 정신적으로 성장해서 내적 자아를 형성해 나가는 과정을 묘사한다. 주인공 에밀 싱클레어는 때로는 악의 세계에 빠져들고 때로는 갈등과 혼란에 빠져 길을 잃기도 하지만, 결국 자기 자신의 내면에 이르러 자신에게 주어진 본연의 삶과 운명을 오롯이 살아 낼 수 있는 성숙한 자아를 획득한다. 『데미안』은 삶의 의미에 대해 성찰하고 자기 자신을 찾아 나서서 결국 진정한 자아에 이르는 자아 성숙의 과정을 은유적으로 묘사한다.

정신 분석학과 문학의 만남

『데미안』은 주인공 에밀 싱클레어가 소년 시절과 청년 시절을 회상하는 일인칭 소설의 형식을 취하고 있다. 전체적으로 시간의 흐름에 따라 직선적으로 진행되는 외적 줄거리의 흐름은 화자의 인생행로를 묘사한다. 그러나 헤세의 주요한 의도는 에밀 싱클레어의 외적 삶의 변화보다는 내적 발전 과정을 가능한 한 정확하게 묘사하는 데 있었다. 소설은 주인공이 열 살 무렵부터 성년이 되기까지 진정한 자아를 실현하기 위한 자아 발달 과정을 단계적으로 묘사한다. 따라서 『데미안』은 외적 줄거리의 흐름과 주인공의 내적 발달의 흐름이라는 이중적 구조를 취하고 있으며, 외적 사건의 경과보다는 싱클레어 안에서 벌어지는 내적 사건이나 심리 상태, 싱클레어의 자아와 주변 세계 사이의 갈등과 충돌 등에 초점이 맞춰져 있다. 그렇기 때문에 싱클레어의 내면에서 일어나는 사유 과정이나 내적 경험들은 상세하게 묘사되는 반면에, 외적 사건은 그의 내적 세계를 묘사하기 위한 배경이나 장치를 이루는 선에서 간략하게 표현된다. 그래서 등장인물의 이름이나 장소나 시간적 배경 같은 외적 사실들이 명확하지 않은 경우가 많다. 예를 들어 싱클레어의 가족들은 전혀 이름이 언급되지 않고, 사건이 일어나는 장소 역시 때로는 다른 장소로 교체할 수 있을 정도로 간단히 묘사되며, 시간 진술도 분명하지 않아서 마치 시간을 초월한 듯 느껴진다. 프란츠 크로머와의 만남 역시 그 만남 자체보다는 싱클레어 안에 존재하는 금지된 어두운 세계의 발현과 그에 대해 성찰하는 계기를 마련해 준다. 헤세는 고도의 문학적 기교를 발휘해 이러한 줄거리 흐름의 두 차원을 교묘하게 하나로 엮어 내어, 싱클레어의 외적 삶의 이야기에 내적, 정신적 발달 과정을 상징적으로 담아낸다. 헤세는 〈그 어느 것도 외부가 아니고 그 어느 것도 내면이 아니다. 외부인 것은 곧 내면이기 때문〉이라고 말한다.

인간의 내면 세계에 대한 이러한 상세한 묘사는 당시 헤세가 많은 관심을 가졌던 정신 분석학의 영향에서 유래한다. 『데미안』을 집필할 무렵 헤세는 여러 가지 이유로 극심한 정신적 위기에 시달렸고, 스위스 루체른 근교에서 요제프 베른하르트 랑에게 심리 치료를 받기에 이른다. 그 과정에서 그는 다른 독일어권 작가들에 비해 비교적 일찍 정신 분석학에 접근했으며, 『데미안』은 문학과 정신 분석학의 만남의 산물로 정신 분석학의 영향이 고스란히 녹아들어 있다. 새가 알을 깨고 나오는 상징, 의식과 무의식의 분열, 무의식에 접근하는 통로로서의 꿈 해석, 분열된 자아를 극복하여 온전한 인격체에 이르려는 내적 충동 등이 그런 예들이다. 특히 데미안은 처음부터 의식과 무의식, 남성상과 여성상, 선의 세계와 악의 세계, 외부 세계와 내면 세계를 결합시킨 완벽한 인물로 묘사됨으로써, 인간의 무의식 깊은 곳에 존재하는 이상적인 자아, 심층 심리학에서 말하는 원형적인 자아를 상징한다. 그래서 데미안의 얼굴은 소년의 얼굴도 성인 남자의 얼굴도 성인 여자의 얼굴도 아니며, 마치 천 살 먹은 듯, 시간을 초월한 듯, 우리가 살아가는 시간의 흐름과는 전혀 다른 시간의 흐름에 의해 낙인찍힌 듯 보인다. 데미안은 곧 싱클레어의 내면 깊숙이 존재하는 참된 자아, 싱클레어가 자신을 찾아가는 길고도 힘겨운 여정의 목적지이다. 따라서 데미안과의 키스는 싱클레어가 드디어 진정한 내면과 자아에 이르렀음을 상징하며, 그의 내면 깊은 곳에서 싱클레어와 데미안은 곧 하나이다.

하지만 이따금 열쇠를 찾아서 나 자신 안으로 침잠하면, 운명의 형상들이 어두운 거울 속에서 잠들어 있는 곳으로 완전히 침잠하면, 검은 거울 위로 몸을 굽히기만 하면 된다. 그러면 나 자신의 모습이 보인다. 나의 친구이면서 인도자인 그와 똑같은 모습이.

싱클레어는 여러 개의 조각으로 분열된 자아를 통합하여 진정한 자아 실현에 성공한다. 이것은 바로 심층 심리학에서 말하는 〈개성화의 과정〉에 성공했음을 뜻한다. 이처럼 『데미안』에는 정신 분석학의 깊은 사상과 내용이 문학적 형상을 통해 정교하게 형상화되어 있다.

오늘날 사회 속에서의 『데미안』

『데미안』을 비롯한 헤르만 헤세의 작품들은 제2차 세계대전 동안 히틀러 정권에 의해 출판이 금지되었다. 그러나 전쟁이 끝난 후 1946년 헤세는 노벨 문학상을 수상했으며, 전선에서 커다란 상흔과 절망감을 안고 돌아온 이들이 새롭게 삶의 방향과 가치를 모색하고 존재의 참된 의의를 찾으려는 경향 속에서 헤세의 작품들은 다시금 열광적으로 큰 주목을 받았다. 특히 1960년대부터 헤세의 작품들은 전 세계적으로 급속히 큰 반향을 불러일으켰으며, 1970년대에 이르러 미국에서 그 인기가 절정에 이르렀다. 자본주의와 물질주의, 베트남 전쟁, 인종 차별에 직면해서 미국의 많은 젊은이들이 기존의 삶과는 다른 삶의 가치와 내용을 추구하기 시작했기 때문이다. 『황야의 이리』, 『싯다르타』와 더불어 『데미안』은 1976년까지 미국에서만 150만 부 이상이 팔리는 성공을 구가했다. 그것은 『데미안』이 불확실성의 현대 사회에서 자신의 꿈과 이상을 이루고 자아 정체성을 확립하려는 이들에게 희망의 메시지와 이정표를 제시했기 때문이다. 1929년 헤세는 마리루이즈 뒤몽Marie-Louise Dumont에게 보내는 편지에서 『데미안』에 대해 이렇게 말한다.

『데미안』은 젊은이들의 아주 특별한 과제와 고민을 다룹니다. 물론 이러한 문제는 젊은이들에게만 국한되는 것이 아니지만 젊은이들에게 가장 많이 관계되지요. 그것은 정체성 형성, 개성을 추구하려는 싸움입니다. (……) 『데미안』은 교육자들에게 불편하기 짝이 없는, 개성을 발달시키려는 싸움의 바로 그런 측면을 보여 줍니다. 자라나는 젊은 사람이 강한 개성을 확보하려는 충동을 갖게 되면, 평범한 유형의 인간들로부터 많이 벗어나게 되면, 어쩔 수 없이 미친 사람처럼 보이는 상황에 처하게 되지요. (……) 그러나 자신의 〈광기〉를 세상에 들이밀어 혁명을 일으키려는 게 아닙니다. 자신의 영혼이 품고 있는 이상과 꿈이 메마르지 않도록 세상에 저항하려는 것이지요.

오늘날의 한국 사회를 살아가는 우리의 젊은이들에게도 『데미안』은 시사하는 바가 많다. 우리는 하루가 다르게 급변하고 전체를 개관할 수 없게 파편화되어 가는 분열과 혼돈의 시대를 살아가고 있다. 그뿐만 아니라 대중 매체와 인터넷의 발달은 우리 모두를 획일화의 틀에 가두려 들고, 갈수록 심해지는 취업 경쟁, 생존 경쟁은 우리의 개성을 존중하기보다는 오히려 우리에게서 꿈과 이상을 펼칠 기회를 박탈하려 든다. 이런 상황에서 젊은이들이 자신 있게 삶의 의의와 정체성을 추구하며 자아에 충실한 삶을 살아가기는 쉬운 일이 아니다. 『데미안』은 오늘날의 방황하는 젊은이들에게 인생의 가치와 의의를 돌아볼 것을 권유하며 우리의 운명과 의무가 어디에 있는지 일깨워 준다.

> 우리는 제각기 온전히 자기 자신이 되는 것만이 우리의 의무이고 운명이라고 느꼈다. 우리 각자 안에서 작용하는 자연의 싹에 완전히 부응해 그 뜻에 맞게 살고, 불확실한 미래에 무슨 일이 일어나든 전부 받아들일 각오를 다지는 것만이 우리의 의무이고 운명이었다.

『데미안』은 각자 안에서 작용하는 자연의 싹, 각자 내면의 본성에 충실한 삶을 살 것을 강조한다. 인간이 자기 자신과 일치하지 않을 때는 두려움과 갈등에 시달리며 보다 높고 보다 가치 있는 삶을 향해 나아갈 수 없기 때문이다. 따라서 『데미안』은 불확실성과 혼돈, 갈등과 불안의 시대에 독자적인 인격체가 되어 자신 있게 자신만의 삶을 일구어 나가려는 사람들, 현재의 자신에게 만족하지 않고 끊임없이 앞을 향해 나가려는 사람들을 위한 이야기이다.

김인순

『데미안』 줄거리

결말을 미리 알고 싶지 않은 독자들은 나중에 읽어 주시기 바랍니다.

『데미안』의 머리말에서 헤르만 헤세는 〈모든 인간의 삶은 저마다 자기 자신에게로 이르는 길이고, 길을 가려는 시도이며, 하나의 좁은 길에 대한 암시〉라고 말한다. 이 한 문장에 『데미안』의 핵심 내용과 주제, 줄거리의 흐름이 응축되어 있다. 『데미안』은 한 인간이 진정한 자아를 찾아 자기 자신의 내면에 이르는 힘겹고 고단한 여정에 대한 상징적인 이야기다.

자기 자신에게로 이르는 길은 어린 시절 안주했던 세계가 두 세계로 균열되는 것으로 시작된다. 열 살 무렵, 주인공 에밀 싱클레어는 두 세계의 존재를 감지한다. 한 세계는 어머니와 아버지, 사랑과 근엄함, 모범과 학교라 불리는 허용된 세계, 밝고 따뜻하고 청결한 세계이며, 다른 한 세계는 으스스한 이야기들과 끔찍하고 조야한 일들이 벌어지는 금지된 세계, 어둡고 음습하고 우울한 세계였다. 두 세계는 서로 분명한 경계 없이 맞닿아 있었다. 어린 싱클레어는 밝은 세계에 안주하는 것이 좋으면서도, 다른 한편으로는 금지된 어두운 세계에 강하게 이끌리는 것을 느낀다. 그러던 어느 날, 하지도 않은 도둑질 이야기를 꾸며 내어 잘난 척 으스대다가 세 살 연상의 프란츠 크로머의 마수에 걸려들어 실제로 어둠의 세계에 발을 디디게 된다. 싱클레어는 경찰에 고발하겠다는 프란츠 크로머의 협박에 시달리며 금지된 세계에 점점 더 깊이 휘말려 든다. 어린 소년의 포근하고 평화롭던 세계는 혼란과 균열의 위협에 처하게 되고, 소년은 불안과 악몽에 시달린다.

소년을 고통과 악몽으로부터 벗어나게 해준 구원은 전혀 예상하지 못한 방향에서 찾아온다. 그 무렵 막스 데미안이 싱클레어가 다니던 학교에 전학을 온다. 싱클레어보다 두세 살 많은 데미안은 성서에 나오는 카인과 아벨의 이야기를 부모님이나 선생님과는 전혀 다른 식으로 해석할 수 있음을 알려 준다. 카인의 표식은 죄인의 낙인이 아니라 스스로 삶을 이끌어 갈 수 있는 용기와 개성을 지닌 사람의 표지라고 말한다. 이 말은 어린 싱클레어에게 기존의 규범과 인습을 다르게 해석할 수 있는 비판적 사고의 길을 열어 준다. 데미안 덕분에 싱클레어는 크로머의 협박과 마수에서 벗어나게 되지만, 그와의 더 이상의 깊은 관계는 회피한다. 밝고 따뜻한 부모님의 세계로 다시 돌아와 평온을 누리는 게 마냥 좋은데, 데미안은 금지된 어둠의 세계로 유도하는 또 다른 유혹자로 여겨지기 때문이다.

몇 년 후 사춘기에 이른 싱클레어 안에서 다시 어두운 충동, 파괴적이고 금지된 본능이 꿈틀대기 시작한다. 그 무렵 싱클레어와 데미안은 견신례 수업을 계기로 다시 가까워지고, 두 사람 사이에 깊은 우정이 맺어진다. 데미안은 〈예수와 함께 십자가에 못 박힌 강도〉 이야기를 들어 기독교 교리에 대한 비판적인 견해를 펼친다. 예를 들어 선하고 고귀한 것들은 세상의 절반만을 대표하고 나머지 악한 절반은 사탄에게 떠넘긴 성서의 하느님이 불완전한 신이라고 비판한다. 데미안은 이처럼 세상을 인위적으로 양분시켜 반쪽만을 공식적으로 인정할 것이 아니라 금지된 나머지 절반의 세계도 포함하는 하느님을 만들어 내야 한다고 선언한다. 싱클레어는 공식적으로 허용된 밝은 세계와 금지된 어두운 세계, 그리고 이 두 세계 사이에서 갈등하는 자신의 문제가 혼자만의 개인적인 문제가 아니라 모든 인간의 문제이고 모든 삶과 사유의 문제라는 것을 깨닫는다.

견진례에 이어 싱클레어는 다른 도시의 학교로 전학을 가고, 낯선 도시에서 외로움과 절망에 시달리며 방황한다. 그는 이른 나이에 술집을 전전하며 또다시 어둠의 세계, 악마의 편이 되어 파괴적인 방탕한 생활로 하루하루를 연명한다. 그러던 어느 날 우연히 고귀한 이상형의 소녀를 만나며 싱클레어의 삶은 일순간에 어둠의 세계를 등지고 밝은 세계, 다채롭고 비밀스러운 여명과 예감으로 가득 찬 세계로 돌아온다. 그는 그 소녀를 베아트리체라 부르며 숭배하고, 순결함과 고귀함의 사제가 되려 한다. 자신 안의 어둡고 사악한 것들을 떨쳐 내고, 삶의 무너져 내린 파편들을 모아 다시 〈밝은 세계〉를 일구어 내려 안간힘을 쓴다. 싱클레어는 그렇게 새로운 삶과 신념을 일구는 과정에서 베아트리체의 그림을 그리기 시작한다. 그러나 완성된 그림은 소녀의 얼굴이기보다는 젊은 청년의 얼굴에 가까웠으며, 나이를 알 수 없고 의지가 강하면서도 몽상적으로 보이고 경직되었으면서도 은밀히 생기에 넘친다. 그러다 결국 싱클레어는 그 그림 속의 인물이 데미안을 닮았음을 깨닫는다. 그 그림을 계기로 데미안을 향한 그리움이 솟구치고, 급기야는 새의 형상이 새겨진 문장을 들고 있는 데미안의 꿈을 꾸기에 이른다. 그 이튿날 즉시 싱클레어는 문장에 새겨진 새, 거대한 알을 깨고 나오려 애쓰는 새의 그림을 그려 데미안에게 보낸다.

얼마 후, 데미안에게서 답장이 온다. 〈새는 알을 깨고 나오려 힘겹게 싸운다. 알은 세계이다. 태어나려고 하는 자는 세계를 깨뜨려야 한다. 새는 신에게로 날아간다. 그 신의 이름은 아브락사스다.〉 아브락사스는 신적인 것과 악마적인 것을 결합하는 신의 이름으로, 싱클레어는 그 신의 흔적을 쫓지만 전혀 성과를 얻지 못한다. 그러다 우연히 알게 된 오르간 연주자 피스토리우스를 통해 밝은 세계와 어두운 세계를 동시에 품고 있는 신, 신이기도 하고 악마이기도 아브락사스에 대해 마침내 자세히 알게 된다. 피스토리우스는 아브락사스에 대해 알고 있다면 우리 안의 영혼이 바라는 그 어떤 것도 두려워해서도 안 되고 금지되었다고 생각해서도 안 된다고 말한다.

피스토리우스와의 대화는 싱클레어가 조금씩 더 가까이 자기 자신에 이르도록 이끌어 주는 동시에, 허물을 벗고 알껍데기를 깨고 머리를 차츰 더 위로 더 자유롭게 쳐들도록 도와준다. 정신적, 내적으로 부쩍 성장한 싱클레어는 사춘기의 성 문제로 자살하려는 학우 크나우어를 죽음의 문턱에서 구해 주고, 또 그때까지 정신적인 스승과도 같았던 피스토리우스가 지나치게 과거의 것에 안주한다고 비판한다. 그는 이런 일련의 체험과 성찰을 통해, 모든 인간에게는 〈자기 자신에게 이르러야 하는 오직 한 가지 소명〉, 〈자기 자신의 운명을 찾아내어 그 운명을 자신 안에서 흐트러짐 없이 끝까지 살아 내야 하는 한 가지 소명〉만이 있음을 깨닫는다.

김나지움을 졸업하고 대학에 진학한 싱클레어는 드디어 데미안과 재회하고 데미안의 어머니인 에바 부인과도 만나게 된다. 그리고 에바 부인이 자신이 꿈에 그리던 여인, 어머니이고 연인이고 여신인 여인임을 깨닫는다. 에바 부인은 두려움과 불안 없이 자기 자신을 믿을 수 있도록 싱클레어의 용기와 힘을 북돋아 주고, 에바 부인을 향한 사랑은 싱클레어를 더욱더 깊숙이 자신 안으로 인도한다. 그러던 어느 날 전쟁이 발발하고 데미안에 이어 싱클레어도 입대한다. 전선에서 부상을 입은 싱클레어는 뭔가 모종의 강렬한 힘에 의해 어딘가로 이끌려 가고 있다고 느낀다. 마침내 목적지에 이르렀다고 느꼈을 때, 싱클레어 바로 옆의 매트리스에 데미안이 누워 있다. 데미안은 자신이 필요할 때는 마음속에 귀를 기울이라는 말을 싱클레어에게 남기고 사라진다. 다음날 아침, 싱클레어가 잠에서 깨어났을 때, 옆의 매트리스에는 생전 본 적 없는 낯선 이가 누워 있다. 그러나 싱클레어가 이따금 열쇠를 찾아서 자신 안으로 깊이 침잠하면, 그의 친구이면서 인도자인 데미안과 똑같은 자기 자신의 모습이 보인다. 이렇듯 싱클레어와 데미안이 하나가 되는 것으로 소설은 끝을 맺는다.

헤르만 헤세 연보

1877년 출생　7월 2일 독일 뷔르템베르크Württemberg 왕국의 칼프Calw에서 선교사인 아버지 요하네스 헤세Johannes Hesse와 어머니 마리 군데르트Marie Gundert 사이에서 출생. 아버지 요하네스 헤세가 에스토니아 출신이었던 까닭에 출생 시 러시아 국적 취득.

1881년 4세　온 가족이 스위스 바젤Basel로 이주.

1882년 5세　스위스 국적 취득.

1886년 9세　온 가족이 다시 고향 칼프로 귀향하고, 헤세는 칼프 라틴어 학교의 2학년에 편입.

1887년 10세　동화 『두 형제*Die beiden Brüder*』 창작. 이 동화는 훗날 1951년 취리히에서 출간됨.

1890년 13세　괴핑겐Göppingen의 라틴어 학교로 전학. 스위스 국적을 포기하고 뷔르템베르크 국적 취득.

1891년 14세　마울브론Maulbronn 신학교에 입학.

1892년 15세　3월 〈오로지 시인이 되고 싶었던〉 까닭에 마울브론 신학교에서 도주했다가 하루 만에 붙잡힘. 6월 자살 기도에 이어, 8월까지 슈투트가르트Stuttgart 근교의 슈테텐Stetten에서 정신과 치료를 받음. 12월부터 칸슈타트Cannstatt 김나지움에 다님.

1893년 16세 칸슈타트 김나지움을 1년 만에 중퇴. 네카어Neckar 강변 에슬링겐Esslingen의 한 서점에서 견습사원으로 일을 시작하지만 사흘 만에 그만둠.

1894년 17세 칼프의 시계 공장 페로트Perrot에서 14개월 동안 견습공으로 일함. 시계 공장의 단조로운 일을 하는 동안, 다시 문학에 심취하고 싶다는 소망이 움틈.

1895년 18세 튀빙겐Tübingen의 헤켄하우어Heckenhauer 서점에서 다시 견습사원 일을 시작하여 1899년까지 계속함.

1898년 21세 첫 시집 『낭만의 노래*Romantische Lieder*』 출간.

1899년 22세 산문집 『자정이 지난 뒤의 한 시간*Eine Stunde hinter Mitternacht*』 출간. 9월부터 바젤의 라이히Reich 서점에서 일하기 시작해 1901년 1월까지 근무.

1900년 23세 시와 산문 모음집 『헤르만 라우셔의 유고와 시*Hinterlassene Schriften und Gedichte von Hermann Lauscher*』 출간(처음에는 가명으로 출간하지만, 1902년 헤르만 헤세가 작가로 밝혀짐). 스위스의 일간지 「알게마이네 슈바이처 차이퉁Allgemeine Schweizer Zeitung」에 글을 기고하기 시작.

1901년 24세 3~5월에 첫 번째 이탈리아 여행. 8월에 바젤의 고서점 바텐뷜Wattenwyl에 취업.

1902년 25세 『시집*Gedichte*』 출간. 어머니 마리 헤세 사망.

1903년 26세 아홉 살 연상의 사진사 마리아 베르누이Maria Bernoulli와 함께 두 번째 이탈리아 여행.

1904년 27세 소설 『페터 카멘친트*Peter Camenzind*』를 출간해 크게 성공을 거둠. 전기 『보카치오*Boccaccio*』와 『아시시의 프란체스코*Franz von Assisi*』 출간. 마리아 베르누이와 결혼해 보덴Boden 호숫가의 한적한 마을 가이엔호펜Gaienhofen으로 이사. 전업 작가로서의 삶을 시작.

1905년 28세 첫 아들 브루노Bruno 출생. 오스트리아의 바우어른펠트 문학상 수상.

1906년 29세 소설 『수레바퀴 아래서*Unterm Rad*』 출간.

1907년 30세 단편집 『이편에서*Diesseits*』 출간. 알베르트 랑겐Albert Langen, 루트비히 토마Ludwig Thoma 등과 함께 좌파 자유주의 경향의 잡지 『3월*März*』 창간, 1912년까지 공동 발행인으로 활동.

1908년 31세 단편집 『이웃들*Nachbarn*』 출간.

1909년 32세 둘째 아들 하이너Heiner 출생.

1910년 33세 소설 『게르트루트*Gertrud*』 출간.

1911년 34세 시집 『방랑의 길*Unterwegs*』 출간. 셋째 아들 마르틴Martin 출생. 9~12월에 친구인 화가 한스 슈투르체네거Hans Sturzenegger와 함께 인도 여행. 이 여행은 헤세의 문학 세계에 많은 영향을 미침.

1912년 35세 단편집 『에움길*Umwege*』 출간. 작고한 친구 알베르트 벨티Albert Welti가 살았던 스위스 베른의 집으로 가족과 함께 이사.

1913년 36세 『인도에서. 인도 여행기*Aus Indien. Aufzeichnungen von einer indischen Reise*』 출간.

1914년 37세 소설 『로스할데*Roßhalde*』 출간. 제1차 세계 대전이 발발하자 자원입대하지만 고도 근시 때문에 복무 부적격 판정을 받음. 베른의 전쟁 포로 후원 센터에 근무하며, 외국 수용소에 수감된 독일 포로들을 위한 잡지와 책자를 1919년까지 간행. 이와 동시에 독일 국수주의자들의 논쟁에 휘말리지 말라는 경고의 글을 신문에 발표해, 격렬한 비판과 증오의 표적이 되고 매국노라는 비난을 받음.

1915년 38세 소설 『크눌프. 크눌프 인생의 세 이야기*Knulp. Drei Geschichten aus dem Leben Knulps*』, 단편집 『길에서*Am Weg*』, 시집 『고독한 자의 음악*Musik des Einsamen*』 출간.

1916년 39세 단편집 『청춘은 아름다워라*Schön ist die Jugend*』 출간. 아버지 요하네스 헤세 사망, 셋째 아들 마르틴 뇌막염 발병, 부인 마리아 베르누이 정신 분열증 발병 등 극심한 정신적 위기에 직면해 스위스 루체른 근교에서 카를 구스타브 융Carl Gustav Jung의 제자이자 친구였던 요제프 베른하르트 랑Josef Bernhard Lang에게 정신 분석 치료를 받음.

1917년 40세 소설 『데미안*Demian*』 3주 만에 탈고.

1919년 42세 에밀 싱클레어라는 가명으로 『데미안』 출간. 이 작품으로 폰타네 신인 문학상 수상. 『동화집*Märchen*』 출간. 리하르트 볼테레크Richard Woltereck와 함께 문학잡지 『비보스 보코*Vivos voco*』 창간. 부인 마리아 베르누이와 별거. 혼자서 스위스 테신Tessin으로 이사. 처음으로 그림을 그리기 시작.

1920년 43세 시화집 『화가의 시*Gedichte des Malers*』, 표현주의 단편집 『클링조어의 마지막 여름*Klingsors letzter Sommer*』, 수필집 『방랑*Wanderung*』 출간. 다다이즘의 창시자인 후고 발Hugo Ball과 교유. 『데미안』이 자신의 작품임을 인정하고 폰타네 신인 문학상 반납.

1921년 44세 『시 선집*Ausgewählte Gedichte*』 출간. 카를 구스타프 융에게 정신 분석 치료를 받음.

1922년 45세 소설 『싯다르타*Siddhartha*』 출간.

1923년 46세 산문집 『싱클레어의 수첩*Sinclairs Notizbuch*』 출간. 마리아 베르누이와 이혼.

1924년 47세 스위스 국적 재취득. 스위스 작가 리자 벵거Lisa Wenger의 딸인 스무 살 연하의 루트 벵거Ruth Wenger와 재혼.

1925년 48세 자전적 소설 『요양객*Kurgast*』 출간.

1926년 49세 『그림책*Bilderbuch*』 출간. 프로이센 예술원 회원으로 선출됨.

1927년 50세 자전적 소설 『뉘른베르크 여행*Die Nürnberger Reise*』, 소설 『황야의 이리*Der Steppenwolf*』 출간. 루트 벵거와 이혼.

1928년 51세 『관찰*Betrachtungen*』, 『위기. 일기 한 편*Krisis-Ein Stück Tagebuch*』 출간. 빈 실러 재단의 메이스트리크 상 수상.

1929년 52세 시집 『밤의 위로*Trost der Nacht*』, 세계 여러 민족들의 문학에 대해 설명하는 개론서 『세계문학 도서관*Eine Bibliothek der Weltliteratur*』 출간.

1930년 53세 소설 『나르치스와 골드문트*Narziß und Goldmund*』 출간. 프로이센 예술원 탈퇴.

1931년 54세 미술사가 니논 돌빈Ninon Dolbin과 세 번째 결혼. 스위스 몬타놀라Montagnola의 새집으로 이사. 단편집 『내면으로의 길*Weg nach innen*』 출간.

1932년 55세 소설 『동방순례*Die Morgenlandfahrt*』 출간. 소설 『유리알 유희*Das Glasperlenspiel*』 집필 시작.

1933년 56세 단편집 『작은 세계*Kleine Welt*』 출간.

1934년 57세 시 선집 『생명의 나무*Vom Baum des Lebens*』 출간.

1935년 58세 단편집 『환상적인 이야기들*Fabulierbuch*』 출간.

1936년 59세 『정원에서의 시간*Stunden im Garten*』 출간. 스위스의 고트프리트 켈러 문학상 수상.

1937년 60세 『회고록*Gedenkblätter*』, 『신 시집*Neue Gedichte*』 출간.

1939년 62세 나치스에 반대하는 활동을 함으로써 『수레바퀴 아래서』, 『황야의 이리』, 『나르치스와 골드문트』 등 헤세의 작품들이 독일에서 인쇄되지 못함. 취리히에서 전집 출간.

1942년 65세 『시집*Gedichte*』 출간.

1943년 66세 취리히에서 소설 『유리알 유희』 출간. 이후 건강상의 이유로 창작 활동이 많이 위축됨.

1945년 68세 미완성 소설 『베르톨트*Berthold*』, 단편과 동화 모음집 『꿈의 여행*Traumfährte*』 취리히에서 출간.

1946년 69세 제2차 세계 대전이 끝난 후 헤세의 작품이 다시 독일에서 출간되기 시작하고 헤세도 다시 창작 활동에 나섬. 1914년 이후 전쟁과 정치에 대한 고찰을 담은 평론집 『전쟁과 평화*Krieg und Frieden*』 출간. 프랑크푸르트 시의 괴테상 및 노벨 문학상 수상.

1947년 70세 베른 대학의 명예 박사 학위 수여.

1950년 73세 빌헬름 라베 문학상 수상.

1951년 74세 『후기 산문*Späte Prosa*』, 『서간집*Briefe*』 출간.

1954년 77세 동화 『픽토르의 변신*Piktors Verwandlungen*』, 『헤르만 헤세와 로맹 롤랑이 주고받은 편지들*Briefwechsel: Hermann Hesse-Romain Rolland*』 출간. 학문과 예술에 기여한 공로로 독일의 푸르 르 메리트Pour le Mérite 훈장 수여.

1955년 78세 『주문. 후기 산문 속편*Beschwörungen. Späte Prosa-Neue Folge*』 출간. 독일 서적 협회의 평화상 수상.

1956년 79세 헤르만 헤세 문학상 제정.

1957년 80세 헤세 80세 생일을 기념하여 『헤세 전집』 출간.

1962년 85세 8월 9일 뇌출혈로 몬타뇰라에서 별세.

열린책들 세계문학 227 **데미안**

옮긴이 김인순 고려대학교 독어독문학과를 졸업하고 독일 칼스루에 대학에서 수학했으며 고려대학교 대학원 독어독문학과에서 문학 박사 학위를 받았다. 독일에서 박사 후 과정을 밟은 뒤 함부르크에서 연구를 계속하다가 현재는 한국으로 돌아와 고려대학교와 중앙대학교에 출강하며 번역 활동을 하고 있다. 논문으로 「로베르트 무질 소설에 있어서 비유의 기능」 등 다수가 있으며, 옮긴 책으로는 프리드리히 니체의 『차라투스트라는 이렇게 말했다』, 요한 볼프강 폰 괴테의 『파우스트』와 『젊은 베르테르의 슬픔』, 프리드리히 폰 실러의 『도적 떼』, 클라우스 바겐바흐의 『카프카의 프라하』, 지크문트 프로이트의 『꿈의 해석』, 파트리크 쥐스킨트의 『깊이에의 강요』, 알렉산더 폰 쇤부르크의 『우아하게 가난해지는 방법』, 프리드리히 뒤렌마트의 『법』, 크리스타 볼프의 『메데아』, 산도르 마라이의 『섬』, 아르노 가이거의 『유배 중인 나의 왕』 등이 있다.

지은이 헤르만 헤세 **옮긴이** 김인순 **발행인** 홍예빈 · 홍유진
발행처 주식회사 열린책들 **주소** 경기도 파주시 문발로 253 파주출판도시
전화 031-955-4000 **팩스** 031-955-4004 **홈페이지** www.openbooks.co.kr

ISBN 978-89-329-1227-1 04850 **ISBN** 978-89-329-1499-2 (세트)
발행일 2014년 9월 1일 세계문학판 1쇄 2023년 9월 15일 세계문학판 13쇄

이 도서의 국립중앙도서관 출판예정도서목록(CIP)은 서지정보유통지원시스템 홈페이지(http://seoji.nl.go.kr)와 국가자료공동목록시스템(http://www.nl.go.kr/kolisnet)에서 이용하실 수 있습니다.(CIP제어번호 : CIP2014023768)

열린책들 세계문학
Open Books World Literature

001 **죄와 벌** 표도르 도스또예프스끼 장편소설 | 홍대화 옮김 | 전2권 | 각 408, 512면

003 **최초의 인간** 알베르 카뮈 장편소설 | 김화영 옮김 | 392면

004 **소설** 제임스 미치너 장편소설 | 윤희기 옮김 | 전2권 | 각 280, 368면

006 **개를 데리고 다니는 부인** 안똔 체호프 소설선집 | 오종우 옮김 | 368면

007 **우주 만화** 이탈로 칼비노 단편집 | 김운찬 옮김 | 416면

008 **댈러웨이 부인** 버지니아 울프 장편소설 | 최애리 옮김 | 296면

009 **어머니** 막심 고리끼 장편소설 | 최윤락 옮김 | 544면

010 **변신** 프란츠 카프카 중단편집 | 홍성광 옮김 | 464면

011 **전도서에 바치는 장미** 로저 젤라즈니 중단편집 | 김상훈 옮김 | 432면

012 **대위의 딸** 알렉산드르 뿌쉬낀 장편소설 | 석영중 옮김 | 240면

013 **바다의 침묵** 베르코르 소설선집 | 이상해 옮김 | 256면

014 **원수들, 사랑 이야기** 아이작 싱어 장편소설 | 김진준 옮김 | 320면

015 **백치** 표도르 도스또예프스끼 장편소설 | 김근식 옮김 | 전2권 | 각 504, 528면

017 **1984년** 조지 오웰 장편소설 | 박경서 옮김 | 392면

019 **이상한 나라의 앨리스** 루이스 캐럴 환상동화 | 머빈 피크 그림 | 최용준 옮김 | 336면

020 **베네치아에서의 죽음** 토마스 만 중단편집 | 홍성광 옮김 | 432면

021 **그리스인 조르바** 니코스 카잔차키스 장편소설 | 이윤기 옮김 | 488면

022 **벚꽃 동산** 안똔 체호프 희곡선집 | 오종우 옮김 | 336면

023 **연애 소설 읽는 노인** 루이스 세풀베다 장편소설 | 정창 옮김 | 192면

024 **젊은 사자들** 어윈 쇼 장편소설 | 정영문 옮김 | 전2권 | 각 416, 408면

026 **젊은 베르테르의 슬픔** 요한 볼프강 폰 괴테 장편소설 | 김인순 옮김 | 240면

027 **시라노** 에드몽 로스탕 희곡 | 이상해 옮김 | 256면

028 **전망 좋은 방** E. M. 포스터 장편소설 | 고정아 옮김 | 352면

029 **까라마조프 씨네 형제들** 표도르 도스또예프스끼 장편소설 | 이대우 옮김 | 전3권 | 각 496, 496, 460면

032 **프랑스 중위의 여자** 존 파울즈 장편소설 | 김석희 옮김 | 전2권 | 각 344면

034 **소립자** 미셸 우엘벡 장편소설 | 이세욱 옮김 | 448면

035 **영혼의 자서전** 니코스 카잔차키스 자서전 | 안정효 옮김 | 전2권 | 각 352, 408면

037 **우리들** 예브게니 자먀찐 장편소설 | 석영중 옮김 | 320면

038 **뉴욕 3부작** 폴 오스터 장편소설 | 황보석 옮김 | 480면

039 **닥터 지바고** 보리스 파스테르나크 장편소설 | 홍대화 옮김 | 전2권 | 각 480, 592면

041 **고리오 영감** 오노레 드 발자크 장편소설 | 임희근 옮김 | 456면

042 **뿌리** 알렉스 헤일리 장편소설 | 안정효 옮김 | 전2권 | 각 400, 448면

044 **백년보다 긴 하루** 친기즈 아이뜨마또프 장편소설 | 황보석 옮김 | 560면

045 **최후의 세계** 크리스토프 란스마이어 장편소설 | 장희권 옮김 | 264면

046 **추운 나라에서 돌아온 스파이** 존 르카레 장편소설 | 김석희 옮김 | 368면

047 **산도칸 – 몸프라쳄의 호랑이** 에밀리오 살가리 장편소설 | 유향란 옮김 | 428면

048 **기적의 시대** 보리슬라프 페키치 장편소설 | 이윤기 옮김 | 560면

049 **그리고 죽음** 짐 크레이스 장편소설 | 김석희 옮김 | 224면

050 **세설** 다니자키 준이치로 장편소설 | 송태욱 옮김 | 전2권 | 각 480면

052 **세상이 끝날 때까지 아직 10억 년** 스뜨루가츠끼 형제 장편소설 | 석영중 옮김 | 224면

053 **동물 농장** 조지 오웰 장편소설 | 박경서 옮김 | 208면

054 **캉디드 혹은 낙관주의** 볼테르 장편소설 | 이봉지 옮김 | 232면

055 **도적 떼** 프리드리히 폰 실러 희곡 | 김인순 옮김 | 264면

056 **플로베르의 앵무새** 줄리언 반스 장편소설 | 신재실 옮김 | 320면

057 **악령** 표도르 도스또예프스끼 장편소설 | 박혜경 옮김 | 전3권 | 각 328, 408, 528면

060 **의심스러운 싸움** 존 스타인벡 장편소설 | 윤희기 옮김 | 340면

061 **몽유병자들** 헤르만 브로흐 장편소설 | 김경연 옮김 | 전2권 | 각 568, 544면

063 **몰타의 매** 대실 해밋 장편소설 | 고정아 옮김 | 304면

064 **마야꼬프스끼 선집** 블라지미르 마야꼬프스끼 선집 | 석영중 옮김 | 384면

065 **드라큘라** 브램 스토커 장편소설 | 이세욱 옮김 | 전2권 | 각 340, 344면

067 **서부 전선 이상 없다** 에리히 마리아 레마르크 장편소설 | 홍성광 옮김 | 336면

068 **적과 흑** 스탕달 장편소설 | 임미경 옮김 | 전2권 | 각 432, 368면

070 **지상에서 영원으로** 제임스 존스 장편소설 | 이종인 옮김 | 전3권 | 각 396, 380, 496면

073 **파우스트** 요한 볼프강 폰 괴테 희곡 | 김인순 옮김 | 568면

074 **쾌걸 조로** 존스턴 매컬리 장편소설 | 김훈 옮김 | 316면

075 **거장과 마르가리따** 미하일 불가꼬프 장편소설 | 홍대화 옮김 | 전2권 | 각 364, 328면

077 **순수의 시대** 이디스 워튼 장편소설 | 고정아 옮김 | 448면

078 **검의 대가** 아르투로 페레스 레베르테 장편소설 | 김수진 옮김 | 384면

079 **예브게니 오네긴** 알렉산드르 뿌쉬낀 운문소설 | 석영중 옮김 | 328면
080 **장미의 이름** 움베르토 에코 장편소설 | 이윤기 옮김 | 전2권 | 각 440, 448면
082 **향수** 파트리크 쥐스킨트 장편소설 | 강명순 옮김 | 384면
083 **여자를 안다는 것** 아모스 오즈 장편소설 | 최창모 옮김 | 280면
084 **나는 고양이로소이다** 나쓰메 소세키 장편소설 | 김난주 옮김 | 544면
085 **웃는 남자** 빅토르 위고 장편소설 | 이형식 옮김 | 전2권 | 각 472, 496면
087 **아웃 오브 아프리카** 카렌 블릭센 장편소설 | 민승남 옮김 | 480면
088 **무엇을 할 것인가** 니꼴라이 체르니셰프스끼 장편소설 | 서정록 옮김 | 전2권 | 각 360, 404면
090 **도나 플로르와 그녀의 두 남편** 조르지 아마두 장편소설 | 오숙은 옮김 | 전2권 | 각 408, 308면
092 **미사고의 숲** 로버트 홀드스톡 장편소설 | 김상훈 옮김 | 424면
093 **신곡** 단테 알리기에리 장편서사시 | 김운찬 옮김 | 전3권 | 각 292, 296, 328면
096 **교수** 샬럿 브론테 장편소설 | 배미영 옮김 | 368면
097 **노름꾼** 표도르 도스또예프스끼 장편소설 | 이재필 옮김 | 320면
098 **하워즈 엔드** E. M. 포스터 장편소설 | 고정아 옮김 | 512면
099 **최후의 유혹** 니코스 카잔차키스 장편소설 | 안정효 옮김 | 전2권 | 각 408면
101 **키리냐가** 마이크 레스닉 장편소설 | 최용준 옮김 | 464면
102 **바스커빌가의 개** 아서 코넌 도일 장편소설 | 조영학 옮김 | 264면
103 **버마 시절** 조지 오웰 장편소설 | 박경서 옮김 | 408면
104 **10 1/2장으로 쓴 세계 역사** 줄리언 반스 장편소설 | 신재실 옮김 | 464면
105 **죽음의 집의 기록** 표도르 도스또예프스끼 장편소설 | 이덕형 옮김 | 528면
106 **소유** 앤토니어 수전 바이어트 장편소설 | 윤희기 옮김 | 전2권 | 각 440, 488면
108 **미성년** 표도르 도스또예프스끼 장편소설 | 이상룡 옮김 | 전2권 | 각 512, 544면
110 **성 앙투안느의 유혹** 귀스타브 플로베르 희곡소설 | 김용은 옮김 | 584면
111 **밤으로의 긴 여로** 유진 오닐 희곡 | 강유나 옮김 | 240면
112 **마법사** 존 파울즈 장편소설 | 정영문 옮김 | 전2권 | 각 512, 552면
114 **스쩨빤치꼬보 마을 사람들** 표도르 도스또예프스끼 장편소설 | 변현태 옮김 | 416면
115 **플랑드르 거장의 그림** 아르투로 페레스 레베르테 장편소설 | 정창 옮김 | 512면
116 **분신** 표도르 도스또예프스끼 장편소설 | 석영중 옮김 | 288면
117 **가난한 사람들** 표도르 도스또예프스끼 장편소설 | 석영중 옮김 | 256면
118 **인형의 집** 헨리크 입센 희곡 | 김창화 옮김 | 272면
119 **영원한 남편** 표도르 도스또예프스끼 장편소설 | 정명자 외 옮김 | 448면

120 **알코올** 기욤 아폴리네르 시집 | 황현산 옮김 | 352면

121 **지하로부터의 수기** 표도르 도스또예프스끼 장편소설 | 계동준 옮김 | 256면

122 **어느 작가의 오후** 페터 한트케 중편소설 | 홍성광 옮김 | 160면

123 **아저씨의 꿈** 표도르 도스또예프스끼 장편소설 | 박종소 옮김 | 312면

124 **네또츠까 네즈바노바** 표도르 도스또예프스끼 장편소설 | 박재만 옮김 | 316면

125 **곤두박질** 마이클 프레인 장편소설 | 최용준 옮김 | 528면

126 **백야 외** 표도르 도스또예프스끼 소설선집 | 석영중 외 옮김 | 408면

127 **살라미나의 병사들** 하비에르 세르카스 장편소설 | 김창민 옮김 | 304면

128 **뻬쩨르부르그 연대기 외** 표도르 도스또예프스끼 소설선집 | 이항재 옮김 | 296면

129 **상처받은 사람들** 표도르 도스또예프스끼 장편소설 | 윤우섭 옮김 | 전2권 | 각 296, 392면

131 **악어 외** 표도르 도스또예프스끼 소설선집 | 박혜경 외 옮김 | 312면

132 **허클베리 핀의 모험** 마크 트웨인 장편소설 | 윤교찬 옮김 | 416면

133 **부활** 레프 똘스또이 장편소설 | 이대우 옮김 | 전2권 | 각 308, 416면

135 **보물섬** 로버트 루이스 스티븐슨 장편소설 | 머빈 피크 그림 | 최용준 옮김 | 360면

136 **천일야화** 앙투안 갈랑 엮음 | 임호경 옮김 | 전6권 | 각 336, 328, 372, 392, 344, 320면

142 **아버지와 아들** 이반 뚜르게네프 장편소설 | 이상원 옮김 | 328면

143 **오만과 편견** 제인 오스틴 장편소설 | 원유경 옮김 | 480면

144 **천로 역정** 존 버니언 우화소설 | 이동일 옮김 | 432면

145 **대주교에게 죽음이 오다** 윌라 캐더 장편소설 | 윤명옥 옮김 | 352면

146 **권력과 영광** 그레이엄 그린 장편소설 | 김연수 옮김 | 384면

147 **80일간의 세계 일주** 쥘 베른 장편소설 | 고정아 옮김 | 352면

148 **바람과 함께 사라지다** 마거릿 미첼 장편소설 | 안정효 옮김 | 전3권 | 각 616, 640, 640면

151 **기탄잘리** 라빈드라나트 타고르 시집 | 장경렬 옮김 | 224면

152 **도리언 그레이의 초상** 오스카 와일드 장편소설 | 윤희기 옮김 | 384면

153 **레우코와의 대화** 체사레 파베세 희곡소설 | 김운찬 옮김 | 280면

154 **햄릿** 윌리엄 셰익스피어 희곡 | 박우수 옮김 | 256면

155 **맥베스** 윌리엄 셰익스피어 희곡 | 권오숙 옮김 | 176면

156 **아들과 연인** 데이비드 허버트 로런스 장편소설 | 최희섭 옮김 | 전2권 | 각 464, 432면

158 **그리고 아무 말도 하지 않았다** 하인리히 뵐 장편소설 | 홍성광 옮김 | 272면

159 **미덕의 불운** 싸드 장편소설 | 이형식 옮김 | 248면

160 **프랑켄슈타인** 메리 W. 셸리 장편소설 | 오숙은 옮김 | 320면

161 **위대한 개츠비** 프랜시스 스콧 피츠제럴드 장편소설 | 한애경 옮김 | 280면
162 **아Q정전** 루쉰 중단편집 | 김태성 옮김 | 320면
163 **로빈슨 크루소** 대니얼 디포 장편소설 | 류경희 옮김 | 456면
164 **타임머신** 허버트 조지 웰스 소설선집 | 김석희 옮김 | 304면
165 **제인 에어** 샬럿 브론테 장편소설 | 이미선 옮김 | 전2권 | 각 392, 384면
167 **풀잎** 월트 휘트먼 시집 | 허현숙 옮김 | 280면
168 **표류자들의 집** 기예르모 로살레스 장편소설 | 최유정 옮김 | 216면
169 **배빗** 싱클레어 루이스 장편소설 | 이종인 옮김 | 520면
170 **이토록 긴 편지** 마리아마 바 장편소설 | 백선희 옮김 | 192면
171 **느릅나무 아래 욕망** 유진 오닐 희곡 | 손동호 옮김 | 168면
172 **이방인** 알베르 카뮈 장편소설 | 김예령 옮김 | 208면
173 **미라마르** 나기브 마푸즈 장편소설 | 허진 옮김 | 288면
174 **지킬 박사와 하이드 씨** 로버트 루이스 스티븐슨 소설선집 | 조영학 옮김 | 320면
175 **루진** 이반 뚜르게네프 장편소설 | 이항재 옮김 | 264면
176 **피그말리온** 조지 버나드 쇼 희곡 | 김소임 옮김 | 256면
177 **목로주점** 에밀 졸라 장편소설 | 유기환 옮김 | 전2권 | 각 336면
179 **엠마** 제인 오스틴 장편소설 | 이미애 옮김 | 전2권 | 각 336, 360면
181 **비숍 살인 사건** S. S. 밴 다인 장편소설 | 최인자 옮김 | 464면
182 **우신예찬** 에라스무스 풍자문 | 김남우 옮김 | 296면
183 **하자르 사전** 밀로라드 파비치 장편소설 | 신현철 옮김 | 488면
184 **테스** 토머스 하디 장편소설 | 김문숙 옮김 | 전2권 | 각 392, 336면
186 **투명 인간** 허버트 조지 웰스 장편소설 | 김석희 옮김 | 288면
187 **93년** 빅토르 위고 장편소설 | 이형식 옮김 | 전2권 | 각 288, 360면
189 **젊은 예술가의 초상** 제임스 조이스 장편소설 | 성은애 옮김 | 384면
190 **소네트집** 윌리엄 셰익스피어 연작시집 | 박우수 옮김 | 200면
191 **메뚜기의 날** 너새니얼 웨스트 장편소설 | 김진준 옮김 | 280면
192 **나사의 회전** 헨리 제임스 중편소설 | 이승은 옮김 | 256면
193 **오셀로** 윌리엄 셰익스피어 희곡 | 권오숙 옮김 | 216면
194 **소송** 프란츠 카프카 장편소설 | 김재혁 옮김 | 376면
195 **나의 안토니아** 윌라 캐더 장편소설 | 전경자 옮김 | 368면
196 **자성록** 마르쿠스 아우렐리우스 명상록 | 박민수 옮김 | 240면

197 **오레스테이아** 아이스킬로스 비극 | 두행숙 옮김 | 336면

198 **노인과 바다** 어니스트 헤밍웨이 소설선집 | 이종인 옮김 | 320면

199 **무기여 잘 있거라** 어니스트 헤밍웨이 장편소설 | 이종인 옮김 | 464면

200 **서푼짜리 오페라** 베르톨트 브레히트 희곡선집 | 이은희 옮김 | 320면

201 **리어 왕** 윌리엄 셰익스피어 희곡 | 박우수 옮김 | 224면

202 **주홍 글자** 너새니얼 호손 장편소설 | 곽영미 옮김 | 360면

203 **모히칸족의 최후** 제임스 페니모어 쿠퍼 장편소설 | 이나경 옮김 | 512면

204 **곤충 극장** 카렐 차페크 희곡선집 | 김선형 옮김 | 360면

205 **누구를 위하여 종은 울리나** 어니스트 헤밍웨이 장편소설 | 이종인 옮김 | 전2권 | 각 416, 400면

207 **타르튀프** 몰리에르 희곡선집 | 신은영 옮김 | 416면

208 **유토피아** 토머스 모어 소설 | 전경자 옮김 | 288면

209 **인간과 초인** 조지 버나드 쇼 희곡 | 이후지 옮김 | 320면

210 **페드르와 이폴리트** 장 라신 희곡 | 신정아 옮김 | 200면

211 **말테의 수기** 라이너 마리아 릴케 장편소설 | 안문영 옮김 | 320면

212 **등대로** 버지니아 울프 장편소설 | 최애리 옮김 | 328면

213 **개의 심장** 미하일 불가꼬프 중편소설집 | 정연호 옮김 | 352면

214 **모비 딕** 허먼 멜빌 장편소설 | 강수정 옮김 | 전2권 | 각 464, 488면

216 **더블린 사람들** 제임스 조이스 단편소설집 | 이강훈 옮김 | 336면

217 **마의 산** 토마스 만 장편소설 | 윤순식 옮김 | 전3권 | 각 496, 488, 512면

220 **비극의 탄생** 프리드리히 니체 | 김남우 옮김 | 320면

221 **위대한 유산** 찰스 디킨스 장편소설 | 류경희 옮김 | 전2권 | 각 432, 448면

223 **사람은 무엇으로 사는가** 레프 똘스또이 소설선집 | 윤새라 옮김 | 464면

224 **자살 클럽** 로버트 루이스 스티븐슨 소설선집 | 임종기 옮김 | 272면

225 **채털리 부인의 연인** 데이비드 허버트 로런스 장편소설 | 이미선 옮김 | 전2권 | 각 336, 328면

227 **데미안** 헤르만 헤세 장편소설 | 김인순 옮김 | 264면

228 **두이노의 비가** 라이너 마리아 릴케 시선집 | 손재준 옮김 | 504면

229 **페스트** 알베르 카뮈 장편소설 | 최윤주 옮김 | 432면

230 **여인의 초상** 헨리 제임스 장편소설 | 정상준 옮김 | 전2권 | 각 520, 544면

232 **성** 프란츠 카프카 장편소설 | 이재황 옮김 | 560면

233 **차라투스트라는 이렇게 말했다** 프리드리히 니체 산문시 | 김인순 옮김 | 464면

234 **노래의 책** 하인리히 하이네 시집 | 이재영 옮김 | 384면

235 **변신 이야기** 오비디우스 서사시 | 이종인 옮김 | 632면
236 **안나 까레니나** 레프 똘스또이 장편소설 | 이명현 옮김 | 전2권 | 각 800, 736면
238 **이반 일리치의 죽음·광인의 수기** 레프 똘스또이 중단편집 | 석영중 · 정지원 옮김 | 232면
239 **수레바퀴 아래서** 헤르만 헤세 장편소설 | 강명순 옮김 | 272면
240 **피터 팬** J. M. 배리 장편소설 | 최용준 옮김 | 272면
241 **정글 북** 러디어드 키플링 중단편집 | 오숙은 옮김 | 272면
242 **한여름 밤의 꿈** 윌리엄 셰익스피어 희곡 | 박우수 옮김 | 160면
243 **좁은 문** 앙드레 지드 장편소설 | 김화영 옮김 | 264면
244 **모리스** E. M. 포스터 장편소설 | 고정아 옮김 | 408면
245 **브라운 신부의 순진** 길버트 키스 체스터턴 단편집 | 이상원 옮김 | 336면
246 **각성** 케이트 쇼팽 장편소설 | 한애경 옮김 | 272면
247 **뷔히너 전집** 게오르크 뷔히너 지음 | 박종대 옮김 | 400면
248 **디미트리오스의 가면** 에릭 앰블러 장편소설 | 최용준 옮김 | 424면
249 **베르가모의 페스트 외** 옌스 페테르 야콥센 중단편 전집 | 박종대 옮김 | 208면
250 **폭풍우** 윌리엄 셰익스피어 희곡 | 박우수 옮김 | 176면
251 **어셴든, 영국 정보부 요원** 서머싯 몸 연작 소설집 | 이민아 옮김 | 416면
252 **기나긴 이별** 레이먼드 챈들러 장편소설 | 김진준 옮김 | 600면
253 **인도로 가는 길** E. M. 포스터 장편소설 | 민승남 옮김 | 552면
254 **올랜도** 버지니아 울프 장편소설 | 이미애 옮김 | 376면
255 **시지프 신화** 알베르 카뮈 지음 | 박언주 옮김 | 264면
256 **조지 오웰 산문선** 조지 오웰 지음 | 허진 옮김 | 424면
257 **로미오와 줄리엣** 윌리엄 셰익스피어 희곡 | 도해자 옮김 | 200면
258 **수용소군도** 알렉산드르 솔제니친 기록문학 | 김학수 옮김 | 전6권 | 각 460면 내외
264 **스웨덴 기사** 레오 페루츠 장편소설 | 강명순 옮김 | 336면
265 **유리 열쇠** 대실 해밋 장편소설 | 홍성영 옮김 | 328면
266 **로드 짐** 조지프 콘래드 장편소설 | 최용준 옮김 | 608면
267 **푸코의 진자** 움베르토 에코 장편소설 | 이윤기 옮김 | 전3권 | 각 392, 384, 416면
270 **공포로의 여행** 에릭 앰블러 장편소설 | 최용준 옮김 | 376면
271 **심판의 날의 거장** 레오 페루츠 장편소설 | 신동화 옮김 | 264면
272 **에드거 앨런 포 단편선** 에드거 앨런 포 지음 | 김석희 옮김 | 392면
273 **수전노 외** 몰리에르 희곡선집 | 신정아 옮김 | 424면

274 **모파상 단편선** 기 드 모파상 지음 | 임미경 옮김 | 400면

275 **평범한 인생** 카렐 차페크 장편소설 | 송순섭 옮김 | 280면

276 **마음** 나쓰메 소세키 장편소설 | 양윤옥 옮김 | 344면

277 **인간 실격·사양** 다자이 오사무 소설집 | 김난주 옮김 | 336면

278 **작은 아씨들** 루이자 메이 올컷 장편소설 | 허진 옮김 | 전2권 | 각 408, 464면

280 **고함과 분노** 윌리엄 포크너 장편소설 | 윤교찬 옮김 | 520면

281 **신화의 시대** 토머스 불핀치 신화집 | 박중서 옮김 | 664면

282 **셜록 홈스의 모험** 아서 코넌 도일 단편집 | 오숙은 옮김 | 456면

283 **자기만의 방** 버지니아 울프 지음 | 공경희 옮김 | 216면

284 **지상의 양식·새 양식** 앙드레 지드 지음 | 최애영 옮김 | 360면

285 **전염병 일지** 대니얼 디포 지음 | 서정은 옮김 | 368면